Tod unter der Glyzinie

Der Autor

Pierre Magnan wurde 1922 in Manosque (Basses-Alpes) geboren. Er hat über 20 Bücher veröffentlicht, von denen mehrere in Frankreich und anderen Ländern preisgekrönt, in zahlreiche Sprachen übersetzt und verfilmt wurden. Als erster Roman erschien 1999 «Das ermordete Haus» in deutscher Übersetzung. «Das Zimmer hinter dem Spiegel» (2000), der erste Laviolette-Roman, wurde mit dem renommierten Prix du Quai des Orfèvres für den besten Kriminalroman ausgezeichnet. 2001 erschienen die Erzählungen «Kommissar Laviolettes Geheimnis» und 2002 der Roman «Laviolette auf Trüffelsuche».
Pierre Magnan lebt noch heute in Manosque; die Provence ist Inspiration und Hintergrund seines ganzen literarischen Werks.

Pierre Magnans Website: www.lemda.com.fr

Pierre Magnan

Tod unter der Glyzinie

Roman

Aus dem Französischen von
Ute Bechberger und Cornelia Weinkauf
in Zusammenarbeit mit Irène Kuhn

Scherz

Besuchen Sie uns im Internet:
www.scherzverlag.de

Die Originalausgabe erschien unter dem Titel
«Le Secret des Andrônes» bei Librairie Arthème Fayard, Paris.

2. Auflage, Taschenbuchausgabe Scherz Verlag,
Bern, München, Wien, 2002
Deutsche Erstausgabe Scherz Verlag, Bern, München, Wien, 2001

ISBN 3-502-51872-6
Umschlaggestaltung: ja DESIGN, Bern:
Julie Ting & Andreas Rufer
Umschlagbild: Elke Walford/Hamburger Kunsthalle
Gesamtherstellung: Ebner & Spiegel, Ulm

Für Lucien Henry

~ 1 ~

«KOMMEN Sie, meine liebe Jeanne, kommen Sie, wenn diese Herzlose die Stirn hat, ohne Sie in die Aufführung zu gehen...»

«Sie hat gemeint, ich sei zu empfindsam... ich würde es nicht aushalten!»

«Eine schöne Ausrede, um keine fünfzig Franc ausgeben zu müssen!»

«Ja, schon, aber ich habe Angst! Man wird uns erwischen!»

«Nein!... Kommen Sie, ich kenne den Weg! Keine Angst! Und im Übrigen kann ich Sie gleich beruhigen. Haben Sie bemerkt, dass alle Offiziellen ein Pappschildchen am Revers ihrer Jacken tragen? Hier, schauen Sie: Wie's der Zufall will, habe ich genau zwei solche Schildchen; die werden wir uns jetzt anstecken... Hier, das ist für Sie! Sie werden sehen... So wird jeder glauben, Sie gehören dazu...»

«Ich, eine Offizielle?»

«Natürlich kein hohes Tier!... Aber immerhin eine Sanitätsschwester... Oder eine Kellnerin... Kommen Sie, beeilen Sie sich, damit Sie vom *Tour de Nesle** wenigstens noch den letzten Akt sehen!»

* Turm der ehemaligen Pariser Festungswälle. Dort sollen sich zu Beginn des 14. Jahrhunderts die Schwiegertöchter Philipps des Schönen allerlei Ausschweifungen hingegeben haben, was Alexandre Dumas den Stoff zum Drama *La Tour de Nesle* lieferte. (Anm. d. Ü.)

Die beiden Gestalten erklommen die Stufen, die zum Wehrgang führten. Die hell erleuchtete Bühne ließ die Dunkelheit noch schwärzer erscheinen.

Es war in einer Julinacht in der Zitadelle von Sisteron. Hoch oben auf den Wällen flatterten die Fahnen im ewigen Nordwind. Unter den Mauern der Festung, die Provence und Dauphiné einst streng von einander trennte, spielte sich eine alte Geschichte ab. Die ehemals unüberwindbaren Schutzwälle dienten nur noch als klägliche Kulisse für ein mittelalterliches Paris.

Man hörte Pferde wiehern, als Prinzessinnen verkleidete Schauspielerinnen lachen und zerlumpte Raufbolde ihre Attrappenschwerter kreuzen. Am Fuße der schwindelerregenden inneren Grabenböschung wurden perfide Intrigen geschmiedet. Racheschwüre, Triumphgeheul und Schreckensgeschrei hallten als Echo in den Zisternen wider und brachen sich am Felsen von Baume dort drüben auf der anderen Seite der Durance. Aber die leise zirpenden Grillen zwischen den Steinen ließen sich davon nicht stören, auch die Zikaden nicht, deren letzte Töne in den Pinien des Friedhofs verklangen. Der Bergfried war in ein unheilvolles rotes Licht getaucht und ragte drohend vor den Zuschauern auf: Das Schauspiel beherrschend wartete er auf seine Stunde.

«Kommen Sie, Jeanne! Wir müssen uns beeilen, sonst kriegen Sie gar nichts mehr mit!»

Den gebieterischen Gesten folgend, stolperte Jeanne auf den Kieseln des Wehrgangs vorwärts. Der Lichtstrahl, der den riesigen Wallgraben der Bühne einrahmte, blendete sie und zog sie an wie eine Sonne.

«Da, schauen Sie, meine liebe Jeanne. Hier, der kleine Wehrturm mit den Alarmsirenen auf dem Dach. Hier haben wir die besten Logenplätze. Vor Blicken geschützt. Durch dieses Fenster sehen wir alles. Das ist doch herrlich, finden Sie nicht?»

Die große Schattengestalt hatte Jeanne beim Arm gepackt

und schob sie mit eiserner Hand zu der gähnenden Öffnung, in der Bühne und Publikum plötzlich miteinander verschmolzen.

«Können Sie sehen? Können Sie alles gut sehen? Dort unten, in dem Baldachinbett, das ist Margarethe von Burgund. Und der Mann zu ihren Füßen, in dem pistaziengrünen Kostüm, das ist ihr Liebhaber, aber auch ihr Sohn!»

«Mein Gott!», rief Jeanne und legte die Hand auf den Mund.

«Ja, ja, mein liebes Kind, so ist das Leben!... Aber das ist noch nicht alles... Schauen Sie sich das Publikum an... Da ist sie, da, im Mittelgang, und überragt alle auf ihrem erhöhten Sitz! Genau in der Mitte! Sehen Sie sie?»

«Madame Gobert! Wie klein sie aussieht von hier oben!»

«Das liegt an der Entfernung, Jeanne... Schauen Sie, wie gerade sie sitzt in ihrem Rollstuhl... Sie vergisst völlig, dass sie keine Beine mehr hat. Sie findet es unterhaltsam, dieses blutige Schauspiel!»

«Und der Mann neben ihr, der mit dem Hut und dem großen Schal, wer ist das? Den kenne ich nicht...»

«Niemand kennt ihn...», brummte die Gestalt grimmig. «Aber ich, ich erkenne ihn... Er ist so was wie ein Polizist... Aber was soll's! Schauen Sie sich lieber Ihre Tante an. Sehen Sie, wie stolz sie sich gibt! Wie herrisch sie wirkt! Aber wir werden sie bald herunterholen von ihrem hohen Ross – mit Ihrer Hilfe, meine liebe Jeanne...»

«Mit meiner Hilfe? O Gott, selbst aus dieser Entfernung macht sie mir Angst. Mein Gott, wenn sie mich sehen könnte! Wenn sie wüsste, dass ich ihr nicht gehorche!»

Unwillkürlich wich Jeanne zurück. Sie war zutiefst erschrocken und wäre am liebsten davongelaufen, doch die eiserne Hand hielt sie fest, die sichere Stimme sprach beruhigend auf sie ein.

«Aber nicht doch, mein armes Kind! Wie sollte sie? Sie ist völlig gefangen von dem Stück. Und Sie stehen mehr als fünfzig Meter über ihr. Haben Sie doch keine Angst! Sonst entgeht Ihnen noch das Wichtigste! Haben Sie gesehen, das Rampenlicht ist ausgegangen. Die Scheinwerfer wechseln die Farbe. Jetzt kommt der Höhepunkt des Stückes. Vom Tour de Nesle herab wird Margarethe ihre Liebhaber in die Seine stoßen lassen... Oh, der Bergfried! Er wird angestrahlt und alles andere versinkt in Dunkelheit... Gleich werden Sie es sehen, gleich stürzen die Liebhaber aus den Fenstern... Leider muss man sich ein wenig vorbeugen, um es von hier aus richtig sehen zu können... Wir sind zu dicht am Bergfried. Beugen Sie sich vor, meine liebe Jeanne, beugen Sie sich weit vor... Haben Sie keine Angst, ich halte Sie fest. Noch weiter! Gleich sehen Sie, wie die Liebhaber aus dem Fenster stürzen... Beugen Sie sich vor! Beugen Sie sich weit vor!»

Der Schrei hallte schrill in den Mauern der Zitadelle. Das atemlose Publikum sah, wie aus dem dunkelrot erleuchteten Bergfried längliche, farbenfrohe Gestalten herabstürzten, die die Liebhaber der Prinzessin darstellen sollten: Der Tod hatte ihren Freuden ein jähes Ende gesetzt. Aber warum war eine der Puppen nicht angestrahlt gewesen? Weshalb war sie aus dem völlig dunklen Wehrturm geschleudert worden, außerhalb des Lichtkegels der Scheinwerfer – warum hatte sie, Höhepunkt der Aufführung, das Farbenspiel der Lichter nicht erfasst? Das konnte nicht zur Inszenierung gehören, das war eine Panne, vermutlich ein Missverständnis zwischen den Technikern...

«Der Schrei war ungeheuerlich», dachte Laviolette, «echter als echt sozusagen! Sogar ich bin zusammengezuckt. Weiß Gott...!»

Kommissar Laviolette war ein dankbarer Zuschauer. Er mochte melodramatische Stücke, und um keinen Preis hätte er sich den *Tour de Nesle* in der Zitadelle von Sisteron entgehen lassen. Zumal er im Krankenstand zu Hause in Piégut weilte. Er hatte es nicht bereut. Die Nacht war zauberhaft.

Nichts störte das Behagen eines Mannes, der es verstand, die Freuden der kleinen Leute mitzugenießen. Über dem Publikum selbst lag ein gewisses Geheimnis. Man spürte seine Hartleibigkeit, seine Zurückhaltung, man merkte, wie wenig geneigt es war, Begeisterung zu bekunden, «seiner uneinnehmbaren Zitadelle recht ähnlich», dachte Laviolette. «Recht ähnlich», spann er den Gedankenfaden weiter, «dieser Behinderten in ihrem Rollstuhl, die vorhin neben mich platziert wurde...»

Seine Nachbarin war eine große rothaarige Frau im blauen Kostüm, an dessen Revers ein leuchtend rotes Band prangte. «Sapperlott!», hatte Laviolette gedacht, der seine Orden niemals trug. Er stellte sich eine Menge Fragen; sie jedoch verharrte in regloser Unzugänglichkeit. Die meisten Menschen brennen darauf, sich anderen aufzudrängen, weil sie sich selbst so aufregend vorkommen. Auch wenn sie allein sind, selbst im Theater, halten sie nicht still; sie seufzen, machen irgendwelche einstudierten Gesten, von denen sie denken, dass sie damit interessant wirken. Doch diese Zuschauerin ließ keine solchen Schwächen erkennen. Ihre Züge waren unbeweglich, ihre Haltung unprätentiös, und sie würdigte ihre Umgebung keines Blickes. Sie war glatt, ohne jede Unebenheit. «Trotzdem», sagte sich Laviolette, «dieser bewusste Verzicht auf jegliche äußere Regung kommt auf seine Weise einem Geständnis gleich. Sie ist verschwiegen. Sie hat sich unter Kontrolle. Sie verbirgt irgendetwas, was niemand sehen soll. Aber dann sollte sie diesen Orden nicht so demonstrativ tragen.»

Als der Schrei ertönte und die Zuschauer erstarren ließ, spürte Laviolette an seinem Arm, wie seine Nachbarin zusammenzuckte. Er beobachtete sie verstohlen. Sie schwankte ein wenig von rechts nach links, der Oberkörper war leicht von der Lehne gelöst. Es kam Laviolette vor, als hätte sie sich ruckartig nach vorne geworfen, wäre ihre Behinderung nicht gewesen.

«Eigenartig», dachte er, «diese plötzliche Gefühlsregung bei einer derart beherrschten Person!»

All das dauerte nur Sekunden. Die Behinderte zog sich wieder hinter ihre abweisende Miene zurück. Doch sie war nicht mehr ganz so gelassen. Ihre Aufmerksamkeit wurde gelegentlich von der Bühne abgelenkt, wo die barbusigen Prinzessinnen mehr schlecht als recht die Liebe mimten. Ihr Blick glitt die Grabenböschung hinauf, richtete sich erst auf den scharlachrot erleuchteten Bergfried, dann auf den im Dunkeln liegenden Wehrturm. Abrupt wandte sie den Kopf zu den Sträuchern, die die Scheinwerferbatterie verbargen. Und als sie sich wieder ruhig verhielt, bemerkte Laviolette, wie sich die Finger seiner Nachbarin um den Verschluss des silbernen Handtäschchens krampften.

Währenddessen war auf der Bühne alles vollbracht. Margarethe blickte starr auf den vom Seine-Wasser durchtränkten Sack, den Buridan mit einem kräftigen Messerhieb aufschlitzte. Als die hellgrüne Farbe des Kostüms zum Vorschein kam, als die Leiche des Edelknaben, der die Ehre gehabt hatte, aus Liebe zu ihr zu sterben, vor ihr lag, schluchzte sie auf, und ihr Schrei ging durch Mark und Bein. Dem Publikum lief ein kalter Schauer über den Rücken.

In der Menge, die sich langsam dem Ausgang zu bewegte, raunte eine Dame voller Genugtuung ihrer Begleiterin zu: «Siehst du, ich hab's dir doch gesagt, dass es ihr Sohn war!»

«Meine Güte, worauf warten sie nur? Wo sind sie nun wieder hin verschwunden?»

Inmitten der zum Ausgang drängenden Zuschauer gab Madame Gobert laut ihrer Besorgnis Ausdruck. Sie bewegte ihren Rollstuhl in alle Richtungen auf der Suche nach ihren Begleiterinnen.

Da erschien ihre Kusine Évangéline. Im Laufschritt hatte sie sich ihren Weg gegen den Strom der Menschenmenge gebahnt, und nun war sie völlig außer Atem.

«Was haben Sie denn so lange herumgetrödelt?»

«Ist Jeanne denn noch nicht da?»

«Wie Sie sehen, nein!»

«Aber ich habe sie seit dem Beginn der Aufführung nicht mehr gesehen. Ich suche sie.»

Ein paar Zuschauer blieben stehen und hielten sich bereit, falls sie dazu aufgefordert würden, der Behinderten im Rollstuhl zu helfen. Rogeraine presste die Lippen zusammen und dachte nicht daran, um Hilfe zu bitten. Sie war wütend, dass man es wagte, sie zu bedauern, sie, Rogeraine Gobert! Doch diesen Stolz teilte ihre Kusine nicht, sie hielt ihn für völlig fehl am Platz. Rasch hatte sie zwei, drei Bekannte mobilisiert, kräftige Burschen, die dafür sorgten, dass der Rollstuhl die zahlreichen Stufen überwand.

Laviolette hatte es nicht eilig und verfolgte mit einer gewissen Neugier, was in diesem Gewühl geschah. Unwillkürlich erhob er sich, um die Gruppe zu begleiten. Die Hände in den Taschen, sah er zu, wie die Behinderte in einen Wagen verfrachtet wurde und wie dieser Wagen davonfuhr.

Diesmal hatte er genügend Zeit gehabt, seine Sitznachbarin ausgiebig zu beobachten. Es war schwer zu sagen, ob sie um die vierzig oder eher um die fünfzig war. Ihr rotes Haar war echt, wie die vielen Sommersprossen bewiesen, die ihre Wangen und die Augenpartie übersäten. Und das dezente Make-up ließ die Blässe der echten Rothaarigen durchscheinen. Waren ihre Augen tatsächlich violett oder lag das am Widerschein der unwirklichen Theaterbeleuchtung? In ihrem Blick lag noch eine Spur von jener Beunruhigung, die Laviolette Minuten zuvor an ihr bemerkt zu haben glaubte. Die hohlen Wangen waren leicht gerötet und die Spitzen ihrer Ohren glühten. Als sie ihren Rollstuhl gedreht hatte, war Laviolette aufgefallen, dass sie für eine Frau ungewöhnlich kräftige Schultern hatte. Er erinnerte sich auch an ihre stolze Brust und das tiefe Atmen. Es schien, als staute sich die gesamte Kraft der gelähmten unteren Körperhälfte in den

Armen und im Oberkörper. Welche Tragödie hatte diese prächtige, resolute Frau ihrer Beine beraubt?

«In dieser Frau», sagte sich Laviolette, «muss es brodeln wie in einem Wasserkessel. Sie glaubt sicher, an verletztem Stolz zu leiden, doch sie verzehrt sich vor unbefriedigter Sehnsucht. Ich hätte zu ihr gehen und sie fragen sollen: ‹Madame, seit wie vielen Jahren haben Sie nicht mehr mit einem Mann geschlafen?› Damit hätte ich sie aus der Fassung gebracht und bestimmt hätte sie mich beschimpft, aber es wäre eine gute Tat gewesen. Ich hätte ihre Schleusen geöffnet. Man darf es nicht zulassen, dass gewisse gefährliche Wunden sich jemals schließen.»

Er musste über sich selbst lachen. «Du und deine romantischen Klischees! Du hast ihr nichts zu sagen, und du hast ihr auch nichts gesagt! Außerdem, was weißt du schon, ob sie nicht doch mit Männern schläft, auch in ihrem Zustand? Nein, bestimmt nicht... Mit ihrem zornigen Gesichtsausdruck gleicht sie einer Wasserratte, die seit langem in einer Reuse gefangen ist und ihre immer gleichen Runden dreht.»

Er zuckte mit den Schultern, doch in Wirklichkeit verfolgte ihn das Bild dieser prächtigen Frau, die hilflos an ihren Rollstuhl gefesselt war.

Um sein Unbehagen loszuwerden, mischte er sich unter die herumwuselnden Schauspieler. In einen Anhänger wurden alle Schätze der Truppe verstaut, die am nächsten Abend in Vaison-la-Romaine auftreten sollte. Margarethes Baldachinbett wurde feierlich weggetragen und sorgfältig verpackt, damit es den Transport heil überstand. Mit einem Bleistift bewaffnet, hakte der Abendspielleiter jedes Requisit ab.

«Philipps Schwert!»

«Hier, das habe ich!»

«Pass auf, dass du es nicht wieder abknickst wie letzte Woche...»

Jeder half mit beim Abbauen, nur der Star der Truppe war

in sein Hotel zurückgekehrt, und der Regisseur legte sich kalte Wickel auf die Stirn.

«Wo sind die Galgen?», rief der Abendspielleiter den nächsten Punkt auf seiner Liste auf.

Gebeugt unter der Last der Galgenattrappen und der roten Stoffpuppen, die die Gehängten darstellten, lud ein Beutelschneider, der noch sein Kostüm trug, alles vorsichtig ab.

«Passt mir ja auf die Kutsche auf! Verdreht mir nicht wieder die Zapfenlöcher wie beim letzten Mal. Und was ist mit den Leichen? Klar, die sind wieder die Letzten. Wenn ihr mir die wieder liegen lasst wie in Château-Chinon, lass ich auf eure Kosten neue machen!»

Das war an zwei langbeinige Burschen gerichtet, die sich über irgendetwas angifteten, was schief gegangen war.

«Du hast mir meinen Schrei geklaut!»

«Überhaupt nichts hab ich dir geklaut!»

«Doch! Ich hab gerade den Mund aufgemacht, da hab ich dich schreien hören! Das ist aber *meine* Rolle.»

«Du kannst mich mal mit deiner Rolle. Ich hab nicht geschrien! Das war ich nicht!»

«Wer denn dann?»

Der Spielleiter verlor die Geduld.

«Was ist jetzt mit den Leichen? Glaubt ihr, die kommen von allein hier runter?»

Sie machten auf dem Absatz kehrt, um flink die Schildmauer zum Torweg hochzuklettern, wo die Leichenattrappen der Edelknaben zu liegen gekommen waren, die vorhin vom Tour de Nesle herabgestürzt waren.

«Mist! Schau dir an, wo meine gelandet ist!»

«Weil du nicht zielen kannst! Ich suche mir immer einen bequemen Platz aus. Sieh mal an! Deine sitzt rücklings auf dem Tor! Viel Spaß beim Runterholen!»

«Aber, du… sag mal… Was ist denn das, dort drüben, unter dem vierten Tor, genau senkrecht unterm Wehrturm… Was ist das denn?»

«Seltsam, da hast du Recht... Jetzt kapier ich's! Die müssen einen dritten Werfer eingestellt haben, ohne uns Bescheid zu sagen, damit es mehr hermacht, und der hat auch geschrien...»

«Moment mal, langsam. Findest du nicht, dass die Puppe von hier aus ganz schön klein aussieht?»

Er zog seinen Kumpel am Arm zu dieser überzähligen Attrappe, die sie neugierig machte. Als sie besser zu erkennen war, kam ihnen der Wind, der auf den Festungsmauern wehte, plötzlich viel kühler vor.

«Sag mal... Findest du nicht... Sieht das nicht aus wie echtes Haar, da um den Kopf herum? Und wie echtes Blut, das hier überall verspritzt ist?»

Ein Mondstrahl, den der Schatten des Tores abschnitt, beleuchtete die Hälfte eines zerschmetterten Gesichts. Die verrenkte Puppe, die sie da gefunden hatten, war eine echte Leiche.

Sie eilten, so schnell sie konnten, die Schildmauer hinunter. Ihre Rufe schallten von der Theatermauer wider.

Da er von Natur aus unter Schlaflosigkeit litt und dazu noch während der Aufführung gezwungen war, sich an das Rauchverbot zu halten, musste Laviolette sich mehrere Zigaretten drehen, um die verlorene Zeit aufzuholen.

Er schlenderte um den Thespiskarren herum, auf der Suche nach irgendwelchen Traumbildern. Er erkannte die prunkvollen Prinzessinnen des Melodrams nicht wieder in diesen Mauerblümchen mit ihren Schlotterhosen. Sie waren so mager, dass es ihnen kaum gelang, die Kisten zu schließen, selbst wenn sie sich darauf setzten.

«Dabei sahen sie eben noch recht üppig aus», dachte Laviolette. «Sie sind eingelaufen wie Wolle in der Wäsche...»

Traurig schüttelte er den Kopf. Die Illusion verflog und wich einem Sammelsurium aus wertlosem Plunder, Holzlatten, traurigen Männern und verbitterten Frauen. Lautes Geschrei riss ihn aus seiner Melancholie. Laviolette drehte sich um. Die beiden Statisten, die der Abendspielleiter vorhin zurechtgewiesen hatte, stürzten Hals über Kopf das Glacis herunter.

«Was haben sie denn jetzt schon wieder, diese beiden schrägen Vögel?»

Sie schossen buchstäblich zwischen ihre Kameraden. Der eine warf sich einem Mädchen an den Hals und hätte ihr beinahe die Zigarette aus dem Mund geschlagen.

«Halt mich fest! Ich falle gleich in Ohnmacht!»

Der andere ließ sich auf den Deckel einer Kiste plumpsen und drückte ihn dabei ein. Atemlos und keuchend wiesen sie mit dem Finger auf die Grabenböschung.

«Da oben! Ein Toter.»

«Nein! Eine Tote.»

«Seid ihr übergeschnappt, oder was?»

«Schaut doch nach!»

«Holt die Polizei!», befahl der Abendspielleiter, der endlich begriffen hatte.

Das war überflüssig. Der Streifenwagen bog an der Bastion um die Kurve. Laviolette steckte genau zwischen den Scheinwerfern der Gendarmen und der dicht gedrängten Truppe, die ihm den Weg in die Richtung versperrte, in die er sich davonstehlen wollte.

«Kommissar Laviolette!»

«Schönen guten Abend, Viaud!»

Der Gendarm stieg aus dem Einsatzwagen und streckte die Hand aus. Es war der Revierleiter Viaud, den er in Banon kennen gelernt hatte. Es blieb ihnen keine Zeit, Erklärungen abzugeben. Um sie herum schrien sich die Komödianten die Kehle aus dem Leib. Laviolette folgte in einiger Entfernung, seine angeborene Neugier trieb ihn gegen seinen Willen. Er gesellte sich also zu der Gruppe, die die Leiche umdrängte.

Es war eine relativ junge Frau, doch ihre Züge und die schon welken Lippen verrieten, dass sie viel zu schnell gealtert war.

«Kannten Sie sie?», murmelte Laviolette.

«Wir sind hier, um sie zu suchen. Ich muss zugeben, dass wir uns nicht sehr beeilt haben. Wir waren so gut wie sicher, sie gesund und munter wiederzufinden.»

«Wer ist sie?»

«Die Nichte von Madame Gobert.»

Jetzt untersuchte die Staatsanwaltschaft den Schauplatz der Tragödie. In einer Ecke versammelt, hielten sich die Schauspieler und Helfer der Truppe zur Verfügung der Justiz. Ein Gendarm nahm die Personalien auf.

«Ich hielt es für richtig, Sie zu verständigen, Frau Staatsanwältin», sagte Viaud, «denn ein Unfall ist mit Sicherheit auszuschließen. Wie Sie sich gleich überzeugen können, ist die Fensterbrüstung des Turms so breit wie der Oberkörper des Opfers – von den Schultern bis zum Becken – und die Brüstung reichte ihr ganz bestimmt bis zum Bauch… Folglich hätte sie, um zu fallen, darübersteigen müssen.»

«Oder jemand hätte sie stoßen müssen…»

«Das habe ich nicht zu äußern gewagt.»

Der alte Gerichtsarzt richtete sich mühsam wieder auf und hielt sich den Rücken.

«Sie ist buchstäblich zerschmettert…»

«Weist die Leiche, abgesehen vom Sturz, noch irgendwelche anderen Spuren von Gewalteinwirkung auf? Irgendeine Verletzung, die nicht direkt dem Sturz zugerechnet werden kann?»

Der Doktor seufzte: «Sie stellen mir da wieder eine dieser Fragen, die ich nicht einmal vor Gericht beantworten möchte. Schauen Sie!»

Mit dem Finger zeichnete er den Weg der Leiche vom Turm aus nach.

«Sie könnte mehrere Male gegen den Fels geprallt sein. Sie könnte sich an den Kragsteinen gestoßen haben, mit denen die Böschung gespickt ist. Sie könnte sich an den

Pistaziensträuchern aufgeschürft haben. Wie soll ich das wissen?»

Er schüttelte den Kopf und betrachtete bekümmert die verrenkte Leiche zu seinen Füßen.

«Nein... Es ist mir völlig unmöglich festzustellen, ob eine oder mehrere der vorhandenen Verletzungen auf eine andere Ursache als den eigentlichen Sturz zurückzuführen sind.»

«Also schlicht und ergreifend Selbstmord?»

«Allem Anschein nach ja. Da Revierleiter Viaud versichert, dass ein Unfall nicht in Frage kommt.»

«Es sei denn...», murmelte Laviolette vor sich hin.

Die Staatsanwältin hatte gute Ohren.

«Nun, mein lieber Kommissar im Krankenstand», fragte sie, «Ihr sechster Sinn ist noch nicht überzeugt?»

«Immer musst du mit deinem Wissen prahlen», sagte sich Laviolette. Eine Erklärung war er nun schuldig.

«Nun ja... Um sich umzubringen, boten sich ihr so viele andere Gelegenheiten. Sie hätte sich zum Beispiel in die Durance stürzen können, sich aufhängen, zwanzig Schlaftabletten nehmen... hätte unerwartet vor einem der Lastwagen auftauchen können, die hinter dem Tunnel um die Kurve schießen.»

«Es könnte doch sein, dass der Gedanke ihr... wie soll ich sagen... ganz spontan gekommen ist?»

«Möglich, doch was mich stört, ist die Gleichzeitigkeit...»

«Ich kann nicht ganz folgen.»

«Ich meine, es erscheint mir recht seltsam, dass dieses arme Mädchen genau in dem Augenblick das Bedürfnis verspürt haben soll, sich aus dem Fenster zu stürzen, als die Attrappen aus dem Bergfried geschleudert wurden...»

«Aber ja doch! Es könnte sich um eine plötzliche Eingebung gehandelt haben... Eine Art... Aufforderung zum Tod, wenn Sie so wollen... Der Gedanke hat sie einfach gepackt und mit sich gerissen.»

«Meinetwegen, aber der Schrei, den sie ausgestoßen hat… Sie haben ihn gehört, Frau Staatsanwältin, genau wie ich, denn Sie waren auch bei der Aufführung. Dieser Schrei…»

Mit der Hand machte Laviolette eine ausholende Geste, als wollte er darin ein Bild einschließen, das sich dagegen sperrte, beschrieben zu werden, als gelänge es ihm nicht, seine Gedanken zu präzisieren.

«Nun, was ist mit diesem Schrei?»

«Er drückte nicht nur Angst, Furcht, Bedrängnis aus… Es schien, als enthielte er auch so etwas wie… Verwunderung! Genau! Das Wort habe ich gesucht. Eine ordentliche Portion Verwunderung!»

«Ich gebe zu, er war sehr lang», seufzte die Staatsanwältin, «und meiner Meinung nach viel zu perfekt für Schauspieler dieser Kategorie…» Sie hüllte sich fester in ihren Mantel. «Aber», meinte sie, «das ist alles pure Spekulation. Kann man sich nicht einfach vorstellen, dass dieses arme Mädchen genug hatte vom Leben?»

«Jedenfalls wären wir damit früher im Bett…», flüsterte Revierleiter Viaud seinem Brigadier zu. Laut sagte er: «Dieser letzte Punkt lässt sich vielleicht durch die Persönlichkeit des Opfers erhellen. Wir werden versuchen, so viel wie möglich über sie in Erfahrung zu bringen…»

In diesem Moment hatte Laviolette das Gefühl, dass jemand anwesend war, der nicht dazugehörte. Er drehte sich ganz plötzlich um. Die Gendarmen, der Schreiberling… Die Experten vom Erkennungsdienst, wie üblich auf allen vieren, den Boden nach Gott-weiß-was absuchend…

«He! Sie da!»

Die Mitglieder der Truppe, die dicht beieinander standen oder sich auf der Mauer lümmelten, wandten die Köpfe, aber Laviolette meinte nicht sie. Zusammen mit dem aufmerksam gewordenen Revierleiter Viaud ging er auf einen Bogen zu, der die Theatermauer unterbrach und in dessen Schatten sich jemand verbarg.

«Was haben Sie hier zu suchen?»

Dieser Jemand lehnte lässig gegen einen Stützpfeiler und kaute auf einem Brennnesselstängel herum. Er ließ sich Zeit mit der Antwort. Es war ein Junge. Beziehungsweise ein junger Mann von etwa siebzehn Jahren… Groß und gelenkig stand er da, er hatte blonde Wuschellocken und trug Jeans, ein weites T-Shirt und Turnschuhe.

«Ich warte drauf, dass Sie mir Fragen stellen», sagte er endlich.

«Warum?», fragte Viaud. «Hast du was zu sagen?»

«Eigentlich nicht, aber dann habe ich was von Selbstmord gehört. Deshalb vielleicht doch…»

«Hast du was gesehen?»

«Ich hab zwei Schatten gesehen.»

«Und wo warst du?»

«Im *Teufelsturm* da oben…»

«Und was hast du da getrieben?»

«Gevögelt.»

«Mit wem?», fragten Revierleiter Viaud und die Staatsanwältin wie aus einem Mund. Ihr alarmierter Tonfall verriet so etwas wie elterliche Besorgnis.

«Das steht nicht zur Debatte…», wandte Laviolette sanft ein.

«Mit meiner Freundin, was glauben Sie denn?», antwortete der Junge. «Wir waren in der Vorstellung, aber das hat uns angeödet, also sind wir hoch in den Zinnenturm, um die Zeit sinnvoller zu nutzen.»

«Erzähl weiter», forderte Laviolette ihn auf. «Du hast Talent.»

Der Junge musterte den Kommissar, der soeben mit zwei Sätzen seine Sympathie gewonnen hatte. Er mochte die Alten nicht, weil sie nie was kapierten, aber der hier schien den Durchblick zu haben.

«Ich heiße Robert Léonard. Ich habe auf dem Stein gegenüber vom Eingang gesessen. Sie… Sie war auf mir…

Ich hatte die Augen offen… Na ja, das darf sie aber nicht wissen!… Seit ungefähr 'ner Viertelstunde hat's mich schon nicht mehr so richtig interessiert… Über ihre Schulter konnte ich den ganzen Wehrgang überblicken, und da hab ich gesehen –»

«Es war aber sehr dunkel, der Mond war noch nicht aufgegangen… Wie konntest du da was erkennen?»

«Die Scheinwerfer haben Licht nach oben geworfen. Davor haben sich die Gestalten abgezeichnet.»

«Gestalt*en*?»

«Ja, zwei, hab ich doch gesagt.»

«Hast du sie erkannt?»

«Die eine war sie.»

Er deutete mit dem Kopf auf die Leiche, wandte aber den Blick ab, um nicht hinsehen zu müssen.

«Bist du sicher?»

«Jeder kennt sie… Ihre eine Schulter hängt ein wenig nach unten und sie hat große Füße. Sie ist der Fußabstreifer von Madame Gobert.»

«Sie war…», seufzte die Staatsanwältin.

«Und… die andere Gestalt?», fragte Revierleiter Viaud.

«Keine Ahnung.»

«Streng dich ein wenig an, wir müssen das wissen», sagte Laviolette.

«Na ja… Ich hab gesagt, dass mich die Sache mit meiner Freundin nicht mehr so interessierte, aber eben nicht die ganze Zeit… Kam drauf an… Ich war jedenfalls nicht ganz bei der Sache.»

«Du hast Jeanne wiedererkannt. Du bist doch gewitzt genug, uns irgendetwas über den anderen Menschen zu sagen.»

Der Junge schüttelte den Kopf.

«Nein. Er war von oben bis unten in irgendwas eingehüllt. Keine Ahnung, in was. Ich dachte, es wär ein Schauspieler.»

«Ein Mann?»

«Keine Ahnung.»

«Groß? Klein?»

«So mittel. Aber… dunkler als Jeanne. Schwärzer und irgendwie glänzend, als wäre er nass. Mehr weiß ich nicht. Jedenfalls waren sie zu zweit. Jeanne ging hinterher und der andere gestikulierte, winkte sie zu sich her… sie sollte ihm folgen.»

«Hast du die Stimme gehört?»

«Nein. Der Wind pfeift immer durch den Zinnenturm. Die Fahnen haben laut geflattert. Nein, die Stimme war nicht zu hören.»

«Und du hast dich nicht gefragt, was Jeanne da oben macht?»

«Klar hab ich mich das gefragt. Sofort. Aber dann hab ich's vergessen. Erst als ich das ganze Remmidemmi mitgekriegt hab… Ich konnte nicht schlafen. Ich wohne am Place Tivoli. Gegen drei habe ich die Autos gehört und den Kopf zum Fenster rausgestreckt. Da hab ich die Blaulichter der Gendarmerie gesehen, wie sie zur Zitadelle hochgekurvt sind… Ich hab mir gedacht, da gibt's vielleicht was zu sehen… und mir mein Mofa geschnappt…»

«Du bist sicher», fragte Viaud sanft, «dass du nicht etwa mit Jeanne gevögelt hast? Du bist sicher, dass sie sich nicht vielleicht gewehrt hat und dass…»

Der Junge wurde blass und wich einen Schritt zurück.

«Was? Mit Jeanne? Die war schon hässlich, als sie noch am Leben war. Und sie war mindestens fünfundzwanzig. Nein! Mit meiner Freundin! Mit Sabine! Der Tochter vom Werkzeugmacher in der Rue Droite… Sie können sie fragen, sie hat nichts zu verbergen!»

Er zitterte, stotterte. Eben hatte er ganz dicht an seinem Kopf die Klauen der Justiz gespürt, die manchmal auf gut Glück zugreifen, egal wen sie gerade erwischen…

Laviolette legte ihm die Hand auf die Schulter.

«Das reicht», sagte er. «Geh schlafen. Du hast uns einen

echten Dienst erwiesen. Wir werden deine Sabine fragen, aber das ist reine Routine...»

Der Junge schoss zum Ausgang. Der Schrecken über sein Intermezzo mit der Justiz verlieh ihm Flügel.

Die Staatsanwältin, der die Besorgnis ins Gesicht geschrieben stand, blickte ihm nach. Sicher gab es irgendwo, gerade jetzt in dieser lauen Nacht, ein Kind der Staatsanwältin, von dem niemand genau wusste, wo, geschweige denn mit wem es ins Bett gegangen war...

«Wir müssen seine Aussage trotzdem überprüfen...»

«Natürlich», antwortete Revierleiter Viaud.

Die Gendarmen ließen die Schauspielertruppe laufen, die zu ihrem bunt bemalten Bus flüchtete. Der Krankenwagen, der die Tote ins Leichenhaus brachte, verschwand hinter der Bastion. Laviolette hielt die Tür der Limousine auf, elegant stieg die Staatsanwältin ein und ließ dabei einen Hauch ihres dezenten Parfüms zurück.

Die Gendarmen und Laviolette blieben alleine zurück und sahen zu, wie das Auto davonfuhr.

«Zwei Schatten...», sagte der Kommissar, «also doch ein Verbrechen.»

«Nicht unbedingt. Vielleicht war es ein Unfall... Und Jeannes Begleiter ist geflüchtet, um sich Ärger zu ersparen.»

«Denken Sie an ein Stelldichein?»

Viaud zögerte mit der Antwort.

«Ach Gott!... Nach allem, was wir von dem Opfer wissen, ist das eher unwahrscheinlich. Ich habe Jeanne oft getroffen. Sie war untadelig, pünktlich... Madame Gobert hätte sie auch gar nicht anders geduldet. Sie hat sie sehr kurz gehalten...»

«Und sie war schon nicht schön, als sie noch am Leben war...», seufzte Laviolette. «Große Füße, eine Schulter hing ein wenig herab... Das hat der Junge gesagt...»

«Und ein spitzes Kinn hatte sie», fügte Viaud hinzu. «Nein, die arme Jeanne sah nicht gerade zum Verlieben aus.»

«Und außerdem hatte sie keinen roten Heller, wenn ich Sie recht verstanden habe?»

«Nein. Nichts. Madame Gobert hat sie aus gebührlicher Nächstenliebe aufgenommen.»

«Ich verstehe. War sie als Erbin eingesetzt?»

«Da bin ich alles andere als sicher. Nein, ich habe zur Staatsanwältin gesagt: Sobald wir Näheres wissen über das Leben, das sie geführt hat…, aber abgesehen von dem, was wir die ganze Zeit vor Augen hatten, hatte sie gar kein Leben.»

«Was die Hypothese Selbstmord stützen würde. Aber nein! Das passt alles nicht zusammen! Dieser Schrei. Sie haben ihn nicht gehört, Sie können das nicht verstehen…»

«Also was dann? Ein Sadist? Heutzutage wird aus den seltsamsten Motiven gemordet.»

«Aber sagen Sie, warum haben Sie eigentlich nach dem Opfer gesucht?»

«Madame Gobert hat uns verständigt. Sie war beunruhigt. ‹Erst dachte ich, sie wäre ausgerissen›, hat sie gesagt, ‹doch nun beginne ich mich zu fragen…›»

«Sagen Sie, diese Madame Gobert: Das ist nicht zufällig eine große rothaarige Frau im Rollstuhl?»

«Ja, genau. Sie war offenbar einmal eine sehr schöne Frau… Ihr Gesicht bringt noch immer so manchen zum Träumen. Ich kenne einige, die zutiefst bedauern, dass sie im Rollstuhl sitzt… Darüber hinaus ist sie hier im Ort eine Respektsperson.»

«Und dekoriert für Verdienste in der Résistance, wenn meine Augen mich nicht trügen?»

«Woher wissen Sie das?»

«Sie saß neben mir heute Abend. Irgendetwas war mir an ihr aufgefallen, und es lässt mich nicht wieder los. Eines jener Details, die manchmal der Schlüssel zum Geheimnis sind, die man aber beiseite schiebt, weil sie einem so abstrus vorkommen, oder die man ganz einfach übersieht. Sie kennen das sicher auch: Eine Sternschnuppe verglüht außerhalb Ihres Blickfelds… Ihr flüchtiger Schein am Himmel macht Sie zu spät aufmerksam. Sie wenden sich um, aber sie ist schon verglüht. Und trotzdem *wissen* Sie, dass sie eben noch da war.»

«Sonderbar, was Sie da sagen…»

«Ich kann Ihnen das Phänomen eben nicht besser erklären», knurrte Laviolette.

Plötzlich ergriff er den Arm des Kollegen, der in den Streifenwagen steigen wollte.

«Warten Sie! Genau das ist es! Diese große, lebenstüchtige Frau, diese große, harte Frau, und plötzlich etwas Flüchtiges… Warten Sie, ich werde es Ihnen erklären, man weiß nie, ob es noch einmal nützlich sein kann. Es war genau in dem Moment, als der Schrei ertönte… Wissen Sie, ich mache mich immer sehr breit in meinem Sitz, manchmal leiste ich mir sogar Übergriffe auf den des Nachbarn… Jedenfalls berührte mein Ellbogen den von Madame Gobert, und als der Schrei kam, ist sie zusammengezuckt. Ich habe sie verstohlen beobachtet. Sie saß ein ganz klein wenig hinter mir, denn ihr Rollstuhl stand nicht auf gleicher Höhe, und so konnte ich, als ich mich zu ihr umdrehte, ihr praktisch direkt ins Gesicht sehen. Und in dem Moment lag in ihren Augen und auf ihrem Gesicht so ein Ausdruck… Ach, es ist schwer zu beschreiben… Ein Ausdruck, der für mich so lange anhielt wie eine Sternschnuppe, die einem nicht die Zeit lässt hinzusehen… Vielleicht habe ich es mir eingebildet.»

«Wahrscheinlich war es der Schrecken, sie ging eben mit bei dem Geschehen auf der Bühne.»

Laviolette schnippte ungeduldig mit den Fingern.

«Nein, nein, das war es nicht! Eher… wie wenn man in seinem Gedächtnis forscht… Mit halb geschlossenen Augen… Der Gesichtsausdruck aufmerksam… aber diese Aufmerksamkeit gilt nicht dem, was um einen herum geschieht… Der Blick ist… nach innen gerichtet…»

«Sie gehen seltsam an die Dinge heran.»

«Haben Ihre Leute alle Mitglieder der Truppe befragt?»

«Ja! Dabei hat es Vorwürfe gehagelt. Sie haben nicht eingesehen, warum wir sie befragen und nicht die tausend während der Aufführung anwesenden Zuschauer. Wir haben ihnen gesagt, dass das noch geschehen wird. Aber daran schienen sie zu zweifeln. Ich übrigens auch... Man hätte sie an Ort und Stelle befragen müssen. Aber als sie das Theater verließen, hatte man die Leiche noch gar nicht entdeckt.»

«Jedenfalls steht fest: Falls ein Verbrechen vorliegt, hat das Opfer den Täter gekannt. Sie haben doch gehört, was der Junge gesagt hat? Jeanne *folgte* ihrem schattenhaften Begleiter.»

«Das bringt uns nicht weiter. Wahrscheinlich kannten alle achttausend Einwohner von Sisteron Jeanne wenigstens vom Sehen.»

«Genau das wollte ich von Ihnen hören. Wenn der Mörder Jeanne kannte, wusste er immer, wo sie zu finden war, wo er ihr auflauern, sie überwältigen musste. Warum also gerade heute Abend? Warum außerhalb der Stadt? Warum war er so unvorsichtig, sie schreien zu lassen, statt sie zu knebeln und heimlich in irgendein Loch zu stoßen? Warum? Noch dazu vor tausend Leuten?»

«Aber... warum hat er sie überhaupt getötet? Wem konnte Jeanne schaden? Was für ein Motiv hatte ihr Mörder?»

«Ja, was ist das Motiv?», wiederholte Laviolette. «Das ist die Frage. Bedenken Sie, dass es keine Mordwaffe gibt. Das ist ein Pluspunkt für den Mörder, denn eine Waffe verrät letztlich immer etwas, ein Sturz aus fünfzig Metern Höhe dagegen...»

«Das macht es nicht leichter für uns», seufzte Viaud. «Wir werden ganz Sisteron verhören müssen. Und außerdem bleibt es an mir hängen, Madame Gobert schonend beizubringen, dass ihre Nichte tot aufgefunden wurde. Nicht, dass ich Angst davor hätte, mit ihrem Schmerz konfrontiert zu werden… Aber sie wird das als persönliche Beleidigung auffassen. Von oben werden jede Menge Ermahnungen auf uns niederprasseln. Fahren Sie mit uns?»

«Danke, nein. Ich wohne im *Tivoli*, gleich da unten. Ich werde ganz gemütlich zu Fuß gehen. Vielleicht werde ich in diesem schönen Mondlicht sogar noch fünf Minuten am Grab unseres Dichters, des armen Paul Arène, zubringen.»

Mitfühlend sah er Revierleiter Viaud nach, der nun zum Streifenwagen und zu seinen Gendarmen ging. Für sie war die Nacht noch nicht zu Ende…

Jetzt war er allein. Das Theater war wie ausgestorben. Jenseits der Festungsmauer hörte man den Wind in den hohen Tannen des Friedhofs.

Zwischen Daumen und Zeigefinger spielte Laviolette mechanisch mit dem Beweisstück, das er den Experten des Erkennungsdienstes widerrechtlich entzogen hatte. Diesen war es im Übrigen gar nicht aufgefallen.

Er schummelte gern ein wenig bei den Ermittlungen. Immer hielt er – das war seine kleine Schwäche – ein kleines Detail von zweitrangiger Bedeutung zurück, ein Detail, das den anderen genauso zur Wahrheitsfindung hätte verhelfen können wie ihm selbst. Aber er tat das mit solch schlichter Naivität, dass er es sich nicht verargte.

«Und außerdem, *Beweisstück:* Das ist ein viel zu großes Wort für ein so kleines Ding», sagte er sich. «Kann man so etwas überhaupt ein Beweisstück nennen?»

Vergeblich betrachtete er es im Mondlicht, in der Hoffnung auf irgendeinen Hinweis. Winzig, unbedeutend, nur eine Nadel, auf der einen Seite wie ein Haken gebogen, auf der anderen spitz und scharf. Laviolette hatte sie in Brusthöhe aus dem Pullover der Toten gezogen. Es war ein billiger Pullover, von unbestimmbarem Grün, *made in Korea*. Einer dieser Pullover zu dreißig Franc aus dem Kaufhaus. Und die Tote hatte diese Nadel darauf festgesteckt, für ihre Verhältnisse wohl ein Schmuckstück, vielleicht um sich der

Illusion von gebündelten Geldscheinen hinzugeben, die sie niemals besitzen würde.

«Man weiß im Grunde nie», sagte sich Laviolette, «womit sich die Unglücklichen trösten.»

~ 2 ~

WÄHREND der Sommernächte in Sisteron wird in den alten Lauben noch geflüstert. Bei Rogeraine Gobert verbirgt sich die Terrasse oberhalb der Durance unter einer üppigen Glyzinie, die zehn Meter tiefer in einem Loch der Longue Andrône* wurzelt. Anfangs kümmerlich und anämisch, hat sie Jahre dafür gebraucht, zum Sonnenlicht emporzustreben. Doch jetzt ist es so weit, ihre Äste haben sich über dem Eisenbogen ausgebreitet, der sich unter ihrem Gewicht bereits einwärts krümmt. Sie hat das Pflaster der Andrône gesprengt. Ihre Wurzeln sind bis zum Meules-Brunnen vorgekrochen, dessen Becken nach all den Jahren feine Risse bekommen hat. Ihr Stamm hat in seinen Windungen die Regenrinne zerdrückt, an der sie ursprünglich emporrankte. Die üppigen Dolden verströmen ihren Duft in dieser Julinacht.

«Ach Gott, meine liebe Rogeraine, diese Glyzinie ist wirklich Balsam für die Seele.»

Rogeraine, im Schatten, zuckt die Achseln. Diese treuherzig naive Esther! Eine Blumengirlande, und schon ist sie hingerissen. Oder war es gar christliche Barmherzigkeit, und sie, Rogeraine, sollte die bohrende Frage von Rosa Chamboulive nicht hören?

* Andrône: (von griech. *andros*, der Mann) enges Gässchen, das einem einzelnen Menschen den Durchgang ermöglicht, charakteristisch für viele Mittelmeerstädte. (Anm. d. Ü.)

«Nun, meine arme Rogeraine, was tust du, wenn du niemanden findest?»

Doch es bestand keine Gefahr, dass diese Bemerkung ins Leere ging, denn die Kusine aus Ribiers hatte sie schon aufgegriffen:

«Es muss vor allen Dingen schnell jemand gefunden werden, das ist das Problem…»

«Zum Glück bist du ja da!», meinte Rosa.

«Natürlich bin ich da», erwiderte Évangéline. «Wie immer! Aber schließlich habe ich auch meine Geschäfte. Wovon soll ich leben, wenn sie nicht gehen?»

«Du bist nicht gerade mittellos.»

«Nicht mittellos, nicht mittellos… Ich bin auch keine zwanzig mehr.»

«Na komm, du bist gesund und kräftig.»

«Da übertreibst du, Rosa… Ich bin kräftig, aber ich bin auch eine Frau.»

«Auf jeden Fall hast du Constance, die dir hilft.»

«Ach, Constance! Um zehn vor sechs hat sie schon den Mantel an und das Portemonnaie in der Hand…»

«Deshalb meine ich ja, es wäre besser –»

«So ist es», schnitt Rogeraine ihnen das Wort ab, «ihr mögt mich alle ganz gern, aber ihr wollt mich in ein Heim abschieben und mir den Schierlingsbecher reichen!»

Es wurde heftig protestiert unter der Hängelampe, die das Scrabble-Spiel auf dem Tisch beleuchtete, die Gesichter aber im Dunkeln ließ.

«Was reden Sie da, Rogeraine?», fragte Doktor Gagnon. «In so einer Einrichtung hätten Sie völlige Freiheit, und immerhin garantiert man dort eine Ihrem Zustand angemessene Betreuung.»

Rogeraine blickte auf die nebeneinander aufgereihten Buchstaben und schüttelte den Kopf. «Niemals!», sagte sie, «Spekuliert nicht darauf. Eher…»

Sie beendete den Satz nicht und widmete sich wieder dem

Spiel. Sie spielte leidenschaftslos, denn sie schätzte diesen Zeitvertreib nicht besonders, und außerdem war sie zerstreut, angespannt.

Nach Rogeraine war Rosa an der Reihe und entledigte sich flink all ihrer Buchstaben.

«Ausgerechnet diese Analphabetin!», dachte die Kusine aus Ribiers.

Das Spiel war zu Ende. Die kleine Tischgesellschaft auf der Terrasse trank ein wenig Limonade und genoss die schöne Stunde. Eine tiefblaue Vollmondnacht säumte Sisteron und bewachte das Geheimnis der Lauben. Vom Zusammenfluss des Buech und der Durance her war leiser Wellenschlag zu hören. Hoch in den Lüften, unruhig in dieser allzu klaren Nacht, streiften die im Baume-Felsen nistenden Krähen die Luft mit weichem Flügelschlag. Wenn die auf der Terrasse sitzende Gruppe schwieg, drang von der Andrône das Keuchen eines Paares herauf, das nicht mehr hatte warten können, bis es ein Zimmer erreichte. Das kaum hörbare Flüstern zerrte an Rogeraines Nerven.

Aber es war ihr vertraut. Seit jeher, so schien es, führte die Andrône mit ihrem unbestimmbaren Geruch und ihrer Dunkelheit die zaudernden Paare zusammen, jene, die sich noch scheuten, Liebende zu werden.

Obwohl das ganze Jahr hindurch die Sonne sie nicht erreichte, blieben die Mauern dort unerklärlich lau. Manchmal, wie an diesem Abend, stützten sich die Liebenden gegen die Glyzinie, und die violetten Dolden wippten entlang des Eisenbogens im Takt ihrer Umarmung.

«Vincent, schau da nicht hin!», befahl Rosa streng.

Vincent war vertieft in den Anblick der zitternden Dolden. Er wandte brüsk den Blick ab. Doktor Gagnon und Notar Tournatoire erhoben sich und stützten sich auf das Geländer. Lange betrachteten sie das Baume-Gebirge und gaben sich dabei gegenseitig Feuer. Sie waren beide gesetzte Männer, gestandene Vierziger. Sie lachten selten. Seit langem schon umgaben sie Rogeraine mit ihrer fachkundigen Hilfe. Sie waren nicht die Einzigen. Ihr Vermögen und ihr Unglück faszinierten ihre Freunde.

Aglaé Tournatoire, die um fünfzehn Jahre jüngere Frau des Notars, hatte sich ebenfalls in den Schatten zurückgezogen, um ihrerseits dem Wogen der Glyzinie nachzusinnieren. Sie war eine geschmeidige, bewegliche Frau mit kesser Nase, die jedoch unterhalb der Gürtellinie zu viel Einfallsreichtum beherbergte, um treu zu sein. Sie seufzte lautlos. Wenn sie doch nur ein wenig eigenes Geld gehabt hätte… Diesen Sommer auf den Kapverdischen Inseln war kaum Zeit gewesen, einen Flirt anzufangen mit einem Bild von einem Mann, schnittig wie ein Schoner, dessen tiefbraune Haut und wohlgeformte Muskeln ewige Ferien verhießen. Geld… All diese Alten hatten es: die beiden Damen Romance, ihr Mann, Rogeraine… Richtig, Rogeraine… wer weiß, ob man es jetzt vielleicht nicht versuchen könnte bei Rogeraine… Was konnte sie denn anfangen mit ihrem ganzen Geld?

Esther und Athalie Romance, beide mit Organzahut, beide weiß gekleidet, saßen auf einem tiefen geflochtenen Sofa und belauerten Rogeraine unruhig. Sie besaßen eine Mühle am Buech und übten sich in Barmherzigkeit. Sie widmeten ihr Leben den guten Werken. Ihr Salon, dessen Wände dunkle Gemälde schmückten, stand stets all jenen offen, die um Hilfe baten.

Rosa Chamboulive war eine verführerische Blondine, obwohl sie hinkte; sie war mit Rogeraine bei den Klarissinnen in Vilhosc zur Schule gegangen. Bei ihr hielt sich Rogeraine zurück, denn sie war der Mensch, der sie am besten kannte. Tagaus, tagein hatte sie in ihrer Kindheit mit ihr verkehrt, jener Zeit, in der man glaubt, es reiche aus, Stärke zu beweisen, um sich durchzusetzen, in der man sich auf den Grund der Seele blicken lässt, im Glauben, die Welt würde sich schon der offensichtlichen eigenen Überlegenheit beugen. Rosa hatte sie mit all ihren Facetten gekannt, das herrische, heimtückische, Ränke schmiedende und gierige Mädchen, das keine Konkurrenz duldete und mit ihrer Freundschaft geizte. Mittlerweile hatte Rogeraine an den scharfen Kanten ihres Charakters gefeilt; was von ihren Fehlern übrig geblieben war, hatte sie zu verbergen gelernt. Doch Rosa, die sie schon immer gekannt hatte, konnte sie nichts vormachen.

So kam es, dass Rogeraine sich in ihrem Beisein zusammenriss, ein Übermaß an Geduld aufbot, deren sie ansonsten nicht fähig war.

Rosa hatte sich einen Mann geangelt, der keinen Mucks von sich gab, keine Meinung hatte, ihr nie widersprach. Nicht, dass er stumm war, aber er antwortete nur auf Anweisung. Er wirkte wie geistig zurückgeblieben, war stark wie ein Pferd, mit kräftigen Schenkeln und steifem Rücken. Der Hasenblick verriet ständige Alarmbereitschaft, immer war er auf der Hut vor irgendwelchen Schlägen, die auf ihn niederprasseln könnten.

In Gesellschaft machte sich Rosa manchmal lustig über seine Teilnahmslosigkeit. «Passt auf», sagte sie zwinkernd. Dann nahm sie ihn sich vor: «Vincent, gefallen dir die Brünetten?»

«Nein», antwortete Vincent dann.

«Und die Blonden?»

«Ja», sagte Vincent.

«Dir gefällt natürlich nur eine einzige Blonde?»

«Ja, natürlich.»

«Du würdest für mich durchs Feuer gehn?»

«Ja», sagte Vincent.

«Sag mir vor aller Welt, dass du mich liebst.»

«Ich liebe dich!», sagte er.

Und Rosa brach in schallendes Gelächter aus.

Während sie das Spiel zusammenräumte, wandte sie sich an Rogeraine: «Hast du… die Anzeige aufgegeben?»

«Natürlich habe ich sie aufgegeben.»

«Und… hast du schon Antworten erhalten?»

«Ein paar…»

«Hast du dich an die Fürsorge gewandt?»

«An die Fürsorge?», ereiferte sich Rogeraine. «Die holen inzwischen Erkundigungen ein.»

«Erkundigungen! Über dich?»

«Über jeden! Und man wartet Monate auf die Antwort.»

«Ach, die arme Jeanne!», sagte Aglaé Tournatoire im Plauderton. «Das war wirklich keine gute Idee von ihr, sich umbringen zu lassen.»

«Wie auch immer», schaltete Athalie Romance sich ein, «wir jedenfalls, wir beten viel für die arme Jeanne… Wir hoffen von ganzem Herzen, dass sie ihren Platz im Paradies gefunden hat.»

«Sie hat ihn auch wirklich verdient!»

«Eines ist sicher», erwiderte Rogeraine, «ich habe ein ruhiges Gewissen. Als meine Schwester nach dem Krieg weggegangen ist mit diesem Bergarbeiter aus dem Norden, war mein Vater deswegen sechs Monate krank… Am Totenbett musste ich ihm schwören, keinen Finger für meine Schwester zu rühren. ‹Sie soll elendiglich krepieren›, hat er zu mir gesagt. ‹Mit der Hilfe des Notars schmälerst du ihren Erbteil, so weit wie es geht. Du lässt das Vermögen so niedrig wie möglich schätzen.› Ihr wisst, dass der Wille eines Toten heilig ist.»

«Das passte dir ganz gut», dachte Rosa. «Die andere Schwester ist fürs Vaterland gestorben und du warst Herrin des gesamten Besitzes.»

«Aber, immerhin…», sagte sie. «Ihren Erbteil hat sie doch bekommen?»

«Nun ja… Sie ist 1948 gestorben. An Schwindsucht. Das Klima im Norden ist ihr nicht bekommen. Damals war nichts besonders viel wert. Notar Tournatoire hat das Vermögen geschätzt. Ich habe ihr alles ausgezahlt. Notar Tournatoire hat ihr erklärt, dass ich, wenn ich wollte, die Dinge unendlich in die Länge ziehen könnte... Da sie immer knapp bei Kasse war... Da sieht man, wo einen die Liebe hinführt.»

«Du vergisst, wo sie dich hingeführt hat...», dachte Rosa.

Sie achtete darauf, ihre Freundin nicht zu Atem kommen zu lassen, damit sie nicht merkte, dass man ihr die Würmer aus der Nase zog.

«Aber... hat sie denn eingewilligt, ohne mit der Wimper zu zucken?»

«Sie war immer knapp bei Kasse, wie gesagt... Und außerdem hat sie getan, als sei sie auf nichts angewiesen. Sie hat bei allem, was sie unterschrieben hat, gelacht. Sie fand alles ungeheuer komisch. Nicht wahr, Maître Tournatoire?»

«Das war noch zu Lebzeiten meines Vaters, meine liebe Rogeraine, vergessen Sie das nicht!»

«Ja, sicher, aber Sie waren doch derjenige, der die Seiten umgeblättert hat, die meine Schwester unterzeichnete, oder nicht?»

«Ja schon, aber damals hatte ich gerade mal mein Studium beendet...»

«Umso mehr», meinte Rosa honigsüß, «hätten Sie die Grundprinzipien des Rechts noch genau im Gedächtnis haben müssen...»

«Kurzum! Kaum ein Jahr nachdem mein Vater gestorben war, erhielt ich die Nachricht vom Tod meiner Schwester. Und einen Brief von ihr. Den einzigen. Den letzten. Sie legte mir ihre Tochter ans Herz.»

«Damit hattest du den letzten Willen von zwei Menschen zu berücksichtigen.»

«Das hat mir sehr zu schaffen gemacht. Aber ich habe mich zu einem Entschluss durchgerungen. Mein Vater hatte nicht gesagt, dass ich meiner Nichte in der Not nicht helfen dürfe.»

«Das verstand sich von selbst, aber schließlich... War das nicht genau nach deinem großen Unglück?» Sie fuhr fort, um ihr keine Zeit zur Erwiderung zu lassen: «Jedenfalls hast du kurz hintereinander zwei Menschen zu betrauern, meine arme Rogeraine. Am Mittwoch Cadet Lombard und am Samstag die arme Jeanne…»

«Das Schicksal hat es selten gut mit mir gemeint…»

Doktor Gagnon kehrte sich vom Geländer ab und kam zur Gruppe zurück; sein von tiefen Falten zerfurchtes Gesicht erschien im hellen Schein der Lampe.

«Könnt ihr denn von nichts anderem sprechen? Könnt ihr Rogeraine nicht ein wenig schonen?»

«Nicht doch, nicht doch, Benjamin! Im Gegenteil, sie unterhält mich! Sie wissen genau, dass ich Charakterstärke besitze.»

«Trotzdem, da sieht man es mal wieder, all die Männer, die so viel geleistet haben, werden nicht alt… Denkt bloß an diesen Cadet Lombard. Wenn er für die Résistance nicht seine Knochen hätte hinhalten müssen, wäre er nicht so früh gestorben. Schaut euch dagegen meinen Vincent an, der hat sich nicht vorgedrängt im Krieg. Schaut euch an, wie gut er aussieht. Dabei ist er dreiundsechzig!»

«Meine liebe Rosa», wandte Notar Tournatoire ein, «ich bin sicher, auch Vincent wäre lieber ein Held gewesen. Ebenso wie ich übrigens… Mir fehlte aber die Gelegenheit. Ja! Es muss sich einem die Gelegenheit bieten!»

Keiner gab mehr ein Wort von sich, und es war das eigenartige Geräusch von Flügelschlägen zu hören, das der Wind hervorruft, der nachts im Gestein des Baume-Gebirges weht. Die Glyzinie bewegte sich nicht mehr. Rosa fühlte sich besser, nachdem sie ein wenig Gift versprüht hatte. Die Standuhr hatte eben zwölf geschlagen, gleichzeitig mit der Turmuhr.

«Es wird allmählich Zeit –», begann die Kusine.

«Aber nein, nicht doch!», fiel Rogeraine ihr ins Wort. «Auf der Terrasse ist es jetzt angenehm. Drinnen kommt man um vor Hitze… und außerdem bin ich überhaupt nicht müde!»

Es war genau die Zeit, zu der man endlich zur Sache

kommt, nachdem man so lange um den heißen Brei herumgeredet hat. Rosa senkte die Stimme und fragte:

«Und wer, glaubst du, hat wohl die arme Jeanne umgebracht?»

«Und warum nur, glauben Sie, hat man es getan?», hakte Athalie Romance nach.

«Und warum auf diese Weise?», fügte Aglaé Tournatoire hinzu.

«Ihr seid vielleicht komisch! Woher soll ich das wissen?», brummte Rogeraine.

«Natürlich weißt du es nicht, aber immerhin… Nach all der Zeit, in der sie bei dir gelebt hat!»

«Zum Teufel!», rief Esther Romance. «Man lässt sich doch nicht umbringen, ohne dass vorher irgendjemand etwas mitbekommt.»

«Und wenn nun eine Affäre dahinter steckt?», sinnierte Aglaé und betrachtete träumerisch die Glyzinie. «Einer, den sie vielleicht abgewiesen hat?»

«Sie scherzen, Aglaé! Mit dem Gesicht, mit diesen Füßen!»

«Allerdings», überlegte Esther Romance, «hatte sie sehr schöne Augen, und das macht einiges wett…»

«Ich denke», sagte Évangéline, «Esther hat Recht. Ich glaube nicht, dass ein eckiges Gesicht, ja nicht einmal ein flacher Po die Männer abschreckt.»

Die schwarz gekleidete, blasse, etwas kantige Kusine mit dem trauerumflortem Blick, die jedoch volle, leicht geschminkte Lippen hatte, legte ihre Meinung stets mit Vorsicht dar. Sie wandten sich alle zu ihr um und wurden sich dabei bewusst, dass ihr diese Äußerung durchaus zustand, denn sie hatte es im Laufe der Jahre immerhin auf drei Ehemänner gebracht…

«In allen Ehren!», pflegte sie lachend zu sagen.

Und es stimmte. Ihr erster Mann war vom Kirschbaum gefallen. Der zweite war an Krebs gestorben. Sie hatte ihn aufopfernd gepflegt. Der Tod des dritten lag erst acht Monate zurück. Sie trug noch Trauerkleidung und wagte kaum die Ursache für sein plötzliches Verscheiden zu nennen. «Er liebte mich zu sehr», murmelte sie lediglich verschämt.

«Sie fädelt die Erbschaften auf wie Perlen», pflegte Rogeraine zu spotten. «Mit jedem Toten wird sie fetter. Ich frage mich, wo sie das alles hinsteckt.»

«Und…», fing Rosa an, «wo wir schon alle Möglichkeiten in Betracht ziehen und uns in Mutmaßungen verlieren, nimm es mir nicht übel, Rogeraine, aber glaubst du nicht… Hast du nicht das Gefühl –»

«Rosa!», sagte der Notar nachdrücklich. «Überlegen Sie gut, was Sie sagen!»

«Meine Güte! Man darf nichts außer Acht lassen… Glaubst du nicht, dass man es auf dich abgesehen hatte mit dem Tod der armen Jeanne?»

«Pscht!», befahl die Kusine aus Ribiers.

«Was soll das, ‹Pscht›?»

«Es klopft an der Tür…»

«Reichlich diskret!», meinte Rogeraine. «Ich habe nichts bemerkt, dabei habe ich ein feines Gehör.»

Begleitet vom Rascheln ihrer schwarzen Kleider, ging Évangéline festen Schrittes in die Diele, wo die Standuhr tickte. Vor ihr, zur Straße hin, ragte die sorgfältig bearbeitete Masse des mehrere Zentimeter dicken Tors auf, unbezwingbar mit seinen vier Strebebögen und dem Querbalken.

Jemand begehrte schüchtern Einlass. Der Besucher hatte weder den Türklopfer noch den Klingelzug benutzen wollen. Évangéline streckte den Oberkörper durch den Türspalt, um zu verhandeln. Nachdem sie den Türflügel sorgfältig wieder geschlossen hatte, kam sie und machte Meldung.

«Ein Herr, den Hut in der Hand, fragt, ob Sie ihn nur für eine Minute empfangen würden.»

«Was? Um diese Zeit?»

«Wie ist er, dieser Herr?», fragte Rosa.

«Ganz comme il faut. Er trägt das gleiche Ordenbändchen wie Sie», sagte die Kusine zu Rogeraine.

«Also gut. Dann lass ihn herein!»

Hinter Évangéline näherte sich ihrem Kreis ein schüchterner Mann und trug Entschuldigungen vor.

«Aber ich erkenne Sie ja!», rief Rogeraine. «Sie saßen neben mir beim *Tour de Nesle*, neulich…»

«Ich erkenne Sie auch», sagte Rosa mit gespitzten Lippen. «Sie waren letztes Jahr in einem Sensationsblatt abgebildet, an der Seite eines Verbrechers.»

Sie war ein wandelndes Lexikon der Rubrik Vermischtes, und obwohl sie es abstritt, war deren Lektüre für sie ein Quell morbider Erregung. «Sie sind Kommissar», fuhr sie fort, «oder etwas in der Richtung…»

Die Damen Romance drängten sich aneinander.

«Oh, nennen Sie mich nicht Kommissar! Ich bin es kaum mehr! Ich stehe ganz kurz vor der Pensionierung, zwei Finger breit!» Um sein Publikum zu beruhigen, ahmte er diese «zwei Finger breit» mit einer Geste nach, indem er Zeige- und Mittelfinger waagrecht vor sich hielt, wie wenn es ums Nachschenken geht.

«Mein Herr», sagte Rogeraine, «die Polizei hat uns bereits ausführlich verhört und wir wüssten nicht, was es noch hinzuzufügen gäbe…»

«Nichts! Gar nichts!», rief Laviolette, der auf seinem Stuhl herumrutschte. «Und um Ihnen die volle Wahrheit zu sagen: Man hat mich nicht einmal beauftragt, mich um diesen unglückseligen Unfall zu kümmern…»

«Unfall!», lachte Rosa auf.

«Ich habe nicht einmal das Recht, hier zu sein! Wenn es Ihnen beliebt, können Sie mir die Tür weisen! Meine einzige Entschuldigung, gnädige Frau, besteht darin, dass ich an jenem Abend gewahr wurde, dass wir einmal Kampfgenossen waren und dass wir damals, wenn wir uns begegnet wären, nicht gezögert hätten, einander zu helfen…»

Während er sprach, drehte er seine linke Körperhälfte ins Licht, damit das Bändchen gut zu erkennen war, das er an diesem Abend in einer Kurzwarenhandlung gekauft hatte, um es durch sein Knopfloch zu fädeln. Er, der seine Ehrenzeichen nie trug!

«Ich bin Ihnen für Ihre Offenheit sehr verbunden, mein Herr, aber da Sie von Unfall sprechen…»

«Sagen wir also… Selbstmord.»

«Selbstmord? Ach was! Welchen Grund sollte die arme Jeanne gehabt haben, sich umzubringen?»

«Ach Gott, es gibt so viele…!»

Er hätte antworten können: «Sie war unberührt, schlecht genährt, ausgemergelt. Eine Reihe langer Jahre ohne Zukunft lagen vor ihr. Warum zum Teufel sollte sie sich nicht umgebracht haben? Was sollte daran so schlimm sein?»

Aber dafür war er nicht hergekommen. Er kramte unter den neugierigen Blicken der Runde in seiner Brieftasche nach einem winzigen Tütchen, aus dem er etwas hervorzog, das er endlich zwischen Daumen und Zeigefinger vorzeigen konnte. Er stand auf und trat dichter an die Hängelampe heran, damit sie seinen Fund in Augenschein nehmen konnten.

«Erkennen Sie dies hier?»

«Das ist eine Nadel!», rief Vincent.

«Ja», seufzte Rosa etwas ratlos. «So gesehen, so auf den ersten Blick könnte man es tatsächlich für eine Nadel halten.»

«Gut! Diese Nadel, haben Sie die schon irgendwo einmal bemerkt, Madame Gobert?»

«Was für eine Antwort erwarten Sie auf eine solche Frage?»

«Das ist eine ganz normale Nadel», bemerkte Doktor Gagnon. «Eine jener Nadeln, die man benutzt, um Geldscheine zu bündeln oder sonst was… Man lässt sie in Aschenbechern liegen... Wirft sie in den Papierkorb, und meistens setzt man sich drauf...»

«Sie hier vielleicht!», sagte Laviolette. «Aber Jeanne? Wann sollte sie an ein Bündel Geldscheine kommen, aus dem sie diese Nadel hätte ziehen können? Haben Sie Jeanne je zur Bank geschickt, um Geld für Sie abzuheben, Madame Gobert?»

«Niemals», antwortete die Kusine, «Rogeraine schickt immer mich zur Bank. Nicht wahr, Rogeraine?»

«Immer!», bestätigte Rogeraine.

Sie entsandte tatsächlich ihre Kusine, die regelmäßigen Auszahlungen entgegenzunehmen. Die wichtigsten Transaktionen vertraute sie jedoch Constance an, ihrer Haushälterin, die seit Rogeraines Geburt im Hause war.

«Bei Ihnen hatte Jeanne also nie Gelegenheit, sich eine solche Nadel an ihre Bluse zu stecken?»

«Nicht dass ich wüsste. Sie können meinetwegen das ganze Haus durchsuchen...»

Mit dieser Aussicht konfrontiert, hob Laviolette mit gespielter Komik den Unterarm vor sein Gesicht, als wollte er einer Ohrfeige entgehen.

«Haben Sie Mitleid!», jammerte er. «Ich habe nicht die geringste Handhabe, um –»

«Ich wollte damit sagen», unterbrach ihn Rogeraine, «dass Sie in meinem Haus nicht eine einzige Nadel finden werden. Ich bin abergläubisch, was Nadeln anbelangt! Ich empfehle meinen Leuten stets, mich vor ihrem Anblick zu verschonen. Ich habe eine Heidenangst vor Nadeln.»

Sie bekräftigte ihre Aussage mit zwei Schlägen der flachen Hand auf die Armlehnen ihres Rollstuhls.

Damit war er entlassen. Laviolette interpretierte die Geste richtig, und daraufhin nützte jeder die Gelegenheit. Doktor Gagnon setzte seinen Hut auf, Vincent seine Mütze. Die Damen Romance streiften ihre Handschuhe über.

Hastig, aus Angst, sie könnten es sich noch anders überlegen, öffnete die Kusine aus Ribiers einen Flügel der Toreinfahrt.

«Es wird so weit kommen», dachte Laviolette, «dass ich ein weiteres Mal kapitulieren muss. Ich werde diese Nadel dem Erkennungsdienst überlassen müssen, damit sie aus ihr herausholen, was sie können.»

Mehr schlecht als recht trippelten die Damen Romance auf ihren Plattfüßen nach Hause in ihre schöne Mühle am Buech.

«Was sagst du zu dem Wiedersehen mit Rogeraine heute Abend?»

«Ich hatte mich gewappnet. Ich konnte ihr sogar mehrmals gerade in die Augen sehen.»

«Oh, das schaffe ich nicht! Mich verfolgt das Bild des sterbenden Cadet Lombard, wie er in seinem Bett kniete. Und das Bild, das er von ihr gezeichnet hat. Erinnerst du dich? Er formte buchstäblich Rogeraines Gesicht mit seinen abgezehrten Fingern.»

«Hast du jemals die beiden eigentümlichen Taschen bemerkt, die sie in den Lidhöhlen, genau an der Nasenwurzel hat?»

Athalie nickte mehrfach.

«Selbstverständlich... Das sind ihre Tränendrüsen... Das ist ein Geburtsfehler. Ihr Großvater, erinnerst du dich, der hatte die gleichen. Das verhindert, dass man viel weint. Die Tränen versiegen sofort und der Charakter passt sich an...»

Esther blieb plötzlich stehen und hielt ihre Schwester am Arm zurück.

«Mein Gott, Athalie, mir fällt da etwas ein! Wenn man uns nun über die Vergangenheit befragt? Was sollen wir sagen? Diese Anschuldigungen von Cadet Lombard...»

Athalies behandschuhte Hände, die sie vor sich ausgestreckt hielt, imitierten einen davonfliegenden Vogel:

«Wir weichen aus, meine Liebe, wir weichen einfach aus.»

«Aber dazu müssten wir lügen!»

«Erinnere dich an das, was Pater Lagrevol zu uns sagte, als wir auf Exerzitien waren…»

Die Schwestern Romance gingen eilig nach Hause. Fröstelnd, in ihre weißen Schals gewickelt, beteten sie leise, als wäre es ein Rosenkranz, die Litanei der alten Volksweisheit herunter: «Besser eine Lüge, die heilt, als eine Wahrheit, die verletzt.»

Im verschwiegenen Sisteron war nur die Nacht klar.

~ 3 ~

ES war der letzte Abend der *Nuits de la Citadelle*, der Burgfestspiele von Sisteron. In diesem Jahr hatte Laviolette sich eine Unterkunft in der Stadt gesucht, um keine der Veranstaltungen zu verpassen. Nun drängte er sich also durch die Menge zum Kreuzgang von Saint-Dominique. Er stellte sich in die Schlange vor der Kasse, verlangte eine Eintrittskarte, zahlte und kehrte dann dem Eingang entschlossen den Rücken. Einige Besucher, die sein sonderbares Verhalten beobachteten, blickten ihm verwundert nach.

Nicht weit entfernt kannte er nämlich ein Plätzchen, wo er ganz ungestört zuhören konnte. Er hörte Musik am liebsten allein und verabscheute Beifallsstürme, die nach jeder Darbietung, egal ob gut oder schlecht, losbrechen. Allerdings zeigte sich das Publikum von Sisteron – das gab er gerne zu – in dieser Hinsicht eher zurückhaltend.

Er lenkte seine Schritte zur Anlage mit den versetzt angeordneten Zürgelbäumen, wo im lauschigen Buschwerk und in beträchtlicher Entfernung voneinander mehrere Bänke aufgestellt waren. Auf halber Höhe des Kirchturms verdeckte die Böschung der Anlage Publikum und Orchestergraben. Die intakten Teile der Kirche mit dem geborstenen Dach wurden vom gleißenden Licht der Scheinwerfer erfasst, die Nacht ringsum war umso finsterer.

Der Abend war mild, die Luft leicht, die Blätter der Bäume bewegten sich lautlos.

Laviolette breitete seinen Mantel über eine Bank und

streckte sich wie ein Clochard darauf aus. Er hörte die seufzenden Töne der Instrumente, die gestimmt wurden, und das Stimmengewirr des Publikums.

Er wollte sich gerade wieder aufrichten, um sich vor Beginn des Konzerts schnell noch eine zu drehen, als er zu seiner Linken leise Schritte vernahm. Zwischen dem Lichtkegel und dem dichten Blätterwerk ging eine unbestimmbare Gestalt vorüber, eingehüllt in ein dunkles Kleidungsstück, das leicht schimmerte. «Was hat der denn hier verloren?», dachte Laviolette verdrossen.

Er fürchtete, angesprochen zu werden, fürchtete, dass jemand sich zwischen ihn und den Zauber dieser Nacht stellen könnte. Doch die Gestalt ging ihrer Wege und Laviolette konnte nur noch mit Mühe ausmachen, wie sie sich auf der entlegensten Bank niederließ.

Schwungvoll hob das Orchester an, die Lichter verloschen. Laviolette vergaß die Schattengestalt. Er dachte nicht mehr ans Rauchen. In seinen Mantel gehüllt, den Hut über dem Gesicht, das Kinn in die Handfläche gestützt, überließ er sich ganz der Musik. Er lauschte reglos und seltsam berührt, wie die Sätze als dunkles Echo in den Höhlen der Felswand jenseits des Taleinschnitts verhallten.

Später erklang Vescovos Horn. Mozart, Vescovo und Sisteron feierten ihre Liebeshochzeit. Keine Melodie der Welt hätte besser zum herzzerreißenden Klang des Horns gepasst. Er schwebte über dem Lure- und dem Vilhosc-Gebirge. Er sandte seinen Ruf weit hinaus in das Rauschen des Windes.

Der Mond stieg aus dem Dunst über Laragne auf, und Laviolettes Blick, der in diese Richtung irrte, verweilte einen Moment unwillkürlich bei der reglosen Silhouette auf der entlegensten Bank. Vage schob sie sich vor den Horizont.

«Ein Briefträger...», dachte er. Ein weiter schwarzer Ölmantel verhüllte den Unbekannten von Kopf bis Fuß. «Blödsinn!... Seit dreißig Jahren tragen die Briefträger keine solchen Ölmäntel mehr...»

Er wandte den Blick ab. Die Anwesenheit dieses Eindringlings verstimmte und störte ihn. Untermalt vom Orchester, erklomm das Horn einen letzten steilen Arpeggio-Bogen und brach dann urplötzlich ab. Doch seine Seele verharrte noch eine ganze Sekunde lang in den Falten des Baume-Gesteins.

Als der Beifall losbrach, gingen auch die Scheinwerfer wieder an. Die Menge rief stehend: «Bravo! Bravo!»

Laviolette erhob sich, schlüpfte in seinen Mantel, beobachtete aus dreißig Metern Entfernung seinen noch immer unbeweglichen Gefährten der Einsamkeit. Der schien zu glauben, er sei allein. Bei seiner Ankunft, als der Mond noch nicht aufgegangen war, konnte er unter dem dichten Laubdach der Zürgelbäume tatsächlich nicht viel gesehen haben.

Von einer nicht zu unterdrückenden Neugier getrieben, wollte Laviolette auf ihn zugehen. Er suchte bereits nach einem Vorwand, ihn anzusprechen. In das Gesicht dieses Mannes zu blicken, der die Einsamkeit so sehr liebte, erschien ihm plötzlich erstaunlich notwendig.

«Hallo! Hallo, Sie...»

Laviolette drehte sich jäh um. Auf dem ansteigenden Weg zu seiner Linken kam ein Mädchen im Mondlicht auf ihn zu. Sie war groß, kräftig und jung. Die Blätter, die sich sanft im Wind bewegten, zeichneten ein Kaleidoskop aus Licht und Schatten auf ihr Gesicht, aus dem pure Gutherzigkeit sprach. Sie blieb vor ihm stehen.

«Haben Sie heute Nachmittag bei mir angerufen?»

«Ich...? Nein. Wie kommen Sie darauf?»

«Jemand hat mich heute Nachmittag angerufen und sich um diese Zeit hier mit mir verabredet.»

«Das muss...», begann Laviolette.

Er hob den Arm und wandte sich zu der Stelle um, wo der Unbekannte sich aufhielt, doch die Bank war leer.

«Gerade saß da noch jemand...», sagte er und bewegte sich mechanisch auf die Bank zu.

Aber da war niemand mehr. Das Gras war nicht einmal

niedergetreten. In der Luft lag nicht der geringste menschliche Geruch.

«Er ist weg…», stellte das Mädchen fest.

«Ja, offensichtlich. Aber… Sie haben gesagt, ‹jemand hat mich angerufen›. Sie kannten Ihren Gesprächspartner also nicht?»

«Nein, überhaupt nicht. Warum?»

«Und Sie hatten keine Bedenken, sich so mir nichts, dir nichts um elf Uhr nachts an diesem einsamen Ort zu verabreden?»

Sie blickte ihm fest in die Augen und antwortete nur: «Aber nein, wieso denn? Wohin ich auch gehe, der liebe Gott ist bei mir!»

Er musterte sie von Kopf bis Fuß: flache Schuhe, ein beige-brauner Rock, eine billige weiße Hemdbluse, ein Büstenhalter, der einen kräftigen Busen verlässlich festzurrte. Das Gesicht war ernst und ungeschminkt. Sie hielt dieser Musterung mit größter Gelassenheit stand.

Laviolette ging langsam an ihrer Seite den Weg zurück und rollte dabei seine erste Zigarette an diesem Abend. Die Menge verlief sich. Die Autos fuhren davon.

«Wohnen Sie weit von hier?», fragte er. «Sind Sie zu Fuß gekommen?»

«Nein, mein Rad steht da unten, an der Mauer… Was soll's!», sagte sie munter. «Hab ich eben ein Bündel weniger zu transportieren.»

«Sie haben Gepäck?»

«Ein Paket. Für das Katholische Hilfswerk.»

«Sie sind hergekommen, um ein Kleiderpaket abzuholen?»

«Ja. Jemand hat mich heute Nachmittag zu Hause bei meinem Vater angerufen und mir gesagt, er sei ein Freund der Damen Romance und er habe einen Haufen Wäsche für mich, sei aber in Eile und käme sich das Konzert in der Anlage mit den Zürgelbäumen anhören und, falls ich einen Moment Zeit hätte, täte ich ihm einen Gefallen damit, es dort abzuholen.»

«Sie kennen die Schwestern Romance?»

«Aber natürlich, ich treffe sie jeden Freitag in der *Arche* zum gemeinsamen Gebet.» Sie lachte. «Die beiden sind sogar ein bisschen schuld daran, dass ich hier bin.»

Sie blieb vor einem altertümlichen Fahrrad ohne Gangschaltung stehen, auf dessen Gepäckträger ein Paket von beachtlichen Ausmaßen befestigt war. Grübelnd betrachtete Laviolette dieses sperrige Ungetüm. Er war absolut sicher, dass sich kein solches Paket auf der Bank getürmt hatte, auf der vorhin der Mann im Ölmantel gesessen hatte…

«Wohnen Sie weit von hier?»

«In Peipin. Mein Vater ist dort Weber.»

«Aber das sind ja acht Kilometer!»

«Ach, das bin ich gewohnt. Na ja, wenn es nicht für die Fräulein Romance gewesen wäre, wäre ich heute Abend nicht nach Sisteron gekommen. Ich habe jede Menge Arbeit. Aber die beiden sind so nett, dass man ihnen einfach nichts abschlagen kann.» Sie seufzte leise. «Dafür scheint ihre Freundin ab und an recht schwierig zu sein. Man darf natürlich nicht vergessen, dass sie behindert ist.»

«Wer ist denn diese Freundin?»

«Madame Gobert. Sie braucht anscheinend jemanden. ‹Sie täten uns einen großen Gefallen, meine liebe Simone›, haben die beiden zu mir gesagt, ‹wenn Sie ein paar Tage bei unserer Freundin, Madame Gobert, bleiben könnten›…»

«Sie wollen doch nicht etwa sagen, dass Sie als Krankenpflegerin für sie arbeiten sollten?»

«Doch. Für eine Weile… Bis sie jemanden gefunden hätte. Aber sie wollte mich nicht. ‹Nur keine Barmherzigkeit!›, hat sie immer wieder gesagt. ‹Ich will vor allem jemanden, der mir gehorcht, und bei Ihnen würde ich es nicht wagen, Sie herumzukommandieren! Nein! Richten Sie den Damen Romance meinen herzlichen Dank aus, aber im Moment behelfe ich mich mit meiner Kusine!›»

«Haben Sie... vielen Leuten von Ihrem Treffen mit Madame Gobert erzählt?»

Sie lachte. «Was für eine komische Frage!»

«Hören Sie, Mademoiselle... Simone – so war doch Ihr Name? Da alle Fragen, die ich Ihnen gleich stellen werde, komisch sind, stelle ich mich besser vor...»

Er zog seinen Ausweis aus der Brieftasche, und sie lachte umso mehr.

«Nein, das gibt's doch nicht! Sie sind von der Polizei! Einen Kommissar habe ich mir immer ganz anders vorgestellt! Und Sie wollen mir Fragen stellen? Mir?»

«Genau, und zwar folgende: Wer wusste, dass Sie heute Abend vorhatten, Madame Gobert aufzusuchen?»

«Mein Gott! Ganz Sisteron, nehme ich an! Daheim habe ich davon erzählt, beim Katholischen Hilfswerk, in der *Arche* am Gebetsabend... einer Freundin habe ich abgesagt, die mir Dias aus dem Heiligen Land mitbringen wollte! Ich weiß nicht, wem noch alles. Außerdem werden die Fräulein Romance ihrerseits davon gesprochen haben... Es war kein Geheimnis.»

«Nein», brummte Laviolette, «es war ganz offensichtlich kein Geheimnis...» Er seufzte tief. «Und nachdem Sie mit Madame Gobert gesprochen hatten, haben Sie sich da noch mit jemandem unterhalten? Wusste jemand, dass Sie sich nicht einig geworden sind?»

«Nein, ich bin direkt hierher gefahren. Ich habe mit niemandem gesprochen. Nur mit ihr und ihrer Kusine aus Ribiers... Also wirklich!», sagte sie. «Sie machen mir Spaß! Was ist denn los?»

Er hielt einige Sekunden den Blick auf sie gerichtet.

«Sie wissen, was der Nichte von Madame Gobert passiert ist?»

Eine schmerzvolle Falte verdrängte für einige Sekunden Simones Lächeln.

«Die arme Jeanne! Sie ist wohl einem gemeinen Strolch zum Opfer gefallen.»

«Leider nein!», sagte Laviolette. «So einfach ist das nicht. Und deshalb werde ich bei Ihnen auch kein Risiko eingehen.» Er drehte sich um und deutete geradeaus. «Das grüne Auto da unter dem Mahnmal für die Kämpfer der Résistance, das ist meines. Der Kofferraum ist groß genug für Ihr Rad. Ich werde ihn öffnen und Sie verstauen es zusammen mit dem Paket. Und dann steigen Sie neben mir ein und ich bringe Sie nach Peipin.»

«Aber warum denn? Das ist doch Unsinn! Was soll mir schon passieren von hier bis Peipin?»

«Wenn ich diese Frage beantworten könnte, bräuchte ich Sie nicht nach Hause zu fahren.»

«Ach was! Ich möchte nicht, dass Sie meinetwegen einen Umweg machen!»

«Heute Abend führt mein Weg an Ihrem Haus vorbei!»

«Aber ich habe Ihnen doch gesagt, dass…»

«…dass der liebe Gott mit Ihnen ist! Richtig! Nur, bis Peipin sind es acht Kilometer und es würde reichen, dass er – oh, nur für einen Moment – nicht hinschaut, damit… Nein, nichts da! Ab ins Auto! Ich bringe Sie heim zu Papa.»

Schließlich hatte er so lange auf sie eingeredet, dass sie nachgab.

«Würden Sie die Stimme wiedererkennen, die heute Nachmittag am Telefon mit Ihnen gesprochen hat?»

«Wiedererkennen? Nein. Sicher nicht! Ich habe nicht darauf geachtet.» Sie überlegte einen Augenblick. «Ich glaube, ich könnte nicht einmal sagen», fügte sie ganz langsam hinzu, «ob es ein Mann war… oder eine Frau.»

Laviolette antwortete nicht sofort.

«Warten Sie», sagte er schließlich. «Leichter Gang… Die Hände… Ich habe die Hände ungefähr erkennen können, aber… Nein! Ich bin auch nicht imstande zu sagen, ob die Person, die auf Sie gewartet hat, groß oder klein, dick oder dünn war!»

«Sie glauben, jemand hat auf mich gewartet, um mich zu ermorden?»

Laviolette hob die Hände über dem Lenkrad. «Man kann nie wissen!»

«Der Unglückliche!», murmelte Simone.

«Sie haben eine Menge Mitgefühl übrig!»

«Natürlich! Was glauben Sie denn? Wir beten für die arme Jeanne, aber wir beten auch für ihren Mörder.»

Sie erreichten Peipin.

«Da müssen Sie abbiegen, hinter der Anhöhe. Sehen Sie das Haus dort oben? Das ist unseres.»

Sie holte ihr Fahrrad aus dem Kofferraum.

«Danke», sagte sie, «auch wenn ich es nicht glauben kann…»

Hinter den zugezogenen Vorhängen eines Fensters erkannte man die Silhouette eines Mannes vor einem Webstuhl. Mal bewegte er seine Arme wie ein Seiltänzer, dann schwebten seine Hände wie die eines Dirigenten in der Luft.

«Ihr Vater arbeitet lange.»

«Wir ertrinken in Arbeit! Zum Glück! Es war nicht leicht, Fuß zu fassen.»

«Sie werden mir etwas versprechen», sagte er.

«Wenn es nicht zu schwierig ist.»

«Sie werden mir versprechen, Ihr Mitgefühl vorerst anderen als Madame Gobert zukommen zu lassen. Selbst wenn die Damen Romance, die Sie so mögen, sehr darum bitten.»

«Sind Sie sicher, dass Sie sich nicht irren?»

«Wissen Sie, was ein Riecher ist?»

«Eine Nase!»

«Nein. Das ist ein dichtes Netz nicht stofflicher Empfindungen. Und heute Abend sagt mir mein Riecher, dass nicht der liebe Gott über Ihrem Haupt schwebt. Und ich will nicht, dass die Barmherzigkeit und die Nächstenliebe auf eine Seele von Ihrem Format verzichten müssen… Versprechen Sie es?»

«Ich werde mein Möglichstes tun. Und heute Abend schließe ich Sie in mein Gebet ein.»

«Also, ich setze Sie hier ab... Ganz der abgewiesene Verehrer», fügte er lächelnd hinzu.

Ihr Blick und ihr unterdrücktes Kichern sagten ihm, dass sie nicht ganz hinter dem Mond lebte. Er seufzte. «Wieder eine», dachte er, «die sich über ihre wahre Berufung im Unklaren ist. Na ja, wer weiß...»

Man hörte den leisen Wind in den Pinien, während sie mit schnellen Schritten zum Haus ging. Laviolette rührte sich nicht. Er fuhr nicht eher weg, als bis sie an der Seite ihres Vaters hinter dem Vorhang auftauchte. Auf dem Weg nach Sisteron ging ihm einiges durch den Kopf.

«Eine Nadel...», dachte er, «ich hatte nichts als eine Nadel. Jetzt habe ich einen schwarzen Mantel. Jemanden, den ich dummerweise habe entwischen lassen und den abzufangen sich gelohnt hätte. Aber Moment mal! Der Junge neulich, der sich im Zinnenturm mit seiner Freundin vergnügt hat... Der hat doch etwas gesagt... Moment mal! Er hat gesagt: ‹dunkler als Jeanne und irgendwie glänzend.› Das ist es! Heute Abend – das hat auch geglänzt und ich hab gedacht: ‹Ein Briefträger!› Sieh an, da stimmt doch einiges nicht: der Telefonanruf, angeblich wegen eines Pakets, aber kein solches Paket auf der Bank! Dann der Einzelgänger, der verschwindet, als er mich mit Simone sprechen sieht, obwohl er auf sie gewartet hat... Und der Junge, der den gleichen schwarzen Ölmantel gesehen hat wie ich... Sieh an, sieh an, das gibt der Geschichte gleich ein ganz anderes Gesicht. Es würde mich nicht wundern, wenn...»

~ 4 ~

ALS am nächsten Morgen um halb neun das Telefon läutete, schlief Laviolette noch den Schlaf des Gerechten. Er bemühte sich, nicht hinzuhören, aber ohne Erfolg. Es läutete geduldig und wollte kein Ende nehmen.

«Na, mein armer Laviolette?»

«Na, mein armer Combassive?»

«Wie lässt er sich an, der Genesungsurlaub?»

«So la la...»

«Bist du wieder fit?»

«Mehr oder weniger... Aber wie kommst du so schnell zu meiner Adresse?»

«Ich habe sie vom Verbindungsmann der Gendarmerie. Du weißt doch, dass wir Hand in Hand arbeiten. Sag mal, was hältst du von diesem seltsamen Mord? Das muss dich doch reizen, oder?»

Laviolette gab ein unbestimmtes Grunzen von sich.

«Nein?», fuhr Combassive fort. «Ich hatte nämlich gedacht... Oh, deinen Genesungsurlaub setzt du natürlich fort! Du könntest höchstens... wo du doch vor Ort bist... wo du doch sozusagen dabei warst, als der Mord geschah...»

Er machte eine Pause, Laviolette tat keinen Mucks.

«Du könntest», fing Combassive wieder an, «überall ein wenig deine Nase hineinstecken, Kontakte knüpfen, weißt du, was ich meine? Ganz simpel... Die Fühler ausstrecken, das kannst du doch so gut. Fühlst du dich wohl in dem Hotel?»

«Wie in Abrahams Schoß.»

«Na prima! Du könntest deinen Aufenthalt dort verlängern, alles auf Spesen. Um ehrlich zu sein, habe ich im Moment nicht genug Leute... Also, einverstanden, hm? Du hältst dich wie üblich im Hintergrund, wirbelst keinen Staub auf und erstattest mir Bericht... Also dann, *salut*!»

Nach diesem Gruß legte er so prompt auf, dass Laviolette, der tief Luft geholt hatte, um zu antworten, nur seufzend den Mund schließen konnte.

«Ich habe Ihnen zwei Dinge mitzuteilen, mein lieber Viaud. Erstens besteht der verehrte Combassive, mein Leidensgefährte, darauf, dass ich Ihnen Sand ins Getriebe streue. Und zweitens habe ich die Beschreibung des Mörders!»

«Ach was?», rief Viaud.

«Ja», fuhr Laviolette sarkastisch fort, «über eine Stunde lang saß er vor meiner Nase! Nur leider hörte ich Mozart. Das war wichtiger, verstehen Sie?»

Er erzählte ihm von seinem Abend.

«Einen Ölmantel, wie die der Briefträger...», sagte Viaud nachdenklich. «Bei der Hitze... Mit Kapuze! Sie haben sicher Recht, er hatte es bestimmt auf Simone abgesehen. Aber sagen Sie, die Briefträger tragen doch schon eine ganze Weile keine solchen Regenmäntel mehr? Genauso wenig wie wir in der Gendarmerie. Wir hatten die gleichen!» Viaud seufzte. «Trotzdem ist diese ganze Geschichte seltsam, keiner hat ein Alibi. Alle, mit denen die arme Jeanne zu Lebzeiten verkehrte, könnten sie umgebracht haben.»

«Sie haben ihren gesamten Bekanntenkreis überprüft?»

«Das war schnell passiert. Die übliche Runde um Madame Gobert, die Lieferanten und diese barmherzigen Damen, die sie unter ihre Fittiche genommen hatten. Sie waren alle entweder bei der Aufführung, vor dem Fernseher oder ganz einfach im Bett. Und ihre Alibis stützen sich auf den Partner, die Schwester oder irgendeinen Freund.»

«In Anbetracht der Tatsache, dass uns kein Motiv bekannt ist und dass ganz Sisteron sie vom Sehen kannte, könnte der Mörder genauso gut einer der tausend Zuschauer beim Tour de Nesle gewesen sein, vergessen Sie das nicht.»

«Das muss man sich einmal vorstellen! Man hätte alle am Ausgang registrieren müssen. Von dem Mord haben wir jedoch erst erfahren, als alle schon weg waren. Aber Sie haben Recht, wir müssen das Motiv herausfinden.»

«Beten Sie zu Gott, dass es eines gibt.»

«Was geht Ihnen im Kopf um?»

«Ich weiß nicht. Seit gestern Abend fühle ich mich nicht wohl in meiner Haut. Ich glaubte, diese Gestalt im schwarzen Ölmantel sei mir nicht weiter aufgefallen, und je länger ich darüber nachdenke, umso sicherer werde ich mir, dass ich diesen Menschen lange kenne. Es kommt mir vor, als hätte er eine Botschaft ausgesandt und ich hätte mich geweigert, sie zu empfangen, weil ich ganz in die Musik vertieft war.»

«Mit anderen Worten, Sie denken an einen Irren?»

«Nicht unbedingt... Ich denke an ein Motiv, das nichts mit niedrigen Beweggründen zu tun hätte. Und dass wir dafür eine Menge Phantasie brauchen.»

«Und jetzt? Abgesehen von unseren Routineuntersuchungen, die sich noch über Wochen hinziehen werden, wie wollen Sie die Sache anpacken?»

«Als Erstes werde ich in Ruhe nachdenken – an Ort und Stelle», sagte Laviolette.

Sommerlicht flirrte über dem Schauplatz des Verbrechens. Die Pinien schwitzten Hitze aus. Die Zikaden stockten in ihrem Gesang. Kindergeschrei war zu hören.

An der Kasse stand Laviolette hinter zwölf Holländerinnen in bunten Baumwollkleidern, die alle einen guten Kopf größer waren als er. Er bezahlte sein Eintrittsgeld und hob den Blick zur Festung auf dem steil abfallenden Felsen. Im blendenden Morgenlicht war alles noch genauso rätselhaft wie in der dunklen Nacht des Verbrechens. Dort oben bei der eingerüsteten Kapelle, die seit fünf Jahren restauriert wurde, grübelten die Fachleute über einem Stein aus Vilhosc, den es im romanischen Bauwerk an der richtigen Stelle einzusetzen galt. Die Fahnen flatterten sanft im unschlüssigen Wind.

Vorbei an den Bastionen, Schanzen und bajonettförmigen Toren hievte sich Laviolette schwitzend und keuchend, aber dennoch mit Zigarette im Mundwinkel, hinauf bis zum Bergfried. Als er oben ankam, wehte ihm der Wind ziemlich heftig ins Gesicht. Vom Gipfel des Lure-Gebirges bis zur Olan-Spitze, von den Hügeln im Drôme-Tal bis zum Brec de Chambeyron erstreckten sich ringsum hundert Kilometer klar gefegter Horizont. Unten, in der Kurve von La Resquille, zogen die Lastwagen, Autos und Wohnwagen wie Spielzeugmodelle vorüber.

Laviolette schonte sich nicht. Vom Teufelsturm aus prüfte er, ob der Wehrgang tatsächlich einsehbar war. Er besichtigte sogar das vergitterte Zimmer, in dem einst ein König von Polen eingekerkert war. Wie in einem wohl einstudierten Ballett kreuzte er auf der schmalen Treppe die drallen Holländerinnen, die ihn an der Wand einkeilten und sich gleichzeitig bei ihm entschuldigten. Nach so viel Tuchfühlung untersuchte er den Wehrturm, von dem die arme Jeanne herabgestürzt worden war. Er suchte den Boden ab, die Wände, den Kasten unter der Alarmsirene an der Decke, doch das tat er nur, um sein Gewissen zu beruhigen, denn die Polizisten hatten bereits alles vergeblich durchkämmt.

Er beugte sich aus dem Fenster, das Jeanne zum Verhängnis geworden war. Die Befestigungen der Zitadelle verliefen in regelmäßigen Reihen entlang der Böschung hinter dem Wallgraben des Theaters und den Stützpfeilern der Tore. Auf halber Höhe des Abhangs streckten die Kragsteine ihre quadratischen Schädel hervor, die einst als Stützen für jene Balken dienten, auf denen die Bogenschützen balancierten. Leere Zigarettenschachteln, Glasscherben, Bonbonpapier und Unmengen anderer Abfälle übersäten den steilen Felshang, auf dem Ziströschen, Pistaziensträucher und einige Terebinthen wuchsen.

Immer wieder vollzog Laviolette die Flugbahn des Körpers nach, der zerschmettert vor dem vierten Tor liegen geblieben war. Langjährige Erfahrung sagte ihm, dass seine hartnäckige Suche nicht sinnlos war. Er wusste, dass man ein entscheidendes Detail auch beim zehnten Mal noch übersehen konnte. Deshalb ließ er nicht locker. Deshalb nahm er jedes Grasbüschel, jeden Unrat in Augenschein, in der Hoffnung, irgendein Indiz aufzuspüren.

Plötzlich schob sich eine Wolke vor die Sonne und veränderte von einer Sekunde auf die andere die Farben und das Relief des Wallgrabens. Daraufhin leuchtete auf dem dritten Kragstein etwas Ungewöhnliches auf und bewegte sich. Es war weder ein Bonbonpapier noch irgendeine andere Hülle. Es war ein flaches Pappschild, das in der Mitte eine Aufschrift trug, die Laviolette nur als schwarzen Strich erkennen konnte. Es schien ihm, als steche dieses Papierchen deutlich von dem übrigen Müll ab.

Nachdenklich verließ er den Wehrgang über die Treppe hinter der Kapelle, nachdem er sich den betreffenden Mauervorsprung genau eingeprägt hatte. Den Kopf nach oben gereckt, wanderte er durch die Tore des Bogengangs und musterte von dort aus, wie der Fuchs in der Fabel, seine unerreichbare Beute. Zehn Meter Fels, Mulden und Pistaziensträucher zum daran Festklammern trennten ihn davon. Am helllichten Tag konnte er, der schon ein wenig füllig gewordene Mittfünfziger, nicht versuchen, dorthin zu gelangen, ohne sich lächerlich zu machen. Andererseits war er in seine eigene Falle gegangen: Seine Manie, ein entscheidendes Beweisstück zurückzuhalten, machte es ihm nun unmöglich, Hilfe anzufordern. Und außerdem… Er würde schön dumm dastehen, wenn das Pappschild inzwischen davonflöge oder sich als wertlos erweisen sollte. Wenn es sich dagegen um ein interessantes Indiz handelte, müsste er es mit aller Welt teilen, den Gendarmen, dem Erkennungsdienst, dem Untersuchungsrichter.

Er seufzte. Die Holländerinnen tauchten am Eingang der Geheimtreppe mit den zweihundertsiebenundachtzig Stufen auf. Laviolette bedauerte, aus ihnen nicht eine menschliche Pyramide bilden zu können, die sein Problem gelöst hätte.

Plötzlich ertönten mörderische Schreie aus der dunklen Zisterne: Fünf Jungen zwischen zehn und elf Jahren spielten Krieg. Mit spitzen Holzstöcken bewaffnet, verteilten sie sich auf der Rasenbühne, wirbelten um Laviolette herum, verschanzten sich hinter den Holländerinnen und benutzten sie als Baumstämme. Es waren fünf kräftige Knaben aus Sisteron, die die Zitadelle eroberten. Um keinen Eintritt bezahlen zu müssen, hatten sie sich hinter einem Lieferwagen durch das Tor an der Zugbrücke hereingeschlichen.

«Was für ein Radau!», dachte Laviolette heiter. Er liebte die Kinder anderer Leute.

Er schaute dem Trupp nach. Einer der Jungen, ein kleiner dunkelhaariger Lockenkopf, war zum Nachzügler geworden. Er bückte sich, um die Schnürsenkel seiner Schuhe neu zu binden. Schon wollte er wieder davonstürmen, da fiel Laviolette plötzlich ein, dass er doch vielleicht einen Teil dieser herrlichen Energie für sich abzweigen könne. Er pfiff leise. Der Bengel drehte sich um.

«Meinen Sie mich, Monsieur?»

Laviolette setzte sein unschuldigstes Gesicht auf.

«Hast du Mumm?»

«Klar, Monsieur.»

«So richtig Mumm?»

Der Kleine nickte, Laviolette betrachtete ihn abschätzend und spitzte die Lippen zu einer Grimasse der Ungläubigkeit.

«Du könntest mir nicht was von dem Kragstein da oben holen...?»

Der Junge warf ihm einen scheelen Blick zu. Laviolette

erklärte es ihm hastig: «Nein, das ist kein Witz! Der Kragstein, das ist dieser viereckige Stein, den du da oben siehst. Oben drauf liegt ein Papier... Könntest du das bitte für mich holen? Es ist mir davongeflogen...»

Er ließ zwei Zehn-Franc-Stücke in seiner Hand klimpern... Der Junge betrachtete sie starr und rechnete sie in seinem kleinen Kopf bereits um.

«Ich geh schon, Monsieur.»

Er drehte ihm den Rücken zu. Klammerte sich an der erstbesten Terebinthe fest. Richtete sich gut drei Meter oberhalb von Laviolette wieder auf, den ein Schauer überlief. «Was ist, wenn er sich den Hals bricht? Dass du dich nicht schämst! Das Ganze für zwanzig Mäuse und um deine Eitelkeit zu befriedigen! – Oh, in seinem Alter hätte ich's auch gemacht. – Vielleicht hättest du es gemacht, aber wenn du dir den Schädel eingedellt hättest, hätte dein armer Vater deinem Leichnam noch drei Fußtritte verpasst, um dir beizubringen, worauf es im Leben ankommt. Die Väter von heute dagegen... Mein Gott! Und wenn er nun runterfällt?» Aber es war zu früh beziehungsweise längst zu spät für Gewissensbisse. Der Klettermax erreichte die Höhe des behauenen Steins und musste nur noch die Hand ausstrecken. Laviolette hatte sich so aufgestellt, dass er ihn im Fall des Falles hätte auffangen können.

«Dabei verliere ich beide Arme», dachte er, «aber wenigstens federe ich den Sturz ein wenig ab.»

Die Höllenqualen, die er litt, waren überflüssig.

«Da ist es, Monsieur. Ich hab's», schrie der Junge.

Sechs Meter, fünf, vier... Da war er. Er sprang mit beiden Beinen auf den Boden. Laviolette musste sich zurückhalten, um ihn nicht zu umarmen. Er stieß einen tiefen Seufzer aus.

Das Kind hob das Pappschildchen zwischen seinen Fingern in Augenhöhe. Er las vor: «Gilberte Valaury!» Und während er es Laviolette hinhielt, fragte er: «Ist das Ihre Verlobte?»

«Kann sein…», antwortete Laviolette.

Er hatte solche Angst gehabt, dass er seine Taschen durchsuchte und noch zwei Zehn-Franc-Stücke zu den beiden anderen legte.

«So, da! Die hast du dir redlich verdient.»

Der Bengel war hochrot im Gesicht vor Glück und hörte gar nicht mehr auf, sich zu bedanken. Dann stob er davon, den Holzstock zum Kampf erhoben, um seine Freunde auf den Wällen einzuholen.

Laviolette richtete seine Aufmerksamkeit auf das Kärtchen, das er in Händen hielt. Es war eine Visitenkarte mit Goldrand, die Ecken abgerundet, sieben auf vier Zentimeter groß. Als Verzierung war links oben ein Vergissmeinnicht aufgedruckt, als sollte es den Namen darunter beschirmen.

«Gilberte Valaury…», las Laviolette halblaut.

Er spielte höchst nachlässig mit dem Beweisstück. Plötzlich brach er in Lachen aus und schreckte damit die Holländerinnen auf, die aus der Zisterne auftauchten. Er hatte eben seinen Chef vor Augen gehabt, Combassive, der auf Fingerabdrücke schwor. «Wenn er mich sähe, wie ich da ein Indiz zerstöre, würde er mich sofort in den Ruhestand schicken. Aber was soll's! Was kann man von einem Stück Papier erwarten, das mehrere Tage lang der Sonne, dem Tau und der Feuchtigkeit ausgesetzt war?»

Trotz allem untersuchte er das rätselhafte Kärtchen so sorgfältig, als könnte er es zum Sprechen zu bringen. Und es sprach. Zwei deutlich erkennbare kleine Löcher, kaum einen Zentimeter voneinander entfernt, erregten Laviolettes Aufmerksamkeit. Er ließ sich auf einem Mäuerchen nieder. Aus seiner Brieftasche fischte er die ominöse Nadel, die er vom Pullover der armen Jeanne zurückbehalten hatte. Er hielt die Karte ins Licht und führte die Nadel ins erste Loch, dann ins zweite, langsam und ohne Gewalt. Sie passte perfekt in die Öffnungen. Sie ließ sich durchstecken und herausziehen, ohne diese zu vergrößern.

Höchstwahrscheinlich hatte das starre und wenig biegsame Kartenpapier sich während des Sturzes von der Nadel gelöst und war davongeflattert. Aller Wahrscheinlichkeit nach hatte also der Mörder diese Karte an der Brust seines Opfers festgesteckt.

Warum?

In Gedanken versunken verließ Laviolette die Zitadelle; unablässig studierte er das Kärtchen, das er zwischen Daumen und Zeigefinger hielt.

«Gilberte Valaury... Gilberte Valaury...»

Das Vergissmeinnichtsträußchen, der Goldrand, die abgerundeten Ecken, der Name in bläulicher Schrift, alles, bis hin zum Format erschien ihm veraltet, aus einer anderen Zeit. Er seufzte. Er würde von seinem Fund berichten müssen. Die Gendarmerie verständigen, den Erkennungsdienst... Dutzende von Ermittlern würden nachhaken, zunächst in Sisteron, dann auch im Umkreis, im ganzen Département und wenn nötig noch weiter... Aus war's mit diesem Teil der Ermittlungen, den er so eifersüchtig für sich zu behalten geplant hatte. Bevor er kapitulierte, beschloss er allerdings, einen Versuch zu wagen. «Man weiß ja nie...», dachte er.

«Mein Gott! Es wird dich doch schließlich nicht umbringen, dein Testament zu machen!», ereiferte sich die Kusine aus Ribiers, die um keinen Preis der Welt das ihre gemacht hätte. «Was ist, wenn deine Schwester noch weitere Töchter hatte?... Ohne Testament sind sie die rechtmäßigen Erbinnen, und der letzte Wille deines seligen Vaters würde verhöhnt!»

An diesem Morgen hatte es geregnet. Rogeraine hatte die Terrasse verlassen und sich in den Salon zurückgezogen, wo jetzt die untergehende Sonne den Schal beschien, dessen Wolle sie wiederverwenden wollte. Bei jeder neuen Reihe, die sie auftrennte, gab es ein leises Geräusch, und winzige

Wollflusen stiegen im Licht der schräg einfallenden Sonnenstrahlen empor. Ein verstohlenes Lächeln spielte um Rogeraines Mundwinkel.

«Du weißt genau, dass Clématite nur eine Tochter hatte», sagte sie… «Man möchte meinen, meine liebe Évangéline, diese vielen Erbschaften hätten dich auf den Geschmack gebracht.»

Die Kusine zögerte lange, bevor sie antwortete: «Keiner weiß, wer lebt und wer stirbt, aber schließlich, um den letzten Willen deines Vaters zu respektieren, der ja auch mein Onkel war, und angesichts der freundschaftlichen Bande, die die beiden Brüder einten…»

«Évangéline! Du bist zehn Jahre jünger als ich! Was sind schon zehn Jahre? Nein, glaub mir, wenn es eines Tages für mich so weit sein wird, mein Testament zu machen, was Gott verhüten möge, dann wird es zu Gunsten eines jüngeren Menschen sein…»

Die Kusine räusperte sich.

«Es wäre vielleicht besser, im Augenblick nicht nur deinen eigenen Wünschen zu gehorchen…»

Rogeraine schaute ihr voll ins Gesicht.

«Und seit wann bin ich nicht mehr mein eigener Herr?»

«Mein Gott, Rogeraine, ich wollte, ich müsste dich damit nicht beunruhigen, aber wenn ich es recht bedenke, ist es besser, du erfährst es von mir! Wusstest du, dass Cadet Lombard uns an dem Tag, an dem er starb, um sein Bett versammelt hatte?»

«Cadet Lombard? Am Tag, als er starb? Uns? Wer ist ‹uns›?»

«Uns, alle deine Freunde. Er wollte mit uns über dich sprechen.»

«Das wundert mich nicht. Er hat mir stets eine solche Ergebenheit bezeugt… Aber warum hat er nicht auch mich kommen lassen? Hatte er Angst, es könnte uns beiden zu sehr zu Herzen gehen?»

«Ich glaube nicht, Rogeraine, dass ihn das davon abgehalten hat. Ich glaube, er wollte eine Beichte ablegen…» Sie beugte sich vor und legte ihre Hand auf das taube Bein ihrer Kusine. «Rogeraine, erinnerst du dich an das, was vor dreiundzwanzig Jahren geschah? Erinnerst du dich daran?»

«Du weißt genau, dass ich nach meinem Unfall mehr als drei Tage im Koma lag und mein Gedächtnis viele Lücken hat.»

«Vielleicht wollte Cadet Lombard deshalb, dass wir es erfuhren. Er fürchtete, dass nach seinem Tod niemand mehr da wäre, der sich erinnert.»

«Ich verstehe kein Sterbenswörtchen von all dem, was du mir da erzählst.»

«Als er zu reden aufgehört hatte, hat er einen letzten lauten Schrei ausgestoßen. Und dieser Schrei, Rogeraine, war genau der gleiche wie der, den die arme Jeanne von sich gab, als sie starb. Den hast du doch gehört? Du warst dabei!»

«Ja, ich war dabei.»

«Nun ja, ich wollte die Erste sein, von der du es erfährst, zu deinem Besten! Ich habe das Gefühl, jemand will deinem Gedächtnis auf die Sprünge helfen. Oh! Ich weiß sehr wohl, dass für die stolze Seele Gewissensbisse leicht zu ertragen sind… Nur manchmal, da packen sie einen unversehens am Schlafittchen, hinter einer Tür… Man muss ewig auf der Hut sein, um ihnen zu entgehen… Und wenn zu alledem jemand versucht, dich damit zu Fall zu bringen…»

«Du sprichst in Rätseln. Du bist zu vorsichtig, wie üblich! Wer sollte mir diese angeblichen Erinnerungen ins Gedächtnis rufen wollen?»

«Als Cadet Lombard verschied, standen wir alle über ihn gebeugt, wir, deine Freunde. Und als wir uns wieder aufrichteten, kreuzte ich den Blick von jemandem, und ich schwöre dir, Rogeraine, mir lief es eiskalt den Rücken hinunter, deinetwegen… Und wenn du ihn gesehen hättest, wie ich, hättest auch du Angst…»

Rogeraine lachte heiser. «Meine liebe Évangéline... Ich war zwei Stunden in einer Jauchegrube versteckt und drei SS-Männer hämmerten mit ihren Stiefeln auf die Steinfliesen über mir. Wenn man dieses Geräusch ein einziges Mal gehört hat, Évangéline, hat man nie wieder Angst in seinem Leben!»

Évangéline lachte hell auf. «Oh, aber ich spreche doch nicht von so einer Angst!»

Rogeraine öffnete den Mund, um zu antworten, als der Türklopfer ertönte.

«Das muss Esther Romance sein. Sie will mir einen Stapel Zeitschriften vorbeibringen.»

Die Kusine war schon im Flur.

«Es ist nicht Esther!», rief sie.

Sie führte Laviolette herein, der seinen Hut in der Hand hielt.

«Ich bin so zerstreut! Ich bin wirklich tief betrübt, Sie noch einmal stören zu müssen.»

«Sieh an», dachte Rogeraine, «diesmal trägt er seine Ehrenzeichen nicht...»

Laviolette hatte das Jackett gewechselt und völlig vergessen, das Band umzustecken, bevor er zu Rogeraine ging, die so großen Wert auf ihres legte, dass sie es sogar zu Hause trug.

«Setzen Sie sich», sagte sie. «Haben Sie den Mörder der armen Jeanne gefunden?»

«Wir sind auf dem besten Weg dazu. Es kann nicht mehr lange dauern... Und genau aus diesem Grund...»

Aus seiner Jacke zog er eine Brieftasche, so groß wie die eines Pferdehändlers, deren zahlreiche Fächer voll gestopft waren mit unbeschreiblichem Krimskrams. Ungeschickt begann er mit seinen dicken Fingern darin herumzuwühlen. Immerhin hatte er vor den beiden Kusinen schon allerlei ausgebreitet: seinen Polizeiausweis, ein Faltblatt des Fremdenverkehrsbüros, die Rechnung eines teuren Hotels, die kreuz und quer mit Telefonnummern voll gekritzelt war, und ganz obenauf die Visitenkarte, die er in der Zitadelle gefunden hatte. Offenbar ganz vertieft, setzte er dennoch seine ergebnislose Suche fort und bezichtigte sich dabei der Unbeholfenheit und der Unordnung. Doch er beobachtete Évangéline und Rogeraine verstohlen. Sie blickten starr auf die Karte, aber keine von beiden zuckte mit der Wimper. Er widmete sich ausgiebig dieser Farce, leerte jedes einzelne Fach aus, drehte die Brieftasche um und schüttelte sie. Zu guter Letzt blickte er mit verständnisloser Miene die beiden Frauen an, als wolle er sich dafür entschuldigen, ihnen für nichts und wieder nichts Umstände gemacht zu haben, und fand scheinbar unversehens auf dem Intarsientisch, als Krönung des Sammelsuriums an Zetteln, genau das, wonach er gesucht hatte.

«Das gibt's nicht, bin ich dämlich! Da war's ja die ganze Zeit, was ich Ihnen zeigen wollte!»

Er schlug sich auf die Schenkel, lachte schallend über seine eigene Dummheit. Nahm das Beweisstück zwischen Daumen und Zeigefinger und hielt es Rogeraine unter die Nase.

«Neulich», sagte er, «habe ich Ihnen von einer Nadel erzählt, die ich an der Leiche gefunden habe. Heute bringe ich Ihnen dieses Kärtchen. Schauen Sie.»

Er fischte die Nadel aus ihrem Zellophantütchen und steckte sie durch die Löcher in der Karte.

«Sehen Sie: Sie passt perfekt! Und diese Karte befand sich ganz in der Nähe der Stelle, an der der Körper aufschlug. Offensichtlich hielt die Nadel die Karte. Offensichtlich diente sie dazu, diese Karte auf dem Pullover der armen Jeanne festzustecken. Wo ich sie dann gefunden habe. Deshalb habe ich folgende Frage: Kennen Sie oder kannten Sie jemanden namens Gilberte Valaury?»

Die Kusine schüttelte sofort den Kopf und antwortete nein. Rogeraine sprach den Namen einige Male vor sich her, als überlege sie.

«Gilberte Valaury…? Gilberte Valaury…?» Schließlich schüttelte auch sie den Kopf. «Gilberte Valaury… nein, ich wüsste nicht. Gilberte Valaury… Nein… Diesen Namen habe ich noch nie gehört.»

Laviolette seufzte.

«Ich hatte mir Hoffnungen gemacht», sagte er, «aber da Sie es nicht wissen, gehen wir wie üblich vor… Wir werden den Namen über Presse und Rundfunk verbreiten…»

«Aber was soll es für eine Bedeutung haben, dass diese Karte an der Brust der armen Jeanne festgesteckt war?», fragte die Kusine.

«Glauben Sie denn, der Mörder hätte diese Etikettierung aus purem Jux betrieben?»

«Die Tat eines Irren», sagte Rogeraine.

«Das wäre möglich», bekannte Laviolette. «Aber in dem Fall hätte die Karte irgendeinen Bezug zu seiner Zwangsvorstellung.»

Er empfahl sich und wiederholte, dass er tief betrübt sei, dass er sehr hoffe, sie von nun an nicht mehr stören zu müssen. Im letzten Augenblick besann er sich.

«Haben Sie… Verzeihen Sie meine Neugier, ich frage aus aufrichtiger Sorge. Haben Sie eine neue Pflegerin gefunden?»

«Ich erwarte sie jeden Augenblick.»

«Das freut mich sehr!»

«Sie hätten mich ruhig davon unterrichten können», sagte die Kusine schmollend, nachdem der Kommissar gegangen war. «Wo ich diese Nachricht wie den Heiland herbeisehne! Haben Sie tatsächlich jemanden gefunden, ist das wahr?»

Aus der großen Umhängetasche, die immer an ihrem Rollstuhl hing, zog Rogeraine ein zusammengefaltetes Blatt Papier und las vor: «Sehr geehrte Madame Gobert, in Beantwortung Ihres Schreibens bezüglich Ihrer Anzeige möchte ich Ihnen mitteilen, dass ich meinen Dienst am 15. September aufnehmen werde…»

«Wunderbar!», rief die Kusine. «Dann kann ich ja in Ruhe meine Weinlese angehen. Aber wer ist denn die Perle?»

«Eine gewisse Raymonde Carème...»

«Mein Gott! Das klingt ja wie ein falscher Name! Apropos, hast du ihr gesagt, was der armen Jeanne zugestoßen ist?»

«Es bestand keinerlei Veranlassung, und ich sehe nicht, welche Rolle das spielen könnte.»

«Natürlich! Wie dumm von mir! Es spielt überhaupt keine Rolle... Ach du lieber Gott! Es ist ja schon halb sieben. Ich habe eine Verabredung mit dem Maurer, wegen des Umbaus. Gegen acht bin ich wieder da. Ich muss mich beeilen!»

Plötzlich gab sie sich ganz geschäftig, streifte ihre Handschuhe über, strich ihren Rock glatt, schnappte sich vom Kaminsims ihr Portemonnaie und den Schlüssel für das Vorhängeschloss des Mopeds, das sie immer im Flur abstellte. Die Tür des Salons schloss sich hinter ihr.

Das grünliche Abendlicht stahl sich durch das Fenster. Rogeraine ließ den Schal auf ihren gefühllosen Beinen ruhen. Ihr Blick schweifte über den Baume-Felsen, das Felsmassiv nahe der Mège-Quelle und jene Straße nach Saint-Geniez, die ihr so vertraut war. Sie sah sich als Achtzehnjährige, auf dem Fahrrad, in kurzen Hosen... Sie roch noch den Staub der Wege. Halblaut sprach sie die Namen der Ortschaften vor sich hin: «Catin, Persanne, Les Alibert und darunter Mezieu und jene seltsame Straße des römischen Feldherren Dardanus.»

Sie runzelte die Stirn, presste die Kiefer aufeinander. Es galt, diese Orte, diese Erinnerungen zu ordnen. Es galt, einige Wege zu vergessen, bestimmte, allzu grelle Bilder der Vergangenheit aus dem Gedächtnis zu streichen.

Verlassene Höfe lagen im Schutz der Täler, flankiert von drei glitzernden Pappeln oder einer kümmerlichen Weide, die eine Quelle anzeigte. Es gab kaum eine Senke, in der Rogeraine, seit sie fünfzehn war, nicht schon ihr Fahrrad ins

Gras gelegt hätte, um dem Ruf eines Jungen zu folgen, der irgendwo im Unterholz versteckt war. Sie konnte alles wieder heraufbeschwören, die Stunde, den Tag, den Monat dieser harmlosen Umarmungen, die Farbe des Himmels, die Stille, die sie umgab. Doch ihre Partner waren nichts als körper- und namenlose Wesen. Ihre Augen, ihre Stimmen, die fahrigen Liebkosungen, alles war erloschen. Um ihre Melancholie zu nähren, blieb ihr nichts weiter als jener Himmel, jene Weidengruppen, das entfernte Glitzern der Pappeln.

Rogeraine atmete tief. Sie war beklommen. Auf ihrer Sehnsucht lastete die Angst. Schemenhafte Gestalten umschwirrten sie, von denen sie geglaubt hatte, sie habe sie für immer verscheucht.

Sie verließ den Salon und dirigierte ihren Rollstuhl in den großen Flur, der einst widergehallt hatte von ausgelassenem Gepolter, Rufen und Lachen und jetzt nur noch die gedämpfte Stille ausgestorbener Häuser atmete. Rechts von ihm gingen drei Flügeltüren ab: zum Salon, zum Esszimmer und zu Rogeraines Schlafzimmer, links lagen Küche, Bad, Waschküche und ein Dienstbotenzimmer. Ganz hinten führte eine weiße Treppe mit ausgetretenen Stufen in das obere Stockwerk, das nicht mehr genutzt wurde. Das Holzgeländer war mit Balustersäulen versehen und folgte den Stufen: Nach jeweils zwanzig bildete es einen rechten Winkel. Diese Treppe lag immer im Halbdunkel.

Rogeraine fuhr den Flur entlang, der unter dieser Treppe hindurchführte. Der Aufgang verbarg eine schwarze Tür aus Birnbaumholz, die man nur bemerkte, wenn man sich hier auskannte. Als sie sechs Jahre alt war, schlich Rogeraine auf Zehenspitzen hierher. Damals presste sie ihr Auge oder ihr Ohr ans Schlüsselloch, um ihrem Großvater nachzuspionieren.

Aus der Tasche, die an ihrem Rollstuhl befestigt war, zog sie unter all den anderen Kostbarkeiten einen Schlüssel hervor und drang in das Refugium ein. In dem kalten Zimmer roch es wie in einer Gruft. Trotz der hohen Fenster mit Gittern aus gehämmertem Eisen war diese auf die Grande Andrône hinausgehende Kammer immer dunkel.

Eine Kaminverkleidung aus gewölbtem Blech nahm zwei Drittel der hinteren Wand ein und umrahmte eine mannshohe Feuerstelle. Auf beiden Seiten des Kamins glänzte der immerfeuchte Fels, auf dem auch die Zitadelle ruhte. Die Gegenstände im Regal waren noch genau so angeordnet, wie der Großvater sie bei seinem Tod zurückgelassen hatte. Sie waren nur leicht verstaubt. Nirgends waren Spinnweben.

Rogeraine hatte nichts vergessen. Weder die höllische Hitze, die dort herrschte, noch den Alten mit der Lederschürze, der sich der Alchemie widmete und den großen Blasebalg bediente, der seit dreißig Jahren dort an dem noch bis zur Hälfte gefüllten Kohlenbecken lehnte. Es versorgte sein Schmelzöfchen... Dieser alberne Zeitvertreib, von dem leider zu viele wussten, erfüllte die Familie mit Scham und Verlegenheit. Heute war nur noch das Fundament des Schmelzofens übrig. Die Leiche des Großvaters war noch nicht richtig kalt gewesen, als schon zwei spöttelnde Maurer mit hocherhobenen Hämmern auf diesen Schmelztiegel des Teufels losstürzten, als gelte es, einem Übeltäter den Garaus zu machen.

Seit dreißig Jahren zeugte der Sockel des mystischen Ofens von der Naivität des Großvaters. Rogeraine bewegte ihren Rollstuhl hinüber auf die andere Seite, wo ein kleiner Destillierkolben aus Messing schimmerte. Der Großvater hatte ihn Zentimeter für Zentimeter ausgebaucht, eigenhändig die Rohrschlange gelötet und die Metallplatten justiert. Im Kräutergarten zog und verlas er eine Reihe von Pflanzen, die er nur bei ihren lateinischen Namen nannte. Ihr Destillat füllte er in Flakons, die er wie Marmeladengläser mit Etiketten beklebte.

Der Apotheker Pinsot, Rogeraines Vater, hatte zwar das Schmelzöfchen und seinen Inhalt zerstören lassen, diese

Extrakte jedoch hielt er in Ehren. Dort standen sie, hübsch aufgereiht auf winzigen Regalen wie guter Wein, den man reifen lässt.

Rogeraine betrachtete sie gerne, sooft sie dieses Refugium inspizierte. Manche dieser Tinkturen spielten ins Rubinrot, andere ins Aquamarin. Die raffiniertesten verbargen sich hinter dem violetten Glas der Fläschchen für Orangenblütenwasser. Doch Rogeraines Lieblingsfläschchen, ein Gebräu, das sie eigentümlich faszinierte, war trüb, von einem schmutzigen Grün, ähnlich wie Absinth.

Nach dieser Phiole hatte der Großvater während der drei Tage, in denen er mit dem Tode rang, laut flehend verlangt. «Sei doch vernünftig, Vater, ich bitte dich. Im Hause eines Apothekers bringt man sich doch nicht um!» – «Ich hoffe, du verreckst elend!» Dieser Fluch, mit dem er seinen unerbittlichen Schwiegersohn belegte, geriet zur Prophezeiung: Drei Jahre später verlangte der Apotheker Pinsot seinerseits nach dem Inhalt der Phiole, die seine Frau ihm schreckerfüllt verweigerte.

Als Rogeraine sich nach ihrem «Unfall» in dem großen Spiegel im Flur betrachtet hatte, als ihr klar war, dass sie für den Rest ihres Lebens in diesem kleinen Wagen sitzen würde, hatte sie mit ruhiger Hand nach diesem Fläschchen gegriffen... Dann hatte sie es wieder zurückgestellt. Sie war siebenundzwanzig Jahre alt gewesen, und trotz ihres Gebrechens mobilisierte eine unersättliche Neugier auf das Leben ihren Stolz. Doch heute hatte sich ihr Schicksal wieder zu Wort gemeldet...

Sie entkorkte das Fläschchen, um mit geschlossenen Augen daran zu riechen. Sie tauchte den kleinen Finger ein und kostete mit der Zungenspitze. Zweifellos konnte niemand Großvater das Wasser reichen, wenn es darum ging, seinen Gifttinkturen einen Hauch Verlockung beizumischen. Es war ihm gelungen, die natürliche Bitterkeit dieses Mittelchens abzumildern und es stattdessen mit einem leichten Duft nach herbstlichem Unterholz zu versehen, wie er nach zehn Jahren über manchen *Grands Crus* schwebt.

Rogeraine berauschte sich lange an dem Aroma; dabei verspürte sie ein immer heftigeres, immer gierigeres Verlangen nach diesem matten Grün.

Doch dieser Todesduft vermochte es auch, unversehens böse Erinnerungen zu wecken. Er lichtete den Nebel, der über der Vergangenheit lag. Er zerriss unvermittelt den Schleier, den man absichtlich immer dichter hatte werden lassen. Rogeraine stellte das Fläschchen zurück, als würde sie sich an ihm die Finger verbrennen. In einem Anfall von Panik beförderte sie ihren Rollstuhl aus dem Zimmer. «Gilberte Valaury...», sagte sie keuchend und wiederholte den Namen immer wieder.

Rosa Chamboulive durchschritt eilig den Flur. Ihre linke Hüfte zuckte bei jedem Schritt heftig nach oben. Plötzliche Angst schwang in ihrer Stimme, als sie nach ihrer Freundin rief.

«Rogeraine! Rogeraine!»

«Was ist? Ich bin hier, im Salon.»

Rosa stieß die Tür auf und ließ sich in einen Sessel fallen, die Hände auf ihren Busen gepresst.

«Meine Güte! Bin ich gerannt! Ich bin fix und fertig! Ich habe darauf gelauert, dass Constance losgeht, ihre Besorgungen machen. Zum Glück hat sie nicht abgeschlossen...»

«Nachmittags nie», sagte Rogeraine. «Was ist los mit dir? Wir wollten uns doch heute Abend sehen?»

«Ja, aber ich wollte unter vier Augen mit dir reden.»

«Du tust ja sehr geheimnisvoll.»

«Wir sind doch allein, oder?»

«Ja. Évangéline ist in Ribiers und Constance unterwegs zur Bank und auf die Post, sie braucht sicher eine Stunde.»

Rosa legte sofort los. Sie hatte tief Luft geholt, um die Katze aus dem Sack zu lassen, egal was passieren würde. Schon gab es kein Zurück mehr.

«Weißt du, Rogeraine, das Leben ist wirklich hart. Wir verkaufen fast keine Mandeln mehr. Die Türken machen uns Konkurrenz. Nüsse rentieren nicht mehr. Bleiben nur noch Oliven, wobei nun seit zwei Jahren... Kurzum. Wir haben eine Menge Schulden. Es sind eine Menge Zahlungen fällig...»

«Ich bitte dich! Du weißt, dass ich es mir zur Regel gemacht habe, kein Geld mehr an meine Freunde zu verleihen. Geld verdirbt die Freundschaft. Besteh nicht drauf. Ich habe schon mal nein gesagt.»

«Ja, aber das war vorher.»

«Wovor?»

«Vor dem Tod der armen Jeanne und auch vor dem Tod von Cadet Lombard... Natürlich, du weißt von nichts... Hast du nicht bemerkt, dass wir uns neulich abends nicht ganz natürlich benommen haben, dir gegenüber?»

«Ihr habt mir nur geraten, meine Tage in einem Heim zu beschließen. Aber das ist nichts Neues.»

«Cadet Lombard hat uns alles gestanden...», sagte Rosa hastig.

«Cadet Lombard? Ich habe mich drei Tage vor seinem Tod zu ihm fahren lassen, da war er bereits völlig verwirrt.»

«Aber wir waren dabei, als er starb, und ich kann dir versichern, dass er bei klarem Verstand war.»

Rogeraine, die damit beschäftigt war, ihr Haushaltsbuch durchzugehen, schaute auf und ließ den Blick zum Fenster hinaus schweifen, an der Glyzinie vorbei hinüber zum Baume-Felsen.

«Erinnerst du dich, Rogeraine, was kurz vor dem Ende des Krieges passiert ist?»

«Du vergisst, dass ich drei Tage im Koma lag. Du weißt, dass ich seitdem in Bezug auf die Vergangenheit –»

«Ach! Du kannst mir nicht weismachen, dass sich das auf das Erinnerungsvermögen auswirkt. Schon gar nicht auf eine Erinnerung wie diese! Jedenfalls wusste Cadet Lombard alles noch sehr genau. Bis ins Detail. Und er hat uns alles erzählt. Hörst du, Rogeraine? *Alles.*» Bei diesem *Alles* hatte sie sich vorgebeugt. Nun richtete sie sich wieder auf. «Ich glaube übrigens, dass ihm das gut getan hat, er ist in Frieden gestorben.»

Rogeraine zuckte die Achseln.

«Woher willst du das wissen?»

«Es stand in seinem Gesicht geschrieben.» Sie stand auf und strich ihren Rock glatt. «Mehr werde ich dir heute nicht sagen. Constance kommt bald zurück, und Gott verhüte, dass... Aber denk noch einmal drüber nach, Rogeraine, denn weißt du, ich glaube nicht, dass man es auf die arme Jeanne abgesehen hatte... Ich habe lange darüber nachgedacht. Du weißt, wie hartnäckig ich sein kann. Die Art und Weise, wie sie umgekommen ist, hat mir zu denken gegeben. Dieser Schrei, den sie ausgestoßen hat. Dir hat er sicher auch zu denken gegeben. Du hast in einer der vordersten Reihen gesessen, ich dagegen nur in der Mitte, weiter hinten... Ich glaube, das war es, was der Mörder bezweckte. Dich an der richtigen Stelle treffen. Ich habe den Eindruck, er will *dir* ans Leben, aber... ganz langsam... unauffällig... Und ich werde dir noch etwas sagen, auf die Schnelle, bevor Constance zurückkommt. Am Sterbebett des Cadet Lombard fing ich den Blick von jemandem auf. Es lief mir kalt den Rücken runter... Deinetwegen...»

«Wer?»

«Über dieses Geheimnis darf ich nicht so einfach verfügen. Denk also noch mal über meine Bitte nach. Wenn du mir ein Darlehen gewährst, könnte ich mein Gewissen überlisten. Denn die schmutzige Wäsche waschen wir besser unter uns, meinst du nicht auch? Jedenfalls – ich weiß, das wirst du mir nicht glauben –jedenfalls wäre es mir lieber, ich hätte nichts erfahren!»

Sie stand auf, drehte sich um und ging zur Tür. Ihr Hinken hatte etwas Kokettes.

«Rosa! Hast du sie umgebracht?»

«Aber nein!», antwortete Rosa, ohne sich umzudrehen. «Ich habe dazu nicht die richtigen Anlagen!»

~ 5 ~

ES brannten ein paar Lichter in Sisteron, wie jene Krippenlämpchen, die an Weihnachten in der Dunkelheit der Kirchen vor sich hinglimmen. Da und dort waberte Nebel vor einem erleuchteten Fenster.

Überall herrschte erschöpfte Stille, die Ruhe nach der fiebrigen Jahreszeit, in der jedes Jahr eine Million Menschen durch dieses steinerne Nadelöhr ziehen, hinunter in den Süden und zurück in den Norden, in einem endlosen Hin und Her.

Es war Spätherbst. In einigen wenigen Kellern gärte noch der Wein aus einer späten Lese. Der See war finster. Die ersten Nebelschwaden irrten über ihn hinweg wie der zerrissene Tüll eines Brautschleiers. Das Paar, das sich in den Sitzen eines großen roten Autos lümmelte, unterhielt sich leise.

«Du garantierst mir, dass wir kein Risiko eingehen?»

«Wenn ich's dir doch sage! Die Alte ist an den Beinen gelähmt. Ich hab ihr Vertrauen gewonnen...»

«In einem Monat?»

«Du kennst mich ja. Du weißt, wie geschickt ich bin... Bei ihr hab ich die Gediegene, Tüchtige gespielt. Ich hab ihr gezeigt, dass ich nicht dumm bin, aber auch nicht zu intelligent. Jedenfalls hab ich sie eingewickelt...»

«Dass eins klar ist: Seit drei Monaten bin ich raus aus dem Bau. Ich hab keine Lust, für irgendwelche Kinkerlitzchen wieder reinzugehen.»

«Wer redet von Kinkerlitzchen! Hör zu! An ihrem Rollstuhl hängt immer eine große Tasche. Das ist mir gleich am ersten Tag aufgefallen. Einmal hat sie morgens so einen lackierten Federkasten da rausgezogen und vor meinen Augen geöffnet, als ich sie grade frisiert hab. Sie hat mir eine Perlenkette gegeben, damit ich sie ihr umlege. An dem Tag musste ich sie zu einer Totenmesse fahren... Aber in dem Kasten war noch viel mehr: Ringe, Armbänder, Manschettenknöpfe. Alles altmodisches, angelaufenes Zeug.»

«Wahrscheinlich Talmi!»

«Von wegen Talmi! Hör mal, ich war drei Jahre lang Verkäuferin in einem echten Juweliergeschäft! Deswegen bin ich ja schließlich im Knast gelandet... Und außerdem sind die in ihrer Familie seit drei Generationen Apotheker! Glaubst du, die kaufen falschen Schmuck? In der Provinz ist Schmuck eine Kapitalanlage. Da haben sie immer ein bisschen Angst vor der nächsten Revolution... Da kauft man was Nützliches... Was, das man vergraben kann... Auf jeden Fall war die Kette, die ich in der Hand hatte – obwohl sie nichts Besonderes war –, bestimmt ihre fünfzig-, sechzigtausend wert...»

«Schwer abzusetzen. Der Hehler wird uns sowieso übers Ohr hauen...»

«Da ist noch was anderes. An dem Morgen hat sie vor dem Federkasten erst ein Päckchen mit Zetteln rausgezogen, die sie auf die Ecke der Frisierkommode gelegt hat. Ich glaube, mir hat der Kamm in der Hand gezittert. Das waren Schatzbriefe... Inhaber-Schatzbriefe, wohlgemerkt... Jeder über zehntausend Mäuse... Und ich kann dir versichern, das Bündel, das wurde von einem Gummiband zusammengehalten, und es war ganz schön dick... Gut zwei Finger dick...»

Er pfiff leise. «'ne wahre Goldgrube, deine Alte! Bist du sicher, dass sie nicht noch woanders was hat? Aber wie sollen wir sie kaltstellen, ohne sie kaltzumachen?»

«Kein Problem. Ich hab ihr die doppelte Dosis Baldrian in den Eisenkrauttee geschüttet. Sie wird schlafen wie ein Murmeltier. Du musst sie nur noch knebeln – nicht zu fest! – und ihr die Hände fesseln. Der Rollstuhl mit der Tasche, der ist immer am Kopfende von ihrem Bett...»

Er seufzte. «Beängstigend, wozu die Liebe einen treibt! Na ja... machen wir einen Uhrenvergleich! Jetzt ist Mitternacht. Ist halb zwei o.k.?»

«O.k.! Halb zwei... Pscht!»

«Was, pscht?»

«Ich hab so ein komisches Gefühl... Ich hab das Gefühl, jemand beobachtet uns...»

«Ein Spanner?»

Er schubste sie plötzlich weg, öffnete mit einem Ruck die Wagentür und rannte einmal ums Auto.

«Du siehst Gespenster», meinte er, als er außer Atem zurückkam. «Ich steh nicht besonders auf solche Gespenster. Hab ganz schön Schiss bekommen!»

Er verpasste ihr eine kleine Ohrfeige zur Warnung. Sie presste sich an ihn.

«Los komm! Genug gesabbert!», sagte er. «Um halb zwei kratze ich an der Haustür und du bist da? O.k.?»

«Ja, klar!», rief sie. «Und dann hauen wir alle beide ab nach Mallorca, bevor sie eine Chance haben, uns zu schnappen. Dann wird drei Tage lang nicht aufgestanden!»

Er schob seine Hand unter ihren Po und beförderte sie so aus dem Auto. Er hörte, wie sie in Richtung Altstadt davonstolperte, den wenigen trüben Lichtern entgegen, und wie ihre Schritte sich entfernten und verhallten. Er hatte das Gefühl, als atme er in einer Höhle. Eineinhalb Stunden Wartezeit... Er betastete sein beinahe leeres Päckchen Zigaretten. Auch das noch. Trotzdem steckte er sich eine an. Der Nebel tropfte als unmerklicher Regen auf den See. Der Gemütlichkeit halber schaltete er die Scheinwerfer an und ging in ihrem Licht zum Ufer. Er stieg auf die Brüstung und öffnete seinen Schlitz. Er liebte es, in hohem Bogen ins Wasser zu pinkeln. Das machte so ein hübsches Geräusch.

Die Scheinwerfer des Autos gingen plötzlich aus. Er war von einer Dunkelheit umgeben, in der er nicht einmal seine eigenen Schuhe erkennen konnte. Irgendwie roch es nach Gummi.

«Bist du das?», fragte er. «Bist du bescheuert, oder was?»

Er fühlte, dass seine beiden Fußgelenke gleichzeitig wie von einem Schraubstock umklammert wurden. Er stürzte nach vorn und konnte nur noch «Scheiße!» sagen.

Er schwamm lange. In diesem Herbst stand das Wasser sehr hoch. Die Mauer, die den See säumte, war sehr lang und fiel glatt ab. Er gelangte schließlich ans Ende. Er strandete im Schilf, in einer Bucht, wo schon allerhand angeschwemmt worden war. Er watete noch einen Moment darin herum, ehe er festen Boden betrat. Er war durchnässt, durchgefroren, schlammverschmiert, aber er hatte einen klaren Kopf. Die Tauchpartie hatte seine Lust auf schnelles Geld gedämpft. Dafür stand ihm die Bedrohung, die von jenem Bau ausging, den Raymonde Knast nannte, durchaus deutlich vor Augen.

Nur vom Widerschein des Lichts über der Stadt geleitet, tappte er eine ganze Weile durch die Gegend, bis er wieder bei seinem Auto anlangte. Er ging lautlos darauf zu, schlich auf Zehenspitzen einmal herum, schaltete nicht gleich die Scheinwerfer an. Unbeweglich spähte er in die Nacht. Er hörte die Glocke am Tour de l'Horloge einmal schlagen. Er warf einen einzigen Blick auf seine Uhr. Sie war stehen geblieben. Raymonde wartete jetzt wohl schon hinter der Tür… Sie hatte bestimmt Angst… Wartete darauf, ihm aufzumachen… Schmuck… Ein Bündel Schatzbriefe… Und dann Mallorca… «In Handschellen!», zischte er.

Durchnässt, schlotternd, schmutzig wie er war, hatte er nur noch eines im Sinn: ins Bett zu kommen. Das zusammengekauerte Sisteron vor ihm sah aus wie eine Geisterstadt. Die alte Festung mit den dicken Mauern war nicht gerade einladend. Sie beschwor nur die noch frische Erinnerung an das Gefängnis herauf.

Das nahm er als Ausrede, aber in Wirklichkeit flüchtete er, weil er Angst hatte. Normalerweise war er der Jäger. Jetzt aber war er auf dem Sprung wie ein gehetztes Wild. Solch ein Gefühl verleiht Flügel. Mit eingezogenem Kopf ließ er vorsichtig den Motor an; er war aufs Schlimmste gefasst. Und erst als er die Hauptstraße erreicht hatte, machte er die Scheinwerfer an. Er schaute in den Rückspiegel. Die Stadt war verschwunden. Der Nebel hatte sie verschluckt.

«Heute Abend ist es so weit», dachte Madame Gobert.

Sie rechnete, wie gewöhnlich, unter dem grünen Lampenschirm ihrer Leseecke. Es war eine gemütliche Ecke in ihrem riesigen Salon, nahe bei der Heizung, wo sich alles in Reichweite befand: die Rechnungsbücher, ein paar Zeitschriften, die Fernbedienung des Fernsehers. Sie überlegte, wog ab, mutmaßte, und dabei goss sie ihren Eisenkrauttee sorgfältig in den Philodendron.

Sie verglich noch einmal die vier Zeugnisse, die Raymonde ihr bei ihrer Ankunft zur Aufbewahrung gegeben hatte. Sie stammten von zwei Spezialkliniken, die mittlerweile zwangsverwaltet wurden, von einem Botschaftsattaché, der inzwischen halbseitig gelähmt war, und von der – verstorbenen – Witwe eines Kartoffelhändlers. Diese ganze feine Gesellschaft, die es nicht mehr gab, empfahl Raymonde Carême wärmstens der Güte Madame Goberts. «Welch ein Leichtsinn!», dachte Rogeraine, «all diese Zeugnisse auf der gleichen Maschine zu tippen und dabei immer den gleichen Tippfehler zu machen, um ihn anschließend in aller Naivität auszubessern!»

Andererseits war ihr Verhältnis von Anfang an sehr gut gewesen. Raymonde drückte sich nicht vor der Arbeit. Sie war diskret, leise, gähnte nie, war nicht versessen aufs Ausgehen, beklagte sich nicht und aß, was man ihr vorsetzte. Aber da waren die Zeugnisse… offensichtlich gefälscht.

«Constance», sagte Madame Gobert eines Abends zu

ihrer treuen, wenn auch respektlosen Putzfrau, «Constance, ich habe den Fuchs in den Hühnerstall gelassen...»

Constance brach in ein beleidigendes Gelächter aus:

«Wie das? Und sind Sie etwa das Huhn? Der arme Fuchs! Er ist zu bedauern. Er wird die Federn lassen müssen!»

Rogeraine warf ihr einen vernichtenden Blick zu. Sie hegte den Verdacht, dass Constance nur in ihrem Dienst blieb, um sich an ihrer Hilflosigkeit zu weiden und keinen Anlass zu Moralpredigten ungenutzt zu lassen. Sie war Protestantin.

«Constance, wenn ich eines Tages ermordet werde, werden Sie sich freuen, nicht wahr?»

«Mein Gott! Wenn Sie so etwas befürchten, trennen Sie sich sofort von Raymonde!»

Rogeraine hatte sich zu keiner Antwort herabgelassen. Sie hinauswerfen? Nein, das nicht... Sie gestand sich ein, dass es ihr Spaß machte, ihre Pflegerin agieren zu sehen, zuzusehen, wie sie mit ihrer Dienstbeflissenheit versuchte, sie einzulullen. Aber man lullt niemanden ein, dessen Leben einmal davon abgehangen hat, dass er sich vor der Welt in Acht nahm. «Glaubt die etwa», fragte sich Rogeraine, «ich habe meinen Orden fürs Perlenauffädeln bekommen?» Das war ihre übliche Ausrede. Sie zog es vor zu glauben, die Umstände hätten ihren Charakter geprägt, statt einzusehen, dass erst ihr Charakter es ihr ermöglicht hatte, gewisse Umstände zu überleben. Sie gehörte zu jenen Starrköpfen, denen es gelingt, ununterbrochen auf der Hut zu sein, sich auf ewig vor jedem in Acht zu nehmen und dabei weder Worten noch dem Anschein zu trauen, ja nicht einmal der Wirklichkeit. Bei ihresgleichen war Rogeraine stets auf das Schlimmste gefasst. Denn wenn man eine geborene Spionin ist und an nichts und niemanden auf dieser Welt glaubt, ist man höllisch müßig und läuft Gefahr, vor Langeweile zu sterben, wenn die Menschen um einen herum einem nichts Böses wollen.

«Vielleicht würde es sich lohnen, Constance, dass ich sie

zwinge, die Karten auf den Tisch zu legen. Wer weiß. Dann hätte ich sie fest im Griff... Wenn erst alles klar ist zwischen uns... Wissen Sie, eine Pflegeperson, wie es bei der Sozialversicherung so schön heißt, findet man nicht an jeder Straßenecke. Erinnern Sie sich, dass ich auf all meine Annoncen nur eine einzige Antwort bekommen habe. Wenn ich die da jetzt verliere, stehe ich wieder ganz dumm da... Wenn es mir jedoch gelingt, sie zu irgendeiner verwerflichen Handlung zu drängen, dann habe ich sie in der Hand.»

Constance war sechzig Jahre alt. Sie war seit Rogeraines Kindheit im Haus. Wenn diese wie jetzt gerade ihren Gedanken freien Lauf ließ, machte sich Constance vorgeblich im Raum zu schaffen und schob angelegentlich den Rollstuhl außer Reichweite jedweden Gegenstandes, den sie nach ihr werfen könnte. Anschließend sagte sie ihr ins Gesicht: «Sie sind ein Aas, Madame!» Doch an jenem Abend hatte sie eine Eingebung.

«Aber Sie haben Recht, Madame! Sie könnten sie zum Beispiel die Fenster putzen lassen. Denn ich bin alt, mir wird schwindelig dabei. Ich mache es nicht mehr.»

«Man könnte sie tatsächlich unter anderem die Fenster putzen lassen...», murmelte Rogeraine nachdenklich.

Am darauf folgenden Morgen hatte sie Raymonde auf die Probe gestellt. Sie bat sie, sie vor dem großen Spiegel zu frisieren, und während sie ihr schönes rotes Haar bearbeitete und ihr dazu ein Kompliment machte, kramte Rogeraine nachlässig in ihrem Beutel, der an der rechten Armlehne des Rollstuhls befestigt war.

«Augenblick», sagte sie. «Warten Sie... Heute Morgen gehen wir zu einer Totenmesse. Ich werde Schwarz tragen. Dazu gehören ein paar Perlen. Warten Sie...»

Sie erinnerte sich an Laviolette, der sich neulich für so ausgefuchst gehalten hatte, als er seine Brieftasche durchwühlte, während der Gegenstand, den er zu suchen vorgab, schon auf dem Tisch lag. Das war wirklich eine gute Taktik, und Rogeraine war eine gelehrige Schülerin. Sie hätte die Perlenkette ohne weiteres herausnehmen können, ohne das Schmuckkästchen aus dem Beutel zu holen. Sie hatte Übung und die nötige Fingerfertigkeit, um nicht alle ihre Schätze zeigen zu müssen. Aber heute kam es ihr zupass, sie zur Schau zu stellen.

Sie platzierte ihre unzähligen Schlüssel auf der Ecke der Frisierkommode. Sie legte ebendort flach und gut lesbar das Bündel Schatzbriefe ab und benutzte es als Unterlage, um darauf den großen Federkasten aus ihrer Kindheit zu öffnen, worin ungeordnet ihr Schmuck lag. Mit ihren geschickten Händen hielt Raymonde den Kamm und die Bürste nach wie vor fest, aber Rogeraine beobachtete sie durch ihre wirr herabhängenden Haare hindurch wie durch einen Vorhang. Sie sah sie im Spiegel. Eiskalte Berechnung glitt über das Gesicht der jungen Frau wie eine Wolke über den Himmel. Dieser flüchtige Ausdruck grub sich tief in Rogeraines Gedächtnis. «Ich habe mich also nicht geirrt», sagte sie sich. «Aber da ist noch etwas anderes…»

Von diesem Augenblick an bemühte sie sich, das eigenartige Gefühl, das sie befiel, wenn sie Raymonde ansah, zu analysieren. Eines Morgens schlug sie sich mit der flachen Hand gegen die Stirn: «Überlege doch! Als du aus Saint-Vincent-les-Forts rauskamst. Überlege doch, wie du da ausgesehen hast. Zwei Jahre hat es gedauert, bis du deine natürliche Gesichtsfarbe wieder hattest… ‹Ein Gesicht wie Gänseschmalz!›, hat deine Mutter gesagt. Erinnere dich! Ein Gesicht wie Gänseschmalz!»

«Constance!», rief sie laut. «Merken Sie sich, was ich jetzt sage: Dieses Mädchen war im Gefängnis.»

«Das würde mich nicht wundern!», antwortete Constance, bei der selbst die haarsträubendsten Vermutungen stets auf fruchtbaren Boden fielen.

Von da an gab Rogeraine sich weniger autoritär und lächelte häufiger. Fasziniert beobachtete Constance ihr

Treiben. Sie sah sie wieder vor sich, als sie noch ganz klein war und die Tauben lockte, die so viel Schaden anrichteten: «Puss... Puss-puss... Puss.» Auf ihrem flach geöffneten Händchen hielt sie ihnen Maiskörner hin. Wenn eine dann auf so viel Freundlichkeit hereinfiel, packte Rogeraine sie fest an der Gurgel und erstickte sie zwischen ihren pummeligen Schenkeln.

«Vorsicht», dachte Constance, «diese Raymonde ist keine Ringeltaube. Sie ist klein und dünn, aber geschmeidig und kräftig. Sie wird ihr zu schaffen machen...»

Doch es schien so, als existiere für die beiden Frauen die Welt um sie herum nicht mehr. Sie waren so vertraut, dass sie mit Blicken subtilste Botschaften austauschten. Eines Abends, als sie Rogeraine für reif hielt, murmelte Raymonde:

«Madame, ich würde Sie gerne um einen Gefallen bitten...»

Rogeraine seufzte laut auf. Sie musste ihre Rolle als Sklavenherrin glaubhaft spielen.

«Fragen Sie, mein Kind... fragen Sie...»

«Ich gehe für mein Leben gern ins Kino...»

«Aber... Ich verbiete Ihnen doch nicht, in meiner Gesellschaft fernzusehen...»

«Aber, Madame, das ist nicht das Gleiche! Die große Leinwand, das ist –»

«Meinen Hausschlüssel habe ich noch nie aus der Hand gegeben!», fiel Rogeraine ihr barsch ins Wort. «Da wird sie einhaken», sagte sie sich, «wenn ich sie richtig eingeschätzt habe...»

Raymonde seufzte ihrerseits.

Rogeraine zog ihr Schweigen in die Länge, während sie die wohlbetonten Formen ihres Mädchens wie ein Studienobjekt taxierte. Der Körper war sinnlich reif wie eine Frucht, die kurz davor ist, vom Baum zu fallen. «Bin ich dumm!», dachte sie. «Genau das ist ihre einzige Schwäche. Sie genießt die Liebe mit Appetit, sonst wäre sie nicht mit solcher Natürlichkeit aufreizend. Dabei ist sie mir seit drei Wochen praktisch nicht von der Seite gewichen. Aber Vorsicht! Ich darf nicht zu leicht nachgeben, denn sie glaubt, das sei das stärkste Bollwerk, das sie angreift: mein Hausschlüssel, der Schlüssel zur Festung!»

Raymonde drehte sich um und blickte ihr fest ins Gesicht.

«Madame», sagte sie, «ich habe Probleme gehabt, daher bin ich Ihnen ganz und gar ergeben, aber Sie müssen begreifen...»

Rogeraine tat so, als müsse sie diese mit Andeutungen gespickten Worte erst verdauen.

«Also gut», sagte sie schließlich, «ich gewähre Ihnen... dieses Kino einmal in der Woche.» Während sie Raymonde verstohlen beobachtete, fügte sie hinzu: «Ich schließe die Tür ab, wenn Sie gehen. Wenn Sie zurückkommen, klingeln Sie, und ich werde Ihnen öffnen.»

«Oh, Madame, das geht nicht! Das ist zu anstrengend für Sie!»

«Ach was! Sie wissen doch, dass ich bis Sendeschluss vor dem Fernseher sitze. Ich werde folglich nicht lange warten müssen. Und außerdem haben Sie ja gesehen, dass ich mich in meinem Rollstuhl mühelos durch das Haus bewege. (Wenn meine Kusine Évangéline hören könnte, wie ich kapituliere, sagte sie sich, würde ihre Phantasie Purzelbäume schlagen...) Nun, an welchem Tag wollen Sie ausgehen?»

«Ganz gleich...» Sie schien nachzudenken. «Dienstag, zum Beispiel...»

Dienstag... Zwischen dem Markttag am Montag und dem schulfreien Mittwoch war das der ruhigste Tag in der Woche. Dienstagabend könnte ein kettenrasselndes Gespenst ungestraft durch die engen Gassen wandern. Selbst die Nationalstraße war am Dienstag öd und leer.

Schon als die junge Frau das erste Mal ausging, übertraf sie die Erwartungen ihrer gelähmten Herrin. Bei ihrer Heimkehr schleppte sie einen Männergeruch ein, der sich mit jedem ihrer Schritte mehr im Haus verbreitete, subtil und penetrant zugleich. Als hätte sie sich einen Vorrat an Menschengeruch angelegt.

Das bereitete Rogeraine ein derartiges Vergnügen, dass sie ihren letzten Widerstand aufgab.

«Sie haben Recht, mein Kind. Es ist zu anstrengend für mich, den langen Gang entlangzurollen. Außerdem lässt der Schlüssel sich nur schwer drehen in diesem mächtigen Schloss, das übrigens geölt werden müsste. Von nun an nehmen Sie den Schlüssel mit und geben ihn mir sofort zurück, wenn Sie nach Hause kommen. Haben Sie verstanden?»

Raymonde unterdrückte ihren Jubel und antwortete hastig:

«Ich werde mich bemühen, mich dieses Vertrauens würdig zu erweisen.»

Aber für die hellhörige Rogeraine genügte dieser Bruchteil einer Sekunde, in dem Raymonde mit der Antwort zögerte, um ihre geheime Überzeugung bestätigt zu sehen.

«Constance», sagte sie am nächsten Morgen, «im Leben dieses Mädchens gibt es einen Mann.»

«Grauenvoll!», stöhnte Constance, die seit dreißig Jahren ihren Trunkenbold von Ehemann ertrug.

«Ja», sagte Rogeraine. «Einen Mann, der nach Hotelzimmer riecht... Nach übler Spelunke. Er stinkt nach hellem Tabak. Du weißt schon, der Tabak, den die Leute rauchen, die es nicht aus Überzeugung tun, sondern nur, um anzugeben. Sicher hat er ganz gelbe Finger davon... Und sicher ist er weiß wie die Wand. Er parfümiert sich wie eine billige –»

«Madame!», entsetzte sich Constance. «Sie machen mir ja Angst. Sie beschreiben einen Totschläger. Haben Sie ihn gesehen? Das ist doch nicht möglich!»

«Nein, ich habe ihn gewittert... Es muss einer dieser mageren Männer sein, die nur einen Penis und Haare auf der Brust zu bieten haben anstelle von Gefühlen. Raymonde muss wohl an ihm hängen wie an ihrem Leben.»

«Ich hoffe, Sie schaffen sich diese Raymonde bald vom Hals?»

«Nein. Warum denn? Du willst, dass sie dir die Fenster putzt, und ich... Nun, ich verspreche mir noch eine Reihe anderer Zerstreuungen an den langen Winterabenden.»

«Madame», sagte Constance eindringlich, «wenn Sie sich umbringen lassen wollen wie die arme Jeanne, haben Sie es nicht besser verdient.»

Rogeraine lächelte, ohne zu antworten. Sie wartete geduldig auf ihre Stunde.

An einem Dienstag, als Raymonde ihr pünktlich den Schlüssel wieder aushändigte, kam es Rogeraine so vor, als fühle der sich glatter an als sonst, so als ob er gerade erst poliert worden wäre. Allein in ihrem Schlafzimmer, untersuchte sie ihn näher, fand jedoch nichts Verdächtiges, außer allenfalls der auffälligen Sauberkeit. Enttäuscht hielt sie den Schlüssel in einer unwillkürlichen Geste des Nachdenkens dicht an ihre Nase. Und dabei nahm sie so etwas wie Kirchengeruch wahr. Man kann nicht an alles denken. Der alte eiserne Schlüssel roch nach Wachs. Man hatte einen Abdruck von ihm gemacht.

«Constance!», begann Rogeraine am nächsten Morgen.

«Madame?», fragte Constance alarmiert.

«Ach, nichts...», sagte Rogeraine, «es ist unwichtig...»

Aber seit dieser Entdeckung unterließ sie es, der treuen Constance den Stand der Dinge mitzuteilen.

An jenem Dienstagabend wehte in Sisteron der Wind von Süden herauf, vom Meer. Er strich die Gassen entlang und beutelte die Zweige der Glyzinie, die ihre Blätter auf die Terrasse regnen ließ. Manchmal glitt eines wie ein klägliches Händchen an den Scheiben herunter. Die Schläge der Turmuhr erklangen ungewöhnlich gedämpft. Sogar der Straßenlärm war verstummt.

Rogeraine verfolgte jede Bewegung von Raymonde, die das Geschirr in die Anrichte zurückräumte. Sie hatte das

Abendessen mit Doktor Gagnon und einer der Romance-Schwestern eingenommen, die andere war auf der Hochzeit eines Patenkindes. Doch die beiden Gäste hatten sich nicht lange aufgehalten, der eine wegen seiner Patienten und die andere, weil sie den Nebel fürchtete. Ihr Sinn für die Gefahr, den auch zwanzig Jahre im Rollstuhl nicht abgestumpft hatten, signalisierte ihr eine geringfügige Veränderung an ihrem Hausmädchen. Sie schwebte über dem Boden, glitt über das Parkett, peinlich darauf bedacht, nicht mit dem Geschirr zu klappern. «Ist es etwa heute Abend so weit?», fragte sich Rogeraine. Sie wartete, bis Raymonde das Tablett voller Gläser in Händen hielt, und murmelte dann:

«Wissen Sie, Raymonde, heute Abend wäre es mir lieber…»

Sie hörte das Kristall leise klirren.

«Sie ist zusammengezuckt», dachte sie. «Sie hat Angst, dass ich sie bitte, zu Hause zu bleiben. Gerade wollte sie eine Karaffe abstellen, und jetzt steht sie da auf halbem Weg zur Anrichte, den Arm ausgestreckt… Also ist es heute Abend so weit…»

Im trüben Spiegel über dem Kamin musterte sie Raymondes Gesicht, es war undurchdringlich, doch sie hielt den Atem an.

«… Sie würden mir meinen Tee geben, noch bevor Sie gehen», beendete sie ihren Satz. «In letzter Zeit wirkt der Baldrian immer erst nach einer Weile. Stellen Sie ihn auf die Ablage neben dem Fernseher.»

«Aber selbstverständlich, Madame, ganz wie Sie wünschen.»

Sie verrichtete ihre Arbeit geschickt und war bald ausgehfertig.

Rogeraine hörte sie den Gang entlanggehen und mit Mühe die Tür öffnen. Der Schlüssel traf nicht gleich ins Schloss, sondern klimperte ein paarmal gegen das Blech. «Sie hat den Tatterich…», dachte Rogeraine bei sich, «normalerweise ist sie nicht so aufgeregt, wenn sie geht. Also ist es heute Abend so weit…» Sie richtete sich in aller Ruhe vor dem Fernseher ein, ohne ihn anzuschalten. Roch an ihrem Tee und goss den Inhalt der Tasse mit Bedauern in den Philodendron.

Eine spannende Wartezeit brach an, die sie in glückliche Zeiten zurückversetzte. Sie sah sich wieder im rosa Organzakleid, mit ihren beiden Schwestern Clorinde und Clématite. Es war Sommer. Nach der Messe verteilten sie haufenweise Flugblätter der Résistance, steckten sie mit Gewalt in die Taschen der Widerstrebenden. Von Panik ergriffen, warfen diese sie demonstrativ weg.

«Und wie viele von ihnen sind noch am Leben!», dachte Rogeraine. «Und wie viele von ihnen sitzen auf hohen Posten!» Sie lachte laut auf, obwohl sie allein vor dem Fernseher saß. «Und ausgerechnet den Tour de la Médisance, den ‹Lästerturm›, hatten wir uns dafür ausgesucht! Papas Freunde machten einen Bogen um uns. Papa war außer sich vor Angst. Pétains Bild hing zwar gut sichtbar in der Apotheke, aber noch nicht lange genug. Papa hatte zu lange abgewartet, nach welcher Seite das Pendel ausschlagen würde…»

Man hatte sie alle drei verhaftet und in der Festung von Saint-Vincent-les-Forts eingesperrt, wo sie die Gefangenen bei Laune hielten, indem sie wie verrückt Kampflieder sangen. Dann kam die große Nacht des Ausbruchs. Diese unvergessliche Nacht… Die Schwestern mit vor Schreck geweiteten Augen angesichts der zwanzig Meter Abgrund, die sie mit einer alten, abgenutzten Wäscheleine bewältigen sollten. Nur der Cadet Lombard… Der wollte auch lieber mit der Waffe in der Hand sterben, als in einem Verlies zu verfaulen. Er hatte ihr Mut eingeflößt. «Wenn sie reißt, die Leine», hatte er gesagt, «dann sind Sie auf einen Schlag tot, das garantiere ich Ihnen.» Sie klapperte mit den Zähnen. «Wenn sie auf halber Strecke reißt», hatte er dann gesagt, «dann kann ich Ihren Sturz abfedern… Ich steige als Erster hinunter. Wenn sie mein Gewicht aushält, hält sie auch Ihres aus.»

«Meine Beine», klagte Rogeraine leise vor dem abgeschalteten Fernseher.

Ihr wurde schlecht vor Trauer. In dieser Nacht hatten ihre Beine, die schönen Beine einer Zwanzigjährigen, als sie sich mit ihnen an der Mauer abstützte und sie dabei an den trockenen Schneeballbüschen aufschürfte, ihrem Gewicht standgehalten und so der alten Wäscheleine einen Teil der Last abgenommen.

Und Cadet Lombard hatte dem so leicht mit Organza bekleideten Mädchen, als er es in seinen Armen auffing, zugeflüstert: «Ich wäre dreihundert Meter an einem Seil hinuntergeklettert, um diesen Augenblick erleben zu dürfen.»

«Dreihundert Meter…», murmelte Rogeraine. «Dreihundert Meter an einem Seil…»

Sie zuckte zusammen. Mein Gott, hatte sie so lange vor sich hingeträumt? Der Schlüssel wurde zweimal im Schloss herumgedreht. Madame Gobert schaltete hastig den Fernseher an, in dem die Sprecherin den Zuschauern eine gute Nacht wünschte.

«Ich bin gerannt, Madame! Der Film ging länger als sonst. Ich hatte Angst. Es ist stockdunkel draußen, höllisch dunkel. Man sieht die Hand nicht vor den Augen.»

Sie hörte nicht auf zu plappern. Sie gab der Hausherrin den Schlüssel zurück, trug die Teetasse in die Küche, um sie abzuspülen, kam zurück, beseitigte eine nicht vorhandene Unordnung im Zimmer und sammelte, während sie vom Film erzählte, die herumliegenden Sachen zusammen.

«Sie versucht, sich selbst zu belügen», dachte Rogeraine. «Sie würde gern weiterhin die Person sein, die sie spielt. Aber es ist zu spät! Sie hat Angst…»

Der Geruch nach Mann, den sie jeden Dienstag mitbrachte, hing in ihrem feuchten Mantel. Als sie auf Rogeraine zukam, um ihr ins Bett zu helfen, hörte diese ihr Herz unter der üppigen Brust wie wild klopfen.

«Also ist es heute Nacht so weit», dachte sie befriedigt.

Endlich allein, das Kissen im Rücken, zog Rogeraine im Schein der Nachttischlampe den Rollstuhl heran, der sich immer in Reichweite ihres gebogenen Stocks befand. Sie kramte in der Tasche, in der sich alle ihre Schätze befanden. Sie zog einen Gegenstand hervor, der sorgfältig in einen Seidenschal eingeschlagen war, und wickelte ihn auf. Es war ihre Hilfe in der Not. Oft, wenn sie des Lebens wieder einmal überdrüssig war und Tränen der Wut und der Ohnmacht ihren Blick verschleierten, bemächtigte sie sich dieses Gegenstands, um ihn, in der Einsamkeit ihres Zimmers, auf die ganze Welt zu richten.

Es war eine englische Armeepistole. Rogeraine hatte jene dunkle Nacht nicht vergessen, als sie inmitten nutzlosen Plunders vom Himmel fiel. Cadet Lombard, der neben ihr in Deckung lag, hatte ihre Hand ergriffen. Es war da drüben gewesen. An jenem Ort, den sie aus ihren Gedanken verbannen musste, um einmal mehr der stets verschobenen Gewissenserforschung aus dem Weg zu gehen.

Als sie sanft über den blauen Lauf und den gewürfelten Kolben strich, stieg ihr der Geruch der Waffe in die Nase. Sie war in einwandfreiem Zustand und roch nach Paraffin. Es war Rogeraines liebster Zeitvertreib, sie zu polieren, zu ölen, die Kugeln herauszunehmen und wieder einzusetzen... Manchmal konnte man im Sommer vom Vorsprung der Zitadelle aus ganz hinten in dem französisch angelegten Garten die Behinderte im Rollstuhl beobachten, wie sie auf eine Zielscheibe schoss.

Vor mehr als zwanzig Jahren hatte man ihr die Pistole anvertraut, und vom ersten Tag hatte sie es genossen, mit ihr umzugehen.

Sie drückte zum Test auf den Knopf des Lichtspots, der die Flügeltür beleuchtete, das Bett aber im Dunkeln ließ. Wer auch immer hereinkam, sie befände sich unsichtbar in ihrem Winkel, der Eindringling aber wäre vom Strahlenbündel des Scheinwerfers voll erfasst. Gleich nach dem «Unfall» hatte ihr Cadet Lombard diese Vorrichtung installiert.

«Man weiß nie», hatte er gesagt, «das kann dir durchaus einmal nützlich sein.»

Bisher war es nur nützlich gewesen, um ihr die Angstzustände überstehen zu helfen, wann immer der seltsame Schrei in ihrem Unterbewusstsein ertönte, von dem sie keuchend, mit angespannten Sinnen erwachte. Dann griff sie, von Krämpfen geschüttelt, nach der Pistole und richtete sie auf den Schatten.

Sie schaltete das Licht aus. Sie wartete. Die Turmuhr schlug eins, vom Nebel gedämpft. Der immer wieder aufbrausende Wind ließ die Glyzinie erzittern und ihre Blätter regneten weiter in die Nacht. Kein Lichtschein drang durch das Fensterviereck, das ebenso schwarz war wie die Zimmerwände. Nur die phosphoreszierenden Knöpfe der Spots und der Nachttischlampe verbreiteten einen leichten Schimmer.

«Es könnte keine geeignetere Nacht geben», dachte Rogeraine, «wenn er nicht kommt, hieße das, dass ich mir alles nur ausgedacht habe, und das wäre schade!»

Plötzlich krampften sich ihre Finger um die Pistole. Da war kein Geräusch. Nur eine Unregelmäßigkeit im Puls der Stille. Doch wer den Atem eines großen Hauses seit jeher kennt, der bemerkt sofort den feinsten Hauch, der das Rumoren verstärkt.

Rogeraine streckte die Hand nach dem Telefon aus. Ganz langsam, um das Klicken abzuschwächen, nahm sie den Hörer von der Gabel und hielt ihn an ihr Ohr. Der Ton schnarrte, friedlich und beruhigend. Die Zeit verstrich endlos. Ein weiterer einsamer Schlag erklang vom Tour de l'Horloge. Genau in dem Moment brach im Hörer der Ton ab und Rogeraine legte auf. Ein langer leiser Seufzer hob ihre Brust. Jetzt war alles in Ordnung. Nun konnte man nur noch dem Schicksal seinen Lauf lassen.

«Wenn er die Tür vorsichtig öffnet», dachte sie, «werde ich reglos liegen bleiben. Meine linke Hand auf dem Schalter des Spots. Ich werde ihn anschalten und abdrücken. Wahrscheinlich knalle ich ihn mit einer einzigen Kugel mitten in die Stirn nieder. Nein! Ich muss zweimal schießen… Ein einziger Schuss würde seltsam wirken für eine Behinderte, die man überrascht hat und die aus der Übung ist. Raymonde wird angelaufen kommen. Falls sie schreit – wer weiß – das Haus ist groß… Die Schreie und die Schüsse dringen nur dumpf durch die dicken Mauern. Falls jemand aufwacht, wird er beruhigt sein, wenn wieder Stille einkehrt. Vielleicht – ja vielleicht… wird Raymonde in dem Moment, in dem sie das Zimmer betritt, entsetzt ihren Liebhaber anschreien: ‹Ich habe dir gesagt, du sollst sie nicht umbringen!› Aber dann wird sie sofort gegen seine Leiche stoßen. Ich werde ihr sagen: ‹Schweigen Sie oder ich erschieße Sie auch. Ich habe noch vier Kugeln. Wir sind überfallen worden. Ein Räuber ist ins Haus eingedrungen, in mein Schlafzimmer. Ich habe ihn niedergeschossen. Dann kamen Sie dazu. Wir haben die Gendarmerie verständigt, denn unterdessen wird das Telefon wieder eingestöpselt sein. Wir werden uns angstvoll aneinander schmiegen, wenn sie kommen. Aber vorher setzen Sie sich an den Schreibtisch, mit dem Gesicht zur Wand, und keine Bewegung! Die Pistole ist auf Ihren Nacken gerichtet und ich schieße nie daneben. Es gibt etwas zu schreiben. Fertig? Also los. Ich diktiere: ‹Ich, die Unterzeichnende, Raymonde Carème, gestehe…›»

Diese Vorstellung versetzte sie in helle Aufregung.

«Und wenn dieses Schreiben erst in meinem Bankschließfach verwahrt ist, wo Constance es hinbringen wird, werde ich für immer beruhigt sein. Diese charmante Raymonde wird bis an mein Lebensende bei mir bleiben. Vielleicht werde ich ihr sogar – wenn sie schön artig ist – etwas hinterlassen… Und niemand wird mir je wieder etwas von Altenheimen erzählen.»

All diese kläglichen Ausreden legte sie sich gedankenschnell zurecht, um sich über ihr wahres Motiv hinwegzutäuschen. In Wahrheit und besonders seit sie gelähmt war, hatte sie lange den Wunsch gehegt, jemanden ungestraft zu töten, in Notwehr. Sie konzentrierte sich mit aller Macht auf die Stille.

Raymonde ließ wie üblich die Tür ihres Zimmers ins Schloss fallen, um sie kurz darauf vorsichtig wieder weit aufzumachen. Gegenüber, im Zimmer von Rogeraine, schien Licht unter der Tür durch. Sie vermied es, sich auf dem Bett auszustrecken, denn es knarzte bei jeder Bewegung. Sie zog ihre Schuhe aus und kauerte auf dem Bettvorleger. Sie presste die Handflächen auf ihre Brüste, weil sie glaubte, auf diese Weise das wilde Herzklopfen unterdrücken zu können. Sie atmete leise, mit offenem Mund. Nicht einmal der Gedanke an den Schmuck und die Schatzbriefe konnte sie beruhigen. «Mein Gott, wenn er doch endlich käme!» Ihre Phantasie überschlug sich, verwandelte das so angenehm riechende Haus um sie herum in ein lebendiges Wesen, das ihre Pläne kannte und den geeigneten Moment abpasste, um sie zu ersticken.

Am Tour de l'Horloge schlug der Hammer einmal an die Glocke, dann ein zweites Mal, eine halbe Minute später. Der Lichtstreifen unter Rogeraines Tür war verschwunden, und völlige Dunkelheit umgab sie. Im ersten Stock kreischte die eiserne Seilrolle leise im Wind, mit der früher die Strohballen hochgezogen wurden. Raymonde marterte sich lange mit der Frage, woher dieses Kreischen kam. Sie musste die Zähne zusammenpressen, damit sie nicht klapperten. Hastig krampften sich ihre Finger um den neuen, großen, gut geschmierten Schlüssel in der offenen Tasche neben ihr, den sie an diesem Abend ausprobiert hatte, bevor sie das Original an Rogeraine zurückgab. Mit nackten Füßen ging sie den langen Gang entlang. Anfangs tappte sie blind vorwärts, aber bald bemerkte sie das Licht, das zwischen den verzogenen Fugen der Haustür durchschien und von der Straßenbeleuchtung herrührte. Nach ein paar Sekunden hatte sie sich daran gewöhnt und fand sich im schwachen Schimmer zurecht. Raymonde wich dem riesigen schwarzen Backtrog aus, in dem früher der Brotteig für die ganze Woche geknetet worden war; sie machte einen Bogen um den Steinsarg, der an der Wand lehnte, weil niemand wusste, was man sonst mit ihm anfangen sollte. An seinem Fußende befand sich die Telefonbuchse. Raymonde hockte sich hin und bewegte sich nicht mehr. Als es halb zwei schlug, steckte sie das Telefon aus und ging zur Tür. Links befand sich der wackelige Schalter für die Zwanzigwattbirne, die von einer dicken Staubschicht bedeckt war und deren Licht gerade mal zwei Meter weit reichte. Sie überlegte, dass ihr Liebhaber mit den Örtlichkeiten nicht vertraut war und dieses schummerige Licht vielleicht brauchte, um zum Zimmer von Rogeraine zu gelangen. Sie drückte auf den Schalter.

Es kratzte an der Haustür, als begehrte eine Katze Einlass. Raymonde steckte den Schlüssel ins Schloss. Sie hielt ihn dabei gut fest und drückte ihn ein wenig nach oben, damit das Schloss keinen Laut von sich gab. Aber sie wusste, dass der dicke Türflügel, der in das Tor geschnitten war, ebenfalls in den Angeln quietschte. So stemmte sie sich auch gegen die Tür und öffnete sie langsam, während sie sie anhob. Er trat zwei Schritte herein und blieb unbeweglich stehen, den Rücken zum Licht. Raymonde schloss die Tür ebenso vorsichtig, wie sie sie geöffnet hatte, und drehte sich um. Ein unbestimmter Geruch nach feuchtem Wachs umgab sie.

«Mein Gott», flüsterte sie, «du hättest dich nicht so zu verkleiden brauchen. Eine einfache Maske hätte gereicht.»

Sie betrachtete ihn von Kopf bis Fuß; nur die Augen dieser finsteren, schwarz vermummten Gestalt waren zu sehen.

«Zum Glück erkenne ich deinen Blick», fuhr Raymonde mit leiser Stimme fort.

Sie reckte sich zu ihm hoch. Er erschien ihr größer als sonst.

«Mein Gott, deine Augen!», hauchte sie. «Sie machen mich ganz verrückt. Es ist noch keine zwei Stunden her, dass wir uns getrennt haben, und ich habe schon wieder Lust... Oh, hör zu. Die Alte kann warten! Halt mich fest, nur fünf Minuten. Ich bitte dich. Ich beschwöre dich! Ich werde ganz leise sein!»

Er streckte seine Hände aus.

Die entsicherte Pistole hatte sie auf die Tür gerichtet und in der linken Hand hielt sie den ovalen Spotschalter, der auf ihrem Kopfkissen lag. Rogeraine atmete ruhig. Um sie herum jedoch, in diesem Sumpf der Dunkelheit, schwitzte das Haus Angst. Wenn ein Körper sich in einer so dichten Stille rührt, bewegt er sich wie im Wasser; und alle Bemühungen, ganz in ihr aufzugehen und sie nicht durch unbedachte Bewegungen zu erschüttern, sind umsonst.

Rogeraine registrierte jede Geste von Raymonde, als überwache sie sie auf einem Bildschirm. Sie wusste, dass sie barfuß ging. Sie sah sie buchstäblich sich auf die Tür zubewegen. Gleichzeitig mit ihr erkannte sie die Notwendigkeit, das staubige Lämpchen anzuknipsen. Doch plötzlich war die Luft nicht mehr von Schwingungen erfüllt. Diese unverhofft absolute Stille versetzte Rogeraine schon in Unruhe, als ein Knacken ihr ein Ende bereitete, als sei gerade eine Saite an einer Geige gerissen. Sie gewahrte ein flatterndes Geräusch wie von Hühnern, deren Flügel nicht aufhören zu schlagen, lautlos, als flögen sie im Traum, zum letzten Mal...

Dann setzten sich am Ende des Flurs hallende Schritte in Bewegung. Schwere Schritte, hart aufgesetzt und ohne Eile. Jeder einzelne dieser langen Schritte erscholl laut genug, um Rogeraine die Gelegenheit zu geben mitzuzählen.

«Neun... zehn... elf», zählte Rogeraine.

Erst freute sie sich darüber, sie zu hören, denn sie kannte genau die nötige Anzahl Schritte, um bis zu ihrer Türschwelle zu gelangen, so dass sie im richtigen Augenblick bereit sein würde. Aber bald fragte sie sich, weshalb der Mann jede Vorsicht vernachlässigte, wo sich doch bisher sein ganzes Unternehmen geräuschlos abgespielt hatte.

«Vierzehn… fünfzehn… sechzehn…»

Dieser abgezirkelte Gang eines Landvermessers oder eines Schulaufsehers, der den Pausenhof durchmisst, warum war er so ungeniert, so nachdrücklich und rhythmisch?

«Achtzehn… neunzehn… zwanzig…»

Rogeraine schaltete den Spot an. Mit ihrer Pistole, die sie auf die obere Türfüllung richtete, zielte sie bereits.

«Einundzwanzig… zweiundzwanzig… dreiundzwanzig… vierundzwanzig…»

Rogeraine ließ verblüfft die Waffe sinken.

Wie? Kannte er sich nicht aus? Hatte Raymonde ihm nicht erklärt, wo er sie finden würde?

Die Schritte setzten weiter entfernt hart auf den Fliesen auf. Er war an ihrem Zimmer vorbeigegangen, ohne innezuhalten.

«Er kommt zurück», dachte sie. «Ein Missverständnis. Sie wird ihn mir wieder zutreiben.»

Aber er kam nicht zurück. Er stieß gegen die erste Stufe der Treppe mit dem Balustergeländer, die er mühsam zu erklimmen begann, auf jedem Absatz legte er eine längere Rast ein, die endgültig schien. Es war der erschöpfte Schritt des Tagelöhners nach getaner Arbeit. Gelähmt vor Verblüffung, hob Rogeraine den Kopf zur Stuckrosette an der Decke. Dort oben gingen von einem weiteren Flur die Zimmer ihrer Schwestern ab, die seit dreiundzwanzig Jahren leer standen und in denen so viele traurige Gegenstände andächtig an ihrem Platz geblieben waren. Aber die Schritte suchten nicht jene Schatten aus dem Schlaf zu reißen. Er ging und ging und ging… Die Schritte hallten über Rogeraines Kopf, erschütterten die Mauern. Er ging unbeirrt seinen Weg.

Er stockte. Ein Fensterflügel, den seit mehr als fünfzig Jahren niemand mehr aufgestoßen hatte, stöhnte kläglich. Er ging weiter, blieb wieder stehen. Auf der Westseite, die über der Andrône aufragte, hörte Rogeraine den Fensterladen der

Heuluke, durch die früher das Futter für den Winter eingelagert worden war, gegen die Wand schlagen.

Auf das heftige Sausen in der Luft, die mit großer Geschwindigkeit von einem Gegenstand durchschnitten wurde, folgte ein dumpfer Aufprall, unten auf den Stufen der Andrône. Dieser Aufprall erinnerte an das Geräusch von früher, als man, um Zeit zu sparen, fünfzig Kilo schwere Heuballen von hoch oben aus dem Heuboden hinunterwarf.

Rogeraine ließ die Pistole auf die Decke sinken. Sie presste beide Hände gegen ihren Kopf. Ihr Mund formte einen stummen Schrei. Ihr Gesicht alterte plötzlich um zehn Jahre. Jäh durchfuhr sie eine Vision.

Eine Talmulde inmitten von gelben, sonnenversengten Hügeln, überragt von Felsbarrieren, die nach allen Seiten den Blick auf den Horizont versperrten. Über diesen Höhen wölbte sich ein tiefblauer Sommerhimmel.

Das Bild verlosch, doch Rogeraines Herz schlug zum Zerspringen.

Der Schritt hämmerte erneut über die Decke, ebenso gleichmäßig, ebenso unerbittlich wie zuvor. Er kam die Treppe herunter, kaum weniger schwerfällig. Rogeraine ergriff wieder die Pistole und starrte zur Tür. Aber auch auf dem Rückweg hielt der Schritt nicht inne. Er entfernte sich zur Straße hin. Ohne die geringste Vorsicht wurde der in den Angeln kreischende Türflügel des Tors zugezogen und fiel ins Schloss. Zweimal wurde der Schlüssel im Schloss herumgedreht.

«Brutal herumgedreht...», registrierte Rogeraine.

Da spürte Madame Gobert zum ersten Mal in ihrem Leben, wie ihr der kalte Angstschweiß bis in die Haarwurzeln stieg. Dieser abgehackte Schritt, der eben den Flur durchmessen hatte und dessen Hall jenseits des Tors vom Wind gedämpft wurde, den sie aber noch immer zu hören glaubte, wie er sich durch die Rue Mercière entfernte, dieser Schritt erschütterte sie wie die Stöße einer Abrissbirne. Er legte gewaltsam jenes Schattenreich frei, in dem die bösen Erinnerungen ihr auflauerten. Die Angst durchdrang ihren Körper, sie durchdrang ihr Zimmer, ihr Haus, ganz Sisteron… Aber war das überhaupt der richtige Name für dieses erschreckende Gefühl? War es nicht eher…?

Bis zum Morgen lauschte Madame Gobert mit weit geöffneten Augen und gespitzten Ohren dem Nachhall jenes Schrittes, der sich vom Flur zur Treppe, vom Heuboden zum Flur bewegte, und in dem Augenblick, in dem sie den dumpfen Aufprall auf dem Pflaster der Andrône zu hören glaubte, presste sie beide Hände gegen ihren Kopf. Dann blitzte in ihrem Gedächtnis die Erinnerung von neuem auf, dann blendete sie jenes Talrund mit den verbrannten Wiesen erneut.

Ihre Pistole ruhte nutzlos auf der Decke. Sie betrachtete sie von Zeit zu Zeit, verständnislos, wie das Symbol ihrer Ohnmacht.

~ 6 ~

BELEUCHTUNGSFIRLEFANZ wie im Märchen, Laternen aus Pseudo-Schmiedeeisen – dieser Mode ist Sisteron nie verfallen. Die grünen Laternen von früher, die den alten Straßen soviel Atmosphäre verleihen, hat man einfach beibehalten und die entsprechenden Fünfzigwattbirnen dazu, die die Phantasie der Dichter beflügeln. Dies erklärt, warum in den Gassen, die steil zur Durance abfallen, eine am Boden liegende Leiche nicht sofort die Aufmerksamkeit auf sich zieht.

An jenem Morgen gegen sechs Uhr, die Stadt war in Nebel gehüllt, reinigte ein dicker Straßenkehrer langsam, eine nach der anderen, die Treppenstufen der Grande Andrône und ging dabei rückwärts. Mit einem jener spitz zulaufenden Reisigbesen, die es nirgendwo zu kaufen gibt, trieb er die welken Blätter aus den Mauerecken, um sie in den Müllkarren zu füllen, den er Stufe für Stufe nachzog.

Hin und wieder richtete er sich auf, um seinen Zigarettenstummel wieder anzuzünden, und so gelangte er, immer noch rückwärts, zur Westseite des Hauses Gobert. Da stieß er mit dem Absatz gegen etwas, was ihm größer erschien als der übliche Unrat. Er drehte sich um.

«Verflixt und zugenäht!», fluchte er leise.

Er sah sofort, dass er gegen die Leiche einer Frau gestoßen war. Er ließ seine Gerätschaften im Stich und lief in kurzen Sätzen und mit heftig wackelndem Bauch hinauf zum Platz, wo er sich rasch orientierte. Er war ein schlauer Dicker. Er rannte am Café mit den beschlagenen Scheiben vorbei, in dem der Wirt die ersten Gäste bediente. Schnaufend und keuchend gelangte er zur Gendarmerie. Dort ließ er sich unaufgefordert auf einen Stuhl fallen. Mit offenem Mund, unfähig, einen Laut hervorzubringen, schlug er sich mehrfach auf die kurzen Schenkel.

«Nun, was ist los?», fragte der wachhabende Gendarm.

Der Straßenkehrer hob den Arm und deutete in Richtung Grande Andrône.

«Sie heißt Gilberte Valaury!», rief er und rannte vor den Gendarmen die Stufen hinab. Sie hatten den Streifenwagen an der Straßenecke geparkt. Die Leiche lag am Fuß der gewaltigen, knorrigen Glyzinie.

«Offenbar…», sagte der Revierleiter Viaud.

Er ließ seinen Blick über die Dächer gleiten, zwischen denen ein trüber Tag anbrach. Ein Fensterladen, ein einziger, stand sperrangelweit offen bei Madame Gobert. Eine Seilwinde blinkte dort an einem Drehkran.

Man breitete eine große Pferdedecke über die Leiche und verständigte die Staatsanwaltschaft. Zwei Wachen wurden zu beiden Seiten dieses Abschnitts der Andrône postiert. Die wenigen Sisteroner, die um diese Stunde zur Arbeit gingen, erkundigten sich im Vorbeigehen:

«Was ist los?»

«Man weiß noch nichts Genaues…», antwortete der Posten.

Damit wurden weitere Fragen vermieden, man gab keine Auskunft, hinderte die Neugierigen daran, sich wichtig zu machen, und wahrte dennoch ein Mindestmaß an Verbindlichkeit.

Aber vor der Haustür von Madame Gobert stand leise lamentierend die treue Constance.

«Ganz sicher ein Unglück! Sehen Sie, der Schlüssel steckt! Gott behüte, nie hätte Madame Gobert so etwas zugelassen.»

Die Behinderte schlief den Schlaf des Gerechten und man hatte Mühe, sie zu wecken. Sie betrachtete die Gendarmen und die dünne Constance, die immer noch vor sich hin klagte, aus halb verschwollenen Augen.

«Hören Sie auf, Constance!», befahl Madame Gobert. «Sie zumindest haben nichts zu befürchten! Ich bin offenbar betäubt worden», fügte sie hinzu, «der Tee schmeckte etwas seltsam gestern Abend. Aber… wo ist Raymonde?»

Behutsam brachte man ihr die Wahrheit bei.

«Wir haben allen Grund zu der Annahme, dass…»

«Kannten Sie sie?», fragte der Revierleiter Viaud Constance.

«Jaaa…, aber…»

«Dann kommen Sie! Sie werden uns bestätigen, ob sie es wirklich ist.»

Sie mussten beinahe Gewalt anwenden, um sie mitzuziehen.

«Da sehen Sie, Madame», schluchzte sie, «dass auch ich etwas zu befürchten hatte. Dabei habe ich seit dem Tod meiner Mutter immer gesagt, dass ich im Leben keinen Toten mehr sehen will!»

«Verschonen Sie mich von ihr!», bat Madame Gobert. «Nehmen Sie sie endlich mit. Ich muss wissen, ob es wirklich Raymonde ist. Meine arme Raymonde…»

Als Combassive, sein Vorgesetzter, Laviolette anrief und ihn aufforderte, erneut seinen Genesungsurlaub zu unterbrechen, lag ihm der berühmte Brief vor, der einen aus allem entlässt: «Mit Wirkung vom 31. Dezember dieses Jahres ist Kommissar Laviolette berechtigt, seine Rentenansprüche geltend zu machen.» Combassive erwähnte ihn mit keinem Wort.

So kehrte Laviolette in das novemberliche Sisteron zurück, ins gemütliche Hotel Tivoli.

«Immerhin», sagte er dem Revierleiter Viaud, «diesmal hat das Schild gehalten. Wir haben nicht nur die Nadel gefunden. Die Karte war noch dran.»

Er betrachtete die beiden Kärtchen mit den abgerundeten Ecken und den vergoldeten Schnittkanten auf dem Schreibtisch des Adjutanten; unter dem Vergissmeinnichtsträußchen war in blauen Buchstaben der Name «Gilberte Valaury» aufgedruckt .

«Wir haben vielleicht dreitausend Menschen befragt, wir, die Kripo und die anderen Einheiten. *Kein Mensch*, absolut niemand hat jemals von Gilberte Valaury gehört, weder in Sisteron noch im Département oder sonst wo. Sie ist nicht bei der Sozialversicherung gemeldet. Sie ist nirgendwo geboren. Jedenfalls... bis heute nicht. Unsere Recherchen werden noch ein halbes Jahr dauern, wenn sie gründlich sein sollen...»

Laviolette schüttelte den Kopf. «Sie ist hier, das steht fest. Mindestens zweihundert Leute in Sisteron wissen, wer Gilberte Valaury ist oder war. Suchen Sie auch außerhalb, um Ihrer Dienstpflicht zu genügen, aber der Schlüssel des Geheimnisses liegt hier. Das ist eine Angelegenheit unter Sisteronern ... Eine geheime Geschichte. Unglücklicherweise werden sie jetzt Angst haben, bei Jeanne waren sie nur misstrauisch. Es wird nicht leicht sein, irgendwo einzuhaken.»

«Alles, was wir mit Sicherheit sagen können, ist, dass sie nie mit uns zu tun hatte. Sie ist nicht registriert.»

«Gibt es irgendwelche Einzelheiten bezüglich der Toten?»

«Raymonde Carême, Dienstmädchen, vorbestraft. Sie hat drei Monate gesessen wegen Zechprellerei und Scheckbetrug. Wollen Sie den Obduktionsbefund sehen? Er enthält ein interessantes Detail. Das Opfer wurde nicht einfach mit den Händen erwürgt. Offenbar wurde die Hauptschlagader mit einer Eisenstange abgedrückt... Am Hals hatte sie seitlich das gleiche Mal: vermutlich von einem glatten, runden

Eisen… Ach ja, noch etwas!… Diese Raymonde hatte einen Liebhaber. Einen gewissen Armand Boraggi, Autolackierer. Ebenfalls vorbestraft. Zwei Jahre, eins davon auf Bewährung, für Umlackieren gestohlener Autos. Er hat gleichzeitig Glück und Pech gehabt… In der Mordnacht hat ihn die Streife von Meyrargues angehalten wegen unzureichender Beleuchtung. Morgens um zwei Uhr zwanzig…»

«Im Bericht steht: ‹Nicht vor ein Uhr, nicht nach drei Uhr…› Das könnte unser Mann sein.»

«Das haben wir auch gedacht. Als sie von dem Mord erfuhren, haben uns die Kollegen von Meyrargues Bescheid gegeben und wir haben ihn abgeholt. Er hat erzählt, dass er sich in besagter Nacht tatsächlich mit Raymonde am See getroffen hat. Er sagt, sie sei um Mitternacht gegangen und er sei nach Aix zurückgefahren.»

«Und für die Strecke Sisteron – Meyrargues will er zwei Stunden gebraucht haben? Für neunzig Kilometer?»

«Genau! Die Frage haben wir ihm auch gestellt. Daraufhin hat er widerstrebend erzählt – ‹Sie werden's mir nicht glauben›, sagte er –, dass ihn jemand ins Wasser gestoßen hat, während er in den See pinkelte, und dass er aus diesem Grund, bis er wieder ans Ufer gelangt war und einen klaren Kopf hatte… Kurzum, er will Sisteron erst gegen halb zwei verlassen haben…»

«Damit liegt er immer noch in der Zeit.»

«Zumal wir inzwischen herausgefunden hatten, dass besagte Raymonde einen Zweitschlüssel zu Madame Goberts Haus hatte anfertigen lassen, und den haben wir besagtem Boraggi gezeigt. Daraufhin hat er zugegeben, dass sie beide ausgeheckt hatten, bei Madame Gobert einzubrechen. Der Kerl sitzt im Knast in Digne… Sie können ihn verhören, aber…» Viaud schüttelte den Kopf. «Wegen jener Gilberte Valaury sind wir leider gezwungen, eine Verbindung zwischen dem Mord an Raymonde und dem an Jeanne, der im Juli begangen wurde, herzustellen. Nur, für Juli hat Boraggi ein wasserdichtes Alibi: Er war im Knast. Am zehnten September wurde er entlassen...»

«Er hat die Sonne nicht lange genossen.»

«Na ja... Wenn man das im Blut hat...»

«Nirgendwo Fingerabdrücke, steht in Ihrem Bericht, abgesehen von denen des Opfers.»

«Diese Vorgehensweise», sagte Viaud langsam, «sowohl beim Mord an Jeanne als auch bei dem an Raymonde, diese Marotte, die Leiche aus großer Höhe hinunterzustürzen, nachdem man ihr eine Visitenkarte angesteckt hat, die gehorcht jedenfalls einer ganz bestimmten Logik, da ist alles haargenau geplant... Das sind keine Raubmorde, die Opfer besaßen nichts. Es sind erst recht nicht die Verbrechen eines Geistesgestörten. Es erforderte viel List, Jeanne auf die Wälle zu locken oder sich für den Mann auszugeben, den Raymonde erwartete...»

«Sie reden um den heißen Brei herum.»

«Ich habe das Problem von allen Seiten betrachtet, und ich muss leider zugeben, dass ich im Dunkeln tappe. Aber eines ist sicher, Madame Gobert lügt.»

«Inwiefern?»

«Sie hat uns gesagt, man habe sie betäubt und sie habe überhaupt nichts gehört. Aber am Morgen nach dem Mord, als ich sie befragen konnte, ist mir aufgefallen, dass es in ihrem Salon nach kaltem Eisenkrauttee roch. Das hat mich irritiert, denn sie hatte mir gesagt, dass sie jeden Abend ebendiesen Kräutertee trinkt. Sie hat einen Philodendron neben dem Fernseher stehen. Ich habe mich darüber gebeugt. Die Erde war feucht. Von dort kam der Eisenkrautgeruch. Daraus habe ich geschlossen, dass sie an jenem Abend aus irgendeinem geheimnisvollen Grund ihren Kräutertee nicht getrunken und sich seiner via Blumentopf entledigt hat, um so zu tun, als habe sie ihn getrunken...

Die Frau mit der großen Vergangenheit...», fügte Viaud hinzu. «So nennt man sie hier. Eine ihrer Schwestern wurde von den Deutschen erschossen. Sie selbst ist aus Saint-Vincent-les-Forts geflüchtet. Sie hat die Résistance hier in der Gegend erst richtig auf Touren gebracht. Alle Männer lagen ihr zu Füßen.»

«Ist sie beliebt in Sisteron?»

«Darüber wird nicht gesprochen. Kein Wort. Nicht einmal heute.»

«Weshalb ist sie behindert?»

«Das weiß man nicht. Angeblich ein Unfall. Fragen sind nicht gerade willkommen.»

«Und wenn Sie trotzdem fragen?»

«Dann wird sie sich in der Präfektur beschweren, wo sie hohes Ansehen genießt. Und dann…»

Laviolette nickte und verwahrte die beiden Visitenkarten in einem Umschlag, den er einsteckte.

«Was werden Sie jetzt tun?»

«Ich werde mich bemühen, mich in einen Bürger von Sisteron zu verwandeln… so gut es geht… ich werde mein Möglichstes tun…»

In gefütterten Schuhen, den Schal fest um den Hals gewickelt, die Hände im Rücken verschränkt, wanderte Laviolette durch die verlassenen Straßen und gab sich müßig. Die Leute blickten ihm durch die Scheiben der Kneipen hindurch nach. Wahrscheinlich fragten sie sich, zumindest hoffte er das, wer wohl dieser pensionierte Volksschullehrer sei, der Sisterons Straßen im Herbst so liebte. Manchmal bestellte er in einem von Einheimischen gut besuchten Lokal einen Pastis und trank ihn an der Bar, während er sich eine Zigarette drehte und den Gesprächen der Kartenspieler zuhörte.

Er erforschte die Grande Andrône im Funzellicht der grünen Laternen. Vor der gewaltigen Glyzinie mit dem mannsdicken Stamm blieb er abrupt stehen. Ein paar Reststücke oxidierten Zinks, mit denen sie hie und da gespickt war, erinnerten an die Regenrinne, um die sie sich einst als dünner, kümmerlicher Trieb gewunden hatte. Doch in den hundert Jahren, in denen sie sich in Spiralen um das Metall rankte, hatte die Schlingpflanze es zermalmt, verdaut. Von ihrer Existenz zeugte nur noch der Hohlraum im untersten Ring des Stammes, einen Meter über dem Boden. Die untere Krümmung der sich wie eine Schlange ringelnden Pflanze bot einen idealen Sitzplatz, genau in der richtigen Höhe, und sie war so glatt und blank, als habe sie diesen Zweck sehr häufig erfüllt.

Laviolette betrachtete diesen Zeugen der Vergangenheit. Sein Blick folgte ihm die Mauer des Hauses Gobert empor zu den schwarzen Strängen, die sich schwer lastend über den Eisenträgern der Terrasse ausbreiteten.

Dieser dunkle Winkel, in dem es nach Buchsbaum roch, schlug ihn auf eigentümliche Weise in seinen Bann. Dort oben, am Speicherfenster, von wo aus die Leiche herabgestürzt war, quietschte der Drehkran, sanft wie ein leiser Ruf. Ein dunkler Fleck getrockneten Blutes auf der Rinde der Wurzel, die die ungleichmäßigen Pflastersteine anhob, erinnerte an den Mord. Ganz in der Nähe erzählte ein Brunnen geschwätzig irgendeine unverständliche Geschichte.

Als wären sie auf ewig hier hängen geblieben, prägten die Ereignisse, deren Schauplatz die Andrône gewesen war, die Atmosphäre und gaben doch ihr Geheimnis nicht preis. Laviolette begriff, dass er tragische Gesichter streifte, dass beschwörende Hände ihn zurückzuhalten versuchten, um ihm von der Vergangenheit zu erzählen, doch er fühlte, dass er nicht die Macht besaß, ihre Botschaft zu empfangen.

Leise sprach er den Namen «Gilberte Valaury» aus.

Sofort hatte er die eigenartige Empfindung, dass seine Worte das Plätschern des Brunnens stocken ließen und dass das Eisengewölbe unter dem Gewicht der Glyzinie ächzte.

Langsam stieg er wieder hinauf, bog um die Ecke der Rue Mercière. Er musterte das reich verzierte Portal des Hauses Gobert. Sollte er klingeln? Er konnte sich nicht dazu entschließen. Diese arrogante Behinderte würde er nicht in Angriff nehmen, ehe er mit irgendeinem Fallstrick aufwarten konnte, den er um ihren Rollstuhl herum auslegen wollte. Stattdessen beschloss er, sich jeden Einzelnen ihrer Bekannten vorzuknöpfen. Er schlug in seinem Notizbuch ihre Adressen nach und stellte fest, dass die erste in alphabetischer Reihenfolge Rosa Chamboulive war, die im Chemin de la Marquise wohnte.

Allerdings hatte Rosa, als sie hörte, dass die arme Rogeraine von neuem ihrer Pflegehilfe beraubt war, ihre erste diplomatische Grippe in diesem Winter bekommen. Sie empfing Laviolette weinerlich und verschnupft mit einem um sie bemühten Vincent an ihrer Seite, der ihr das Handtuch über das Inhaliergerät hielt. Sie tauchte darunter auf, bleich wie eine Tote unmittelbar vor der Beerdigung.

«Mann Gottes, was soll ich Ihnen sagen? Wenn Sie mir wenigstens noch ein Datum, einen Ort, irgendetwas nennen könnten… Aber nein! Sie schneien einfach so herein mit dieser Frage: ‹Kennen Sie…›, wie sagten Sie doch gleich?»

«Gilberte Valaury.»

«Genau. Das war der Name. Aber woher soll ich sie denn kennen? Hm? Woher?»

«Immerhin sind Sie eine Jugendfreundin von Madame Gobert, und es deutet alles darauf hin, dass ihr diese Gilberte bekannt war…» Rosa bedeckte ihr Gesicht unter dem Vorwand, sich abzutrocknen. Mit erstickter Stimme fragte sie unter dem Handtuch hervor:

«Hat sie Ihnen das gesagt?»

«Nicht ausdrücklich, aber immerhin… Ich könnte wetten, dass Sie alle wissen, um wen es sich handelt.»

«Na, dann wetten Sie, mein Bester, wetten Sie ruhig!»

Sie betrachtete ihn mit einem Ausdruck mitleidvoller Herablassung, aber gleichzeitig hätte sie zu gern das Gespräch noch ein wenig ausgedehnt, um ihm ihrerseits die Würmer aus der Nase zu ziehen.

«Wenn ich noch fünf Minuten bleibe», sagte er sich, «wird sie mich ‹inquisitionieren›, wie sie es ausdrückt.»

Vincent brachte ihn zur Tür. Und heimlich, still und leise, kaum dass sie allein waren, eröffnete ihm dieser verdruckste Stumme ganz unerwartet:

«Wenn Sie mir eine Zigarette geben, sage ich Ihnen…»

Schon hatte Laviolette sein Maschinchen zur Hand. Auf Teufel komm raus drehte er eine. Er hielt sie Vincent zum Ablecken hin, und der steckte sie sich in den Mund. Laviolette zündete sie ihm an, und während Vincent dreimal hastig zog und den Rest kaute, flüsterte er: «Sie ist ein Mädchen von da oben.»

«Von wo oben?», fragte Laviolette.

«Das weiß ich nicht! Von da oben halt.»

Im Gang war es dunkel. Wegen des Luftzugs hatte Vincent die Tür hinter der weinerlichen Rosa geschlossen. Laviolette verlor keine Zeit, packte ihn am Kragen und drückte ihn gegen die Wand, das Knie gegen den Unterleib gepresst: «Du sagst es mir, du falscher Fuffziger, woher kommt sie? Wirst du reden?», zischte er leise.

«Rosa!», rief Vincent.

«Ich komme», antwortete Rosas olympische Stimme.

Laviolette ließ los, rückte seinen Hut zurecht und ging. Beinahe beschämt stahl er sich durch die Gassen. «Von da oben», knurrte er und steuerte auf das Hotel zu, «von da oben!»

Über die Hügel in der Ferne strich der Wind, spöttisch, wie ihm schien.

~ 7 ~

DAS Erste, was Rogeraine mit einer gewissen Nervosität vernahm, war das aufgeregte Rascheln ihrer seidenen Kleider. Sie trippelten einher im gleichen Rhythmus, ein Ganzes bildend und ungelenk wie siamesische Zwillinge. Doch es war ihre Gottesfurcht, die dafür sorgte, dass sie sich so ängstlich aneinander klammerten. In Gott sahen sie den allzeit erzürnten Vater. Eingeschüchtert von seinem strengen Regiment, bewegten sie sich durchs Leben.

«Rogeraine! Rogeraine!»

In der weiten Leere des Flurs schwoll ihr geflüstertes Rufen bedrohlich an, und als sie auf der Schwelle des Salons erschienen, las Rogeraine Schuldbewusstsein in ihren Gesichtern.

«Nun, was führt Sie her? Wir wollten uns doch heute Abend erst sehen?»

«Ja, liebe Rogeraine, aber im großen Kreis. Und wir wollten Sie allein treffen. Wir haben die Gelegenheit genutzt, dass Constance zur Bank gegangen ist und Évangéline zu ihrem Rechtsanwalt…»

«Wir können doch reden? Sie sind doch allein, oder?»

«Ja, ich bin allein», bestätigte Rogeraine und klappte den Montaigne ihres Großvaters zu, an dem sie sich gelegentlich erbaute.

Esther öffnete den Mund.

«Esther, sei still!», befahl Athalie. «Ich weiß, was du ihr sagen willst, aber das ist eine Dummheit. Du bist viel zu leicht zu beeindrucken.»

«Wissen Sie», sagte Rogeraine, «wenn Sie nicht gleich zur Sache kommen, werden Sie keine Gelegenheit mehr dazu haben. Évangéline muss gegen vier zurück sein, und es ist Viertel vor...»

Esther legte los, ließ den Kopf zwischen die Schultern sinken und sprach wie bei der Beichte. Rogeraine sah nur noch den Scheitel in ihrer frischen Dauerwelle.

«Rogeraine, wir wünschten, Sie würden an Ihr Seelenheil denken!»

«Ich tue nichts anderes!», sagte diese sarkastisch.

«Wir haben uns nicht klar genug ausgedrückt, wir wünschten, Ihre guten Werke stünden in einem angemessenen Verhältnis zu Ihren Sünden... Die Zeit drängt, Rogeraine! Uns wurde kürzlich ein seltsames Geständnis zuteil!»

«So? Ihnen auch?... Dann haben also auch Sie einen Sinn fürs Praktische! Es handelt sich natürlich um Cadet Lombard?»

Esther ließ ihren Kopf noch ein wenig tiefer auf die Brust sinken, öffnete ihre Tasche, wühlte fiebrig darin und hielt Rogeraine, noch immer ohne sie anzusehen, mit hastiger Geste ein zusammengefaltetes Stück Papier hin.

«Rein zufällig...», sagte sie schnell, «haben wir für Sie eine kleine Liste der Bedürftigen in Sisteron zusammengestellt; es läge uns sehr viel daran, dass Sie sich um sie kümmern. Neben ihren Adressen haben wir das Ausmaß ihrer Bedürftigkeit notiert. Natürlich können Sie, wenn Sie Wert darauf legen, anonym zu bleiben, für Ihre Barmherzigkeit unsere Vermittlung in Anspruch nehmen.»

Rogeraine nahm die Liste und zerriss sie, ohne sie zu lesen, in kleine Schnipsel.

«Ich habe ein ruhiges Gewissen», sagte sie. «Niemand, außer mir selbst, wird über mich richten. Ich verzichte auf Ihre frommen Werke...»

«Wie Sie meinen», sagte Athalie. «Aber wenn wir Ihnen sagen, die Zeit drängt, so tun wir das aus christlicher Nächstenliebe, was immer Sie auch darüber denken mögen. Denn Sie schweben in großer Gefahr, Rogeraine. Jemand ist unter uns, der Sie nicht liebt. Das ist es, was wir Ihnen nicht zu sagen wagten…»

Er strich durch die Stadt, betrachtete aufmerksam die alten Mauern, die Brunnen, die in die Gewölbe eingelassen waren, die Bäume in den Höfen, als berge die Luft, die er atmete, den Schlüssel zum Geheimnis. Eines Nachts stand er sogar auf und verließ das Hotel mit dem Schlüssel des Wirts.

Er wanderte ziellos vom Place du Tivoli zum Place de la Poterne. Mit festem Schritt durchmaß er die Rue Droite, bog in die Rue Saunerie ein. Die Knetmaschine eines Bäckers schnurrte. In einem Lokal, das schon geschlossen war und in dem die Stühle bereits auf den Tischen standen, brannte hinter der Theke noch Licht. Der Wirt war ganz in seine Abrechnung vertieft und blickte nicht auf.

Er erreichte den Parkplatz vor dem Hotel de la Citadelle und stieg hinunter zum See. Überquerte die Pont de la Baume. Abgesehen vom satten Glucksen des Buech und der Durance, die schlammiges Geröll auf ihrem Grund stromabwärts wälzten, drang nur noch fernes Hundegebell an sein Ohr. Er lehnte sich gegen das Geländer und wandte sich zur Stadt um. Dort rührte sich nichts. Kein Fenster war erleuchtet. Es herrschte vollkommene Stille. Am Hang der Zitadelle ragte die Stadt in völliger Dunkelheit empor. Ihren Bewohnern, die genauso unzugänglich und verschlossen waren, ihre Geheimnisse zu entreißen erschien aussichtslos.

Laviolette ging auf dem Gehsteig des Straßentunnels zurück, den er durchquerte, ohne dass ein Fahrzeug ihm entgegengekommen wäre oder ihn überholt hätte. «Man kann also nachts durch Sisteron laufen, ohne einer Menschenseele zu begegnen», sagte er sich.

Am Tour de l'Horloge schlug es halb, so hell, dass Laviolette lange das Vibrieren des Hammers an der bronzenen

Glocke wahrnahm. Er ging am Hause Gobert vorbei. Mit seinem geschnitzten Tor, den geschlossenen Fensterläden und seinem Garten, der von einer mit Glasscherben gespickten Mauer umgeben war, bildete es geradezu eine Insel zwischen zwei Straßen und zwei gedeckten Gassen. Schreie, die dort drinnen ertönten, würden die Nachbarn kaum beunruhigen.

«Und an jenem Abend hat der Nebel, der ganz Sisteron in Watte hüllte, sie erstickt. Der Mörder hätte sich ebenso gut als kettenrasselndes Gespenst verkleiden können. Niemand hätte ihn bemerkt. Darüber hinaus eignen sich die Gassen hervorragend zum Versteckspielen.»

Völlig durchgefroren, aber zufrieden langte er wieder im Hotel an und legte den Schlüssel zurück auf die Ablage an der Rezeption. Niemand war mehr wach, um von ihm Notiz zu nehmen. Der Schlaf des Gerechten hatte die Stadt überwältigt.

… außer Maître Tournatoire, der im Halbdunkel den nackten Körper seiner Frau betrachtete, ohne ihn eigentlich zu sehen. Sie schlief, ein Bein ausgestreckt, das andere angewinkelt unter dem Kinn. Von Hitzewallungen geplagt, warf sie für gewöhnlich die Decken von sich und wälzte sich darauf. Maître Tournatoire mühte sich vergeblich, an den Rundungen ihres Körpers abzulesen, wie er vorgehen sollte. Er litt an Schlaflosigkeit, seit die Presse so allerlei über die unerklärlichen Verbrechen zusammenspann. Es war ihm äußerst unangenehm, dass sie in der Privatsphäre von Madame Gobert begangen worden waren, seiner guten Freundin und Klientin.

Er schlich sich aus dem Bett und schlüpfte durch die angelehnte Tür hinaus, nahm seinen Morgenrock vom Kleiderhaken und stieg die beiden Stockwerke zum Eingang der Kanzlei hinab, die er lautlos aufschloss. Um in sein Arbeitszimmer zu gelangen, durchquerte er auf Zehenspitzen das Büro der Angestellten und das Refugium seines Prokuristen. Noch immer auf Zehenspitzen vergewisserte er sich, dass die Ripsvorhänge hinter den geschlossenen Fensterläden fest zugezogen waren. In einer Stadt mit achttausend Einwohnern kann ein Notar nicht morgens um drei durch sein Büro geistern, ohne dass man eine Leiche in seinem Keller vermutet.

Dann erst knipste er die Schreibtischlampe an, deren sanftes, grünliches Licht seinen begüterten Klienten, die unlösbare Familienzwiste vor ihm ausbreiteten, Vertrauen einflößte.

Er dachte lange nach, saß, die Hände flach auf der Schreibunterlage, untätig herum, und manchmal zwirbelte er seinen altmodischen Schnurrbart.

«Gilberte Valaury... Gilberte Valaury...», wiederholte er nachdenklich.

Aus der Schublade, in die er sie am vergangenen Abend eingeschlossen hatte, nahm er die Akte, die er aus dem Urkundenregister geholt hatte, um... Ja, wozu eigentlich? Das war es, was Maître Tournatoire so heftig plagte: dass er auf diese Frage keine Antwort wusste.

Es war ein brauner Aktendeckel, auf dem mit elegantem Schwung ein längst verstorbener Kanzleileiter jene störende Aufschrift angebracht hatte: *Nachlass Valaury*. Notar Tournatoire drehte und wendete ihn vergeblich. Er hatte noch immer nicht die leiseste Ahnung, wie er vorgehen sollte.

«Nun ja, einerseits», so grübelte er, «gab es diese Morde... Aber um wen handelte es sich denn schließlich? Um ein armes besitzloses Mädchen... Um ein Dienstmädchen mit nicht ganz weißer Weste... Nichts, was einen Honoratioren in Aufregung versetzen könnte... Andererseits... Nun ja! Andererseits ist da die Pflicht, die Justiz zu informieren, ohne damit meine Schweigepflicht zu verletzen... Und vor allem, vor allen Dingen, ohne den Seelenfrieden einer Stadt zu stören, der diese Geheimnisse bislang den Schlaf nicht raubten. Oh! Natürlich, wenn morgen der Revierleiter Viaud oder auch dieser Kommissar, dessen Auftrag niemand so recht kennt, hier mit einem förmlichen Rechtshilfeersuchen vorstellig würde! Aber bis dahin...»

Bis dahin würde Maître Tournatoire die Akte in der zweiten Schublade seines Empire-Schreibtisches einschließen. Er würde äußerste Vorsicht walten lassen, indem er sie im Archiv durch eine leere, aber ordnungsgemäß im Register nummerierte Akte ersetzte. Denn, falls irgendein neugieriger Angestellter…

Als dieser harmlose Tausch erst einmal durchgeführt war, rieb Maître Tournatoire sich reinen Gewissens die Hände.

Während er sich wieder zu seiner Frau ins Bett legte, erteilte ihm die Volksweisheit die Absolution: «Wer sich nicht einmischt, verbrennt sich auch nicht die Finger!»

Jeden Morgen ließ sich Laviolette von den Gendarmen, die emsig die langwierigen Überprüfungen durchführten, auf den neuesten Stand bringen. Da kam ihm eines Tages auf dem Rückweg, als er fest entschlossen war, die Befragung des Freundeskreises von Rogeraine wieder aufzunehmen, erstmals der Zufall zu Hilfe.

Laviolettes wichtigste Begabung für den Polizeidienst war, dass er auf seinen ziellosen Wanderungen stets die Augen offen hielt und dabei mit einem einzigen Blick in die Runde den Inhalt eines ausgeleerten Abfallkorbs, die Größe des kläffenden Hundes und die Frau mit den Lockenwicklern auf dem Kopf erfasste, die plötzlich den Fensterladen aufriss und «Hilfe! Haltet den Dieb!» rief. Genauso aufmerksam betrachtete er die Auslagen der Schaufenster und erstellte ein Inventar der angebotenen Waren: Hüte, Schuhe, Fernseher, Bücher, er merkte sich sogar die Titel von dreien oder vieren.

«Sieh an… Eine Druckerei… Sieh an, sie haben Muster aus alten Zeiten ausgestellt… Nostalgie sogar bei den Setzern… Sieh an, man könnte fast meinen…»

Er blieb jäh stehen, musterte aufmerksam das Schaufenster des Druckers. Das war eine echte Retrospektive aller Arbeiten des Hauses: Briefköpfe, Prospekte, Plakate, Broschüren, zwei Dutzend Visitenkarten, die mit Nadeln an ein Brett gesteckt waren, darunter auch ein längliches Pappschildchen mit abgerundeten Ecken und zart vergoldeten Schnittkanten: Unter einem Vergissmeinnichtsträußchen war irgendein Name gedruckt.

Laviolette zögerte keine Sekunde. Er betrat den Laden. Die ältere Dame hinter der Ladentheke fragte er nach dem Inhaber.

«In welcher Angelegenheit?», fragte sie. «Ich bin seine Frau. Ich verhandle mit den Vertretern…»

«Ich bin kein Vertreter», seufzte Laviolette.

Er wies sich aus.

«Mein Gott», sagte sie beunruhigt, «Sie werden ihn doch hoffentlich nicht aufregen? Wissen Sie, er hat gerade eine Operation hinter sich.»

«Ich auch», sagte Laviolette.

«Lass ihn herein!», rief eine Stimme.

Die Frau hob den Vorhang zum Hinterzimmer. Ganz hinten, hinter einer Milchglasscheibe, war das Rattern einer laufenden Druckmaschine zu hören.

«Kommen Sie herein, kommen Sie!», forderte dieselbe Stimme ihn freundlich auf. « Sie sind also auch operiert worden?»

Der Mann saß im Rollstuhl. («Man könnte meinen, das ist Mode in Sisteron», dachte Laviolette.) Er trug eine Brille mit dunklen Gläsern. Die Flecken in seinem Gesicht betonten den Verfall der hochroten Haut und der violetten Lippen.

«…wegen eines eingeklemmten Bruchs», sagte Laviolette.

Im folgenden Gespräch breiteten beide sozusagen ihre Gedärme auf dem Tisch aus. Mit beiden Händen beschrieb der Drucker, wie man ihm den Darm herausgenestelt hatte, um ihm ein Stück davon zu entfernen. Mit ausgesuchter Höflichkeit erzählten sie sich von den Vorzimmern des Todes. Schließlich konnte Laviolette zaghaft die beiden Karten mit dem Vergissmeinnichtsträußchen hervorholen und sie dem kranken Mann präsentieren.

«Wissen Sie zufällig... Ich habe bemerkt, dass Sie dieses Kartenmuster im Schaufenster ausgestellt haben...»

«Ach ja, stimmt! Sie haben Recht! Aber das ist uralt! So was war vor dem Krieg in Mode. So um '38... '39...»

«Und sagen Sie... Wäre es nicht möglich, dass Sie sich erinnern, ob zu dieser Zeit eine gewisse Gilberte Valaury...»

Der Mann lachte heiser.

«Hörst du das, Deleine? Er fragt, ob ich mich nicht...»

Bei dieser Frage war die Frau auf der Schwelle zum Hinterzimmer aufgetaucht, wo sie stocksteif stehen blieb.

«Wir Drucker», erklärte der Mann, «wir haben ein unfehlbares Gedächtnis: die Revision. Die Revision ist ein Probedruck vom Druckstock, den man eben erstellt hat, und die spießt man, mit dem Datum versehen, auf einen Eisendraht. Am Monatsende schnürt man sie zu einem Päckchen zusammen und schreibt den Monat und das Jahr drauf. Mein Archiv geht fünfzig Jahre zurück. Das wirft man nicht weg.»

Seine Frau wurde ein wenig unruhig und raschelte mit dem Papier, das sie in der Hand hielt.

«Du redest zu viel», sollte dieses Geraschel bedeuten.

Aber der Kranke, der in den hintersten Winkel des Ladens verbannt war, freute sich über die Gelegenheit, sich ein wenig wichtig zu machen. Laviolette, der das spürte, zögerte nicht, ihn anzustacheln.

«Ich bin sicher, Sie wissen genau, ob zu jener Zeit eine gewisse Gilberte Valaury...»

«Ich weiß es nicht, aber die Revision kann es wissen. Oh, das war vielleicht zwei Winter lang in Mode, höchstens zwei Jahre. 1938... '39... Solche Karten haben damals vor allem die jungen Mädchen bestellt. Deleine, holst du mir bitte aus dem Keller die zwei Packen der Revisionen von 1938 und 1939?»

«Und der Laden?», fragte sie widerspenstig.

«Ich kann für Sie die Stellung halten», erbot sich Laviolette. «Wenn nötig, bitte ich die Leute zu warten.»

Sie zeigte nicht den geringsten Eifer, kehrte aber schließlich nach einer Viertelstunde aus dem Archiv zurück, in jeder Hand, weit von sich gestreckt, einen Packen. Beide bestanden aus jeweils zwölf verschnürten flachen Päckchen.

«Also! Darin werden wir jetzt ein wenig herumkramen», sagte der Mann. «Wir werden in die Vergangenheit eintauchen.» Er öffnete die Makulaturen, in die die Revisionen eingewickelt waren. «Wollen wir doch mal sehen... Es hat keinen Sinn, woanders als im November und im Dezember zu suchen. Während der übrigen Monate wird nicht einmal ein Prozent aller Visitenkarten hergestellt... Aber wissen Sie, damals wurde diese Art Karte in jeder Druckerei gemacht. Ihre Chancen, bei mir zu finden, was Sie suchen, stehen eins zu tausend!»

«Wie in der Lotterie», sagte Laviolette und zuckte mit den Schultern.

Er gewann. Im Dezember 1938 hatte eine Gilberte Valaury hundert Karten mit Vergissmeinnichtmotiv beim Drucker Gaspard Bourrelier in Auftrag gegeben. Die Revision lieferte sogar das genaue Datum: Am 22. Dezember 1938 hatte Gilberte ein aus einem Schulheft gerissenes, kariertes Blatt Papier gebracht, auf dem sie selbst fein säuberlich in violetter Tinte ihren Namen geschrieben hatte, allerdings ohne ihre Adresse anzugeben. Und am gleichen Tag war sie wiedergekommen, um die Visitenkarten abzuholen, von denen man achtundzwanzig Jahre später zwei Exemplare wiedergefunden hatte, angeheftet an zwei Leichen, die einem Verbrechen zum Opfer gefallen waren.

«Und jetzt beschwöre ich Sie! Sie waren schon damals der Besitzer dieser Druckerei, denn auf Ihren Briefköpfen steht ‹Bourrelier & Sohn›. Ihr Vater oder Sie müssen dieses Mädchen gesehen haben, entweder als sie die Karten bestellt oder als sie sie abgeholt hat. Sie müssen wissen, wer sie war.»

«Wer sie war? Gilberte Valaury?», riefen beide aus. «Aber nein. Im Leben nicht. Woher denn?»

Doch es kam Laviolette vor, als sprächen beide diesen Namen hastig aus, so als fürchteten sie, dabei ins Stocken zu geraten, als handle es sich um einen Bissen, der zu heiß war, um ihn zu schlucken.

«Oder Sie wissen es und haben irgendeinen Grund, es zu vergessen?»

«Aber was glauben Sie denn?», antwortete die Frau für beide. «Schauen Sie sich doch die Revision an! In diesem Monat waren es wohl zweihundertfünfzig Karten! Zweihundertfünfzig Personen sind damals durch diese Tür gekommen. Und das vor mehr als dreißig Jahren! Also hören Sie! Überlegen Sie doch!»

Laviolette schüttelte hartnäckig den Kopf.

«Doch, doch! Sie wissen es! Sie ist mitten unter uns! Sie denken beide an sie! Sie haben beide die gleiche Vorstellung im Kopf und sie wird immer klarer. Hier zwischen uns dreien! Sie taucht auf! Sie sehen sie! Sie wissen, woher sie kommt! Sie wissen, wer sie ist! Als sie hereinkam, haben sie gerade etwas besprochen, Sie beide, irgendeinen Preis. Sie haben gleichgültig hochgeblickt. Und dann haben Sie gesagt: ‹Ach, Gilberte! Du bist es?› Das haben Sie gesagt! So war es! All die Jahre, die vergangen sind, damit brauchen Sie mir nicht zu kommen. Ich weiß, was sie für Leute unseres Alters bedeuten! Nein! Gilberte ist hier. Hier mitten unter uns. Und Sie werden mir sagen, wie alt sie war! Wie sie aussah! Woher sie kam! Wer sie war!»

Er war außer Atem. Sein auf den Boden gerichteter Zeigefinger zitterte verkrampft. Er wollte, dass Gilberte aus dem gewachsten Fußboden schoss. Aber umsonst. Seine kleine Zirkusnummer hatte die unbeweglichen Züge des alten Ehepaares nicht verändert.

Er stand erschöpft auf. Steckte die Revision der Karte zu den beiden anderen in seine Brieftasche, dazu auch das Stück

Papier aus dem Schulheft, dann trat er, ohne zu grüßen, den Rückzug an. Er hatte umsonst versucht, Bilder heraufzubeschwören, um seine beiden Gesprächspartner zu überzeugen; auch er hatte diese Gilberte Valaury nicht *gesehen*. Sie war ein Gespenst, das vor vielen Jahren seine Hand auf die Klinke gelegt hatte, die, wollte man danach urteilen, wie abgenutzt sie war, noch immer die gleiche zu sein schien. Ein Gespenst, das sich in der dunklen Scheibe des Ladens gespiegelt hatte. Ihre Schuhe waren – langsam oder schnell? – über den schmalen Gehsteig der Straße geklappert, die die Bomben von 1944 verschont hatten.

Jung? Wie jung? «Solche Karten haben damals vor allem die jungen Mädchen bestellt», hatte der Drucker gesagt. Ausgerechnet «Vergissmeinnicht»... 1938 war Madame Gobert achtzehn Jahre alt gewesen, Rosa siebzehn, die Kusine aus Ribiers sechs, die beiden Fräulein Romance achtzehn und zwanzig, Doktor Gagnon siebzehn, der Notar fast fünfzehn... Und alle hatten behauptet, Gilberte Valaury nicht zu kennen. Dabei hatte sie 1938 Visitenkarten bestellt, Visitenkarten für junge Mädchen... Also war sie damals – ein paar Jahre hin oder her – im gleichen Alter wie diese widerspenstigen Zeugen. War sie tot? War sie noch am Leben? Wo auf dieser weiten Welt mochte sie sein? Weshalb widmete der Mörder ihr seine Opfer?

Jedenfalls wurde es jetzt unnötig, Himmel und Hölle in Bewegung zu setzen. Ihre Spur, wenn sie noch existierte, verlief in und um Sisteron. Man konnte aufhören, anderswo zu suchen.

Mit seinen jungen Kollegen, mit denen er eine Gemeinschaftspraxis betrieb, bewohnte Doktor Gagnon ein zweistöckiges Haus, in dem er den ersten Stock für sich beanspruchte. Er war allein stehend. An dem Abend, an dem Laviolette ihn aufsuchte, hatte er Bereitschaftsdienst.

«Sie werden es mir verzeihen, wenn ich Sie in aller Eile

empfange», sagte er, «aber um sieben Uhr muss ich einem Nierenpatienten in Vaumeilh eine Spritze verpassen.»

«Ich komme nicht», sagte Laviolette, «um Ihnen Fragen zu stellen, die Sie schon einmal nicht beantwortet haben...» Er hob die Hand, um eventuellen Protest abzuwehren. «Also gut! Auch Sie kennen diese Gilberte Valaury nicht...»

Doktor Gagnon schaute seinen Gesprächspartner nicht an. Seine traurigen Augen waren starr auf die Lichter in der Mison-Ebene gerichtet, wo in der Abenddämmerung die Laubfeuer glommen.

«Dafür kenne *ich* sie», fuhr Laviolette fort. «Es stört Sie doch hoffentlich nicht, wenn ich rauche?»

Er machte es sich auf dem Patientenstuhl bequem.

«Keineswegs», sagte Gagnon, «aber *Sie* stört es. Sie sollten besser damit aufhören. Ihr Atemgeräusch klingt nach einem Lungenemphysem.»

Laviolette winkte ab. Jene Geste, die besagt: «Ich weiß genau, was ich tue», ist besonders häufig bei denen anzutreffen, die es eben nicht wissen. Eines Tages würde er es vielleicht bereuen, nicht auf den fachmännischen Rat des Doktor Gagnon gehört zu haben, aber im Augenblick war arrogante Gleichgültigkeit am Platze.

«*Ich* kenne sie...», wiederholte er. Und jedem weiteren Detail, das er vorbrachte, verlieh er mit einer Geste Nachdruck, für die die Zigarette, die er gerade drehte, als Accessoire unabdingbar war. «Sie ist... achtzehn Jahre alt. Sie ist blond... dunkelblond. Nein, ihre Augen sind nicht blau... blaugrün vielleicht, obwohl das selten vorkommt. Wir sind uns zu flüchtig begegnet... Ich habe es nicht genau gesehen... Dafür habe ich ihren Faltenrock bemerkt, der ihr bis zu den Waden reichte... er war weiß oder hellbeige. Der Rock wurde von einem sehr schmalen, goldenen Gürtel gehalten. Warten Sie! Ich glaube, sie hatte ihr Fahrrad auf dem Gehsteig abgestellt. Sie muss flache Schuhe getragen haben. Ich glaube, aber da bin ich mir nicht ganz sicher, dass sie ihre Haare in Zöpfen um den Kopf geflochten trug.»

«Wo sind Sie ihr begegnet?», fragte Gagnon.

«Vor der Druckerei Bourrelier. Sie kam, um sich hundert Visitenkarten zu bestellen… Schauen Sie! Das hat sie mir anvertraut!»

Auf Doktor Gagnons Schreibunterlage legte er den Revisionsbogen und, schön glatt gestrichen, das Blatt Papier aus dem Schulheft, auf das Gilberte Valaury ihren Namen geschrieben hatte.

Ein Lastwagen schaltete nach dem Tunnel in der Kurve zum Parkplatz. Die Turmuhr schlug halb. Laviolette hörte das Geräusch seines Atems, der in den Bronchien pfiff. «Vielleicht hat er Recht», dachte er, «ich sollte lieber damit aufhören.»

Doktor Gagnon untersuchte das aus dem Schulheft herausgerissene Blatt von allen Seiten, als verspreche er sich davon die Lösung eines Rätsels.

«Nun?», fragte Laviolette. «Man möchte meinen, Sie sähen ein Gespenst.»

«Das Ihre», antwortete Gagnon, «wenn Sie weiterhin diesen schauderhaften Tabak rauchen.»

Mit spitzen Fingern reichte er ihm das Blatt Papier, seine Hand zitterte nicht.

«Sie haben Recht», sagte Laviolette, «wenn Sie ein wenig skeptisch sind… Zwar habe ich sie wirklich getroffen… Aber das war 1938… An einem Novembertag wie heute. Sie mag damals siebzehn, achtzehn gewesen sein… wie Sie damals auch… Aber eins ist seltsam, sosehr ich mir auch das Hirn zermartere, ich kann sie mir zum Beispiel nicht im jetzigen Alter von Madame Gobert vorstellen oder in Madame Chamboulives Alter…»

«Sie haben eine komische Art, Ihre Ermittlungen zu führen. Die Gendarmen haben eine Menge präziser Fragen gestellt: ‹Wo waren Sie an jenem Tag? Wer hat Sie gesehen?› usw. Sie dagegen beschwören Geister…»

«Wollen Sie, dass ich Ihnen präzise Fragen stelle? Gut. Dann sagen Sie mir, warum Madame Gobert gelähmt ist. Wer ist oder war Gilberte Valaury?»

Doktor Gagnon stand von seinem Schreibtisch auf und stellte sich ans Fenster. Lange Zeit drehte er seinem Besucher den Rücken zu. Dort draußen vor ihm glich der Abend mehr und mehr malvenfarbenem Moiré, in den sich die Felder einhüllten.

Laviolettes Blick glitt über die Wände und durch das Zimmer. Es enthielt mehr Bücher, als das für gewöhnlich in einer Arztpraxis der Fall war. Einige bescheidene Aquarelle, auf denen man die Signatur des Doktors erkannte, verrieten seine Liebe zur kargen Landschaft rund um Sisteron.

«Wissen Sie, was ein Nierenpatient durchsteht?», fragte Doktor Gagnon plötzlich und drehte sich um. «In diesem Moment wird er wohl schon auf allen vieren aus dem Bett kriechen… Seine Augen sind nur noch auf meine Spritze gerichtet… Er überschüttet mich schon mit Beschimpfungen.»

«Ich bin gleich weg», sagte Laviolette. «Und ich danke Ihnen für Ihre intelligente Kooperation. In Sisteron ist man allgemein sehr wortkarg.»

«‹Am Tage des Jüngsten Gerichts›», murmelte Doktor Gagnon, «‹wird es keine Strafe geben für die, die geschwiegen haben.›»

«Montherlant!», sagte Laviolette und nahm seinen Hut. «Aber machen Sie sich keine Gedanken, daran bin ich gewöhnt. Wenn nötig, bringe ich Steine zum Sprechen… Das dauert nur ein wenig länger.»

Die Mühle war seit langem nicht mehr in Betrieb, aber im Umkreis von fünfzig Metern roch es noch immer nach Mehl.

Der Wind peitschte gegen das Haus an diesem Novemberabend. Am Fuß des Deiches endete die reißende Strömung des Buech. Sein klares Wasser drang wie eine Speerspitze in das Brackwasser des Sees.

Ein alter Diener in Müllergamaschen brummte, als er Laviolette öffnete, zwei Fingerbreit von seinem Gesicht entfernt, dass die Damen niemanden empfingen.

«Das werden wir ja sehen», sagte Laviolette und schob ihn sanft zur Seite.

Er fand sie in ihrem düsteren Salon, ängstlich aneinander gedrängt. Sie hatten den Fernseher ausgeschaltet. Auf dem riesigen Tisch stapelten sich die Pakete für ihre guten Werke. Sorgfältig gefaltete Wollsachen lagen überall herum und Unmengen Erbsendosen türmten sich bis auf die Höhe der Glasvitrinen. Es roch nach Mehl.

In dem dämmrigen Salon herrschte eine bedrohliche Stimmung. Sie rührte von den Gemälden in ihren kostbaren Eichenrahmen, die unter dem Firnis zu lauern schienen.

Unter diesen Bildern verkrochen sich die beiden späten Mädchen hinter ihrer Barmherzigkeit, ihrer Angst vor dem Skandal und ihrer vorsichtigen Zurückhaltung.

«Sehen Sie», sagte Laviolette traurig, «ich hatte mir Ihren Sinn für Moral anders vorgestellt. Ich habe gehofft, diese Morde, die sich auf so grausame Weise abgespielt haben, hätten Sie betroffen gemacht… Ich habe gehofft, Sie würden nichts vor mir verbergen…»

Er schob die Karte mit den Vergissmeinnicht und das Blatt aus dem Schulheft über den großen Tisch. Sie rührten sich nicht, warfen nur einen oberflächlichen Blick darauf.

«Berührt Sie das nicht», fragte der Besucher, «dieser Name, der vor so langer Zeit in violetter Tinte auf dieses Blatt Papier geschrieben wurde und dessen Farbe noch so frisch erscheint, trotz der vielen Jahre, die vergangen sind, seit Gilberte Valaury ihn notiert hat? Vielleicht hat sie Ihnen diese Karte damals sogar geschickt, begleitet von ihren besten Wünschen? Vielleicht liegt sie noch in irgendeiner Kommodenschublade unter einem dieser länglichen Sträußchen, zu denen man die Lavendelhalme bindet und die ein halbes Jahrhundert lang duften?»

Die Menschen haben eine erstaunliche Gemeinsamkeit: Wenn sie die Justiz hintergehen, ob nun aus Eigennutz, Leidenschaft oder Skrupel, tragen die ehrlichen Leute die gleichen Mienen zur Schau wie das schlimmste Lumpenpack. Laviolette bewunderte die Verstocktheit der beiden Schwestern, die sich bemühten, keine Miene zu verziehen. Athalie knüpfte geduldig die Knoten eines noch brauchbaren Bindfadens auf. Esther schrieb eine Adresse auf einen Paketaufkleber. Athalie seufzte:

«Ach, Monsieur, die Gendarmen…»

«Ja, ich weiß! Sie waren hier mit ihren gutmütigen rosigen Gesichtern, junge, stattliche Männer. Und sie haben Ihnen präzise Fragen gestellt, auf die Sie voller Stolz und ohne den Blick zu senken antworten konnten. Ich dagegen! Wagen Sie es, mir auch nur den Namen ‹Gilberte Valaury› ins Gesicht zu sagen, ohne mit der Wimper zu zucken? Da! Sehen Sie, Sie bringen es nicht fertig!»

Er machte eine Pause, widerstand der Versuchung, sich eine Zigarette zu drehen.

«Und dennoch… Sie und ich wissen, dass alles vergeht. Die Gilberte von damals hat heute wahrscheinlich dieselbe Konsistenz wie die Erde, in der sie ruht.»

Die beiden Fräulein taten keinen Mucks.

«Und dabei war sie hier. Sie hat diese Bilder gesehen. Sie hat sich an diesen Tisch gesetzt. Sie tauchte vor der Böschung auf… Sie hörten den Kies unter den Reifen ihres Fahrrads knirschen… Sie sprang ab. Sie sagten gelassen: ‹Schau, da kommt Gilberte!› Sie gehörten derselben Welt an: der der Visitenkarten. Ich sehe sie vor mir: Sie trägt eine weit ausgeschnittene, gepunktete Bluse. Moment mal! Um ihr linkes Handgelenk windet sich eine Art Armreif, sehr eigenartig, ich kann ihn nur schlecht erkennen… Doch! Warten Sie! Er stellt eine Schlange dar… Gold oder Silber… Ich weiß es nicht.»

«Elender Dummkopf», dachte er, «seit deinem Besuch

bei Doktor Gagnon beschreibst du fortwährend deine erste Liebe! Nur, dass sie brünett war und gepunktete Blusen verabscheute.»

«Monsieur», sagte Athalie, «in unserem ganzen Leben haben wir die Person, die Sie so gut beschreiben, nicht gesehen. Und außerdem, da Sie sie so gut kennen, wozu benötigen Sie da noch unsere Aussage?»

«Gut!», sagte Laviolette. «Ich kann Sie nicht dazu zwingen auszusagen. Wenn Ihr Gewissen so rein ist, schlafen Sie gut…»

Ohne aufzublicken, die eine von ihrer Schnur, die andere von ihren Adressen, lauschten sie, wie er die Tür schloss und wegfuhr. Als auch in der Ferne wieder völlige Stille eingekehrt war, wagten sie es, sich fragende Blicke zuzuwerfen. Ein abergläubischer Schrecken weitete ihre Pupillen.

«Sie brauchen nicht lange zu suchen!», hatte sie ihm gesagt. «Ich habe die schönste Haustür in Ribiers. Schräg gegenüber vom Brunnen, am Kirchplatz.»

Doch in Ribiers gibt es viele schöne Haustüren. Man zählt mehr als fünfzig, jede einzelne blitzblank poliert. In Ribiers ist man stolz auf seine Haustüren; in ihren hellen Füllungen spiegelt sich der Herbst.

Ribiers hat auch einen großen Dorfplatz, über den jeder in Höchstgeschwindigkeit hinwegbraust, auch der Wind, der nach Laragne zieht oder nach La Méouge. In den Gässchen und Höfen fristet Ribiers ein friedliches Dasein. Bei den Weinbauern kann man dort noch den Wein in der Kelter gären hören.

In Ribiers reifen auch die Birnen der Kenner. Birnen, die keinen Namen haben, die auf acht Meter hohen Bäumen wachsen und nach Lust und Laune herabfallen. Birnen, die zu verkaufen man sich höflich, mit einem kleinen Lächeln, weigert. «Denn», so bekommt man zu hören, «was soll ich Ihnen denn da verkaufen, Monsieur? Schauen Sie nur, ist das nicht erbärmlich?» In der Tat, wenn Sie in eine dieser Früchte beißen, die normalerweise schwarz gefleckt sind, «machen Sie kein gutes Geschäft», wie sie sagen. Sie sind herb, hart und rau.

Diese Birnen legt man auf die Horden im Keller, sie müssen im Dunkeln und Kühlen aufbewahrt werden, oder man legt sie auf den roten Fliesenboden im leer stehenden Zimmer, in dem vor dreißig Jahren die Großmutter gestorben ist, und dort vergisst man sie...

Wenn dann das Buech-Tal bis auf die Knochen abgegrast ist und die Schafe nur noch zum Schein rausgelassen werden, wenn man sich seit langen Monaten kein Obst mehr auf der Zunge hat zergehen lassen, dann sickert der Duft vollreifer Birnen durch Ribiers. Dann ist Dezember, Januar. Nach drei Monaten im kühlen Schatten haben die Birnen sich lange genug nach dem Sommer verzehrt, um wie Eis im Mund zu zerschmelzen, mit einem Duft, der einem die Nasenflügel weitet. Dann werden Sie sagen: «Wahrhaftig! Gewiss! Bei solchen Birnen kann man sehr gut verstehen, dass sie sie für sich behalten!»

Die Kusine Évangéline war eine solche Birne aus Ribiers: eine vermeintlich Herbe, vermeintlich Hässliche, vermeintlich Schüchterne. Das dachte Laviolette, während er sie betrachtete. Denn er hatte die besagte Tür schließlich doch ausgemacht... Weit geöffnet, gab sie den Blick frei auf einen acht Meter langen Gang, an dessen Ende dumpfe Axthiebe dröhnten.

Gebannt trat Laviolette näher. In einem gepflasterten Hof hob die Kusine im Schatten eines kahlen Zürgelbaums eine Holzfälleraxt hoch über den Kopf, um sie im Takt auf die Scheite niedersausen zu lassen. Ein Schlag genügte immer, und sie geriet nicht außer Atem. Die Ärmel hochgekrempelt, war sie mit ihrem schwarzem Dutt, dem schwarzen, wallenden Rock und den nackten Beinen die Verkörperung blühender Gesundheit. Von ihrem Gesicht sah man nur, wie ein Signal, den eigenartig viereckigen Mund einer griechischen Maske, den sie sorgfältig geschminkt hatte. Immer wenn sie sich streckte, klebte der Rock an ihren sehnigen Schenkeln, stieg der Pullover an ihrem Oberkörper hoch bis unter ihre Brüste und enthüllte eine Handbreit gebräunter Haut. Zwischen Ohr und Schulter zeichnete sich jene sichelförmige Krümmung ab, in die sich die Lippen eines Mannes so gerne versenken.

«Donnerwetter!», rief Laviolette bewundernd aus.

Wie auf frischer Tat ertappt, verfehlte die Kusine das Scheit. Ein Fluch entschlüpfte ihr. Aber als sie ihren Besucher erkannte, setzte sie sofort ein strahlendes Lächeln auf, das ihre Züge völlig veränderte. Laviolette hatte sie mit zusammengekniffenen Augen und mit verzerrtem Mund überrascht, wie sie ihr Holz mit unerbittlicher Wut spaltete, so dass ihr Haar an der schweißbedeckten Stirn klebte. Und plötzlich war sie eine heitere junge Frau, die die Hand nach ihm ausstreckte. Dieses Lächeln echter Freude war herzlicher, als es die einfache Höflichkeit gegenüber einem Ermittlungsbeamten gebot, der gekommen war, um seine Fragen zu stellen. «Strahlend!», sagte sich Laviolette geschmeichelt. «Sie hat mich mit einem strahlenden Lächeln empfangen!»

«O wie nett von Ihnen, mich zu Hause zu besuchen!», rief sie.

Laviolette prüfte fachmännisch das Beil. Es hatte den richtigen Schwerpunkt, war leicht und lag gut in der Hand. Wahrscheinlich hatte irgendein Liebhaber die Schneide geschliffen. Die gespaltenen Scheite interessierten ihn ebenfalls. Es war die Sorte von Buche aus dem Lure-Gebirge, die gegen den Wind ankämpft mit Knoten, an denen die Werkzeuge abrutschen, wenn man einen schwachen Arm hat. Laviolette stellte fest, dass die Kusine mehrere der härtesten mit einem Schlag gespalten hatte.

Sie unterlegte ihren Willkommensgruß mit einem kehligen, gurrenden Lachen, das verborgene Sinnlichkeit verriet.

Sie lief ihm entgegen. Streckte ihm eine Hand hin, die seine umklammerte, als er sie drückte.

Sie entledigte sich ihrer schweren Schuhe, um ein Paar Pumps mit hohen Absätzen überzustreifen, die neben einer Tür bereitlagen. Sie bat ihn in die Küche. Auf dem Kaminsims lagen überreife Kakis. Der Wasserkessel brodelte neben der Kaffeekanne auf der Ecke des Herds, den Ausdauer und Scheuermittel auf Hochglanz gebracht hatten.

Während er sich in Entschuldigungen erging wegen der ungelegenen Uhrzeit und seiner Unhöflichkeit, ohne Voranmeldung aufzutauchen, schob sie alle seine Einwände beiseite und servierte ihm – ohne sich selbst zu vergessen – einen kleinen eiskalten Marc, der, wie sie sagte, aus ihrem Weinberg stammte.

Dabei ließ sie ihn jedoch nicht aus den Augen. Sie musterte ihn ohne jede Scham, mit kühlem, kritischem Blick.

«Wie ein Ei, das man gleich aufschlagen wird», sagte er sich.

Dabei fiel ihm ein, dass sie dreifache Witwe war, und er dachte plötzlich, dass sie ihm ein letztendlich professionelles Interesse entgegenbrachte.

«Nun ja», dachte er, «unter ihrem Blick komme ich mir vor wie ein Suppenhuhn, das man am Marktstand betastet. Sie denkt, ich sei eine ganz annehmbare Partie, aber sie versucht, meine Lebenserwartung möglichst genau einzuschätzen. Wenn ich es wagte, würde ich sagen, dass sie bereits mit meinem Testament liebäugelt.»

Trotz dieser Gedanken, die er für sich behielt, und obwohl er nur gekommen war, um ihr einige trockene Fragen zu stellen, geriet er angesichts der herzlichen Aufnahme ins Schwanken. Im letzten Sommer, erst in der Vorstellung vom Tour de Nesle, dann bei Rogeraine, war sie ihm als unscheinbare Puppe erschienen, jetzt entdeckte er eine Art glänzenden schwarzen, aber gefährlichen Schmetterling. Und dennoch war Laviolette von dieser Gefahr fasziniert. Er hörte auch den Wasserkessel mit großer Freude pfeifen. Er träumte von warmen Pantoffeln, die vor der offenen Ofenluke des Herds angewärmt wurden.

«Ach», sagte er, «es ist angenehm, wenigstens ab und zu bei der Arbeit auf jemand so Gastfreundliches zu treffen! Sie bitten mich herein, dann bieten Sie mir einen Freundschaftstrunk an…»

Sie seufzte, während sie mit kräftigen Bewegungen das Feuer schürte. «Ach, wissen Sie, dabei bin ich im Augenblick nicht in besonders freundlicher Laune… Ist Ihnen klar, dass ich jeden Abend bei Einbruch der Nacht mit dem Moped nach Sisteron fahre?»

«Mit dem Moped? Diesen Sommer habe ich Sie doch mit einem Auto gesehen! Warum fahren Sie nicht damit?»

«Mit dem alten Citroën? Guter Mann, der kostet mich hin und zurück hundert Franc Sprit! Nein! Ich nehme das Moped, das Auto der Armen… Ist das vielleicht ein Leben? Aber was soll ich machen? Ich kann sie nicht im Stich lassen, die arme Rogeraine! Es gibt Dinge… Und wo sich unsere Väter so mochten… Tja, da man auf die treulose Constance nicht zählen kann… Seit langem spricht sie davon, sich eine andere Stelle zu suchen, aber jetzt, glaube ich, wird sie eine finden… Sie hat so eine Heidenangst! Und ich bin fix und fertig… Ich mache das nicht mehr lange mit, dieses ewige Hin und Her…»

«Ich finde, Sie sind sehr tapfer…»

«Tapfer… Von wegen tapfer… Mich beutelt die Angst! Jeden Tag sehe ich mich wie einen Strohballen nach oben befördert und aus irgendeiner Heuluke gestürzt. Nur, dass ich mich zusammenreiße…»

Laviolette schlug sich auf die Schenkel und stand auf, als wolle er gehen.

Stattdessen zog er im Stehen die drei Karten mit dem Vergissmeinnichtmotiv hervor, um sie ihr zu präsentieren.

«Sehen Sie», seufzte er, «wenn mir nur wenigstens jemand sagen wollte, wer diese Gilberte Valaury ist…»

Die Kusine biss sich auf die Lippen. «Sie interessieren sich ganz schön für dieses Mädchen! Sie lassen sie sogar über die Zeitungen suchen.»

«Von wegen Mädchen!», sagte er. «Wenn ich richtig gerechnet habe, müsste sie heute fünfzig Jahre alt sein! Sie können mir natürlich nichts sagen, Sie waren damals noch viel zu jung… Aber es gibt andere, die es wissen müssen und trotzdem schweigen… Und sehen Sie, wenn mir niemand etwas sagt, kann es Monate dauern, was sag ich, Jahre… Und ich bin müde, ich müsste allmählich etwas Ordnung in mein Leben bringen…»

«Ach», sagte die Kusine, «wenn es natürlich noch Jahre dauert…»

Sie knetete ein wenig ihre Hände.

«Es kommt ihr unwahrscheinlich vor», sagte er sich, «dass ich noch lange lebe und sie begehre. Sie würde es gerne sehen, wenn ich mein Leben schnell in Ordnung bringe. Sofort, wenn möglich…»

Diesmal schickte er sich tatsächlich an zu gehen.

«Ich habe Sie lange genug aufgehalten… Und vielen Dank für die kleine Stärkung!»

Évangéline öffnete den Mund und schloss ihn wieder. Das Vibrieren ihrer Stimmbänder war deutlich zu sehen.

«Ich…», begann sie. Sie fasste sich: «Ich würde Sie gern gelegentlich zum Abendessen einladen, aber mit diesen ewigen Fahrten zur Kusine…»

Er zuckte ergeben mit den Achseln und ging hinaus in den Flur.

«Warten Sie!», rief sie leise.

Er drehte sich rasch um. Sie hatte die roten Wangen eines Mädchens, das gleich seine erste Liebeserklärung flüstern wird.

«Ich will Sie nicht ganz mit leeren Händen gehen lassen. Was bin ich der Kusine schließlich schon schuldig! Aber, nun ja, ich weiß nicht sehr viel…»

«So ist es immer», murmelte er, so zärtlich er konnte.

«Also gut! Sie wollen wissen, warum Rogeraine gelähmt ist. Es steckt eine Affäre dahinter. Jedenfalls hat mein Vater, ihr Onkel, es immer so geschildert, wenn er sich mit meiner Mutter darüber unterhielt. In meiner Gegenwart sprach man nicht davon, Gott behüte! Ich habe es zufällig mitgehört... Es ist 1947 passiert... Ich war fünfzehn... Sie lag vier Tage im Koma... Zwischen Leben und Tod... Und... Warten Sie! Mein Vater sprach immer noch von etwas anderem, wenn die Rede darauf kam. Er sagte: ‹Diese Glyzinie... Ich habe meinem Bruder immer gesagt, er soll sie radikal runterschneiden... Aber er hatte nicht das Herz. Er sagte, sie sei zu schön! Nun ja. Das ist sie immer noch...›»

Sie senkte den Blick.

«Wenn Sie wiederkommen», sagte sie verschämt, «werde ich versuchen, mich noch an anderes zu erinnern.»

Er sah sie an, ohne einen Mucks. Sein Berufsinstinkt flüsterte ihm zu, mit ihr wie mit Vincent zu verfahren: am Kragen packen und das Knie in den Magen drücken.

Aber da er sie mit dem Beil in der Hand überrascht hatte, war er nicht sicher, sie so leicht überwältigen zu können. Darüber hinaus hatte diese schlichte Sirene ihn mit ihrem strahlend breiten Lächeln und diesem großen Mund mit den rot geschminkten Lippen in ihren Bann geschlagen. Deshalb fragte er nur:

«Und Gilberte Valaury?»

«Also da kann ich Ihnen nicht helfen. Aber ich kann Ihnen sagen: Alle wissen sie Bescheid! Hören Sie, alle!»

Leise schloss sie die Tür hinter ihm.

Maître Tournatoire verbeugte sich galant, um Rogeraine die Hand zu küssen, und machte es sich in dem Sessel bequem, den sie ihm zuwies.

Sie hatte ein Faible für ihren Notar. Er stellte ihr ansehnliche Honorare in Rechnung, aber er sah gut aus und versicherte sie stets seiner Ergebenheit. Er war ein Mann, der auf Zehenspitzen ging, um niemanden zu stören, aber er war beredsam und hartnäckig. Wenn man ihm den kleinen Finger reichte, ließ er nicht mehr locker. «Meine Devise ist: Geradewegs zum Ziel!», pflegte er zu sagen. Leute von auswärts amüsierten sich über seine Weitschweifigkeit und sahen in ihr den Beweis für Offenheit. In Wirklichkeit erlaubte er es sich, die meiste Zeit offen zu sein, um bei einigen wenigen Gelegenheiten, auf die es ankam, umso mehr zu verheimlichen.

«Niemand weiß, dass ich hier bin», sagte er. «Ich habe mich in Ihren Hausgang geschlichen, als ich von meinem Fenster aus beobachtete, dass Ihre treue Constance einkaufen ging.»

«Aber wir wollten uns doch heute Abend sehen.»

«Alle zusammen, meine liebe Rogeraine! Ich wollte Sie allein sprechen… Und vor allen Dingen kann ich Sie beruhigen. Ich habe einige Dokumente, die den Nachlass Valaury betreffen, an einem sicheren Ort verschlossen. Sie können ganz beruhigt sein. Ich –»

«Was erzählen Sie mir da? Wovor glauben Sie, sollte ich Angst haben?»

«Verzeihen Sie. Ich hätte diesen Namen vielleicht nicht aussprechen sollen. Ich wollte offen mit Ihnen sprechen, wie üblich…»

«Aber wir haben nie offen miteinander gesprochen.»

Er betrachtete sie amüsiert. Er fand sie schön. Auch er war in sie verliebt gewesen, in seiner Jugend, und er bedauerte, was aus ihr geworden war. Aber nun ja… Sie war einfach viel zu reich. In ihrer Gegenwart konnte man es sich einfach nicht verkneifen, zuerst an das Bankguthaben zu denken, über das sie verfügte.

«Mein Besuch», sagte er, «ist das Ergebnis mehrerer schlafloser Nächte. Ich… In letzter Zeit hatte ich Gelegenheit – über einen Mittelsmann, versteht sich –, einige Immobiliengeschäfte zu tätigen, alles sehr sicher, sehr gewinnbringend, doch es waren dazu Anzahlungen nötig, die meine Mittel geringfügig übersteigen… Also, getreu meiner Devise bin ich ganz einfach gekommen, um Sie zu bitten – oh! natürlich nur für ein paar Monate! –, für mich zu bürgen… Das, meine liebe Rogeraine, ist der wahre Grund meines Besuchs. Da sehen Sie, dass ich wie üblich mit der Tür ins Haus falle. Bitte bedenken Sie, es ist das erste Mal, seit ich für Sie tätig bin…»

Es trat Stille ein, Rogeraine schabte zerstreut mit dem Papiermesser über die Kanten des Buches, dessen Seiten sie eben aufschneiden wollte. Sie blickte auf die kahle Stelle auf dem Kopf ihres Gegenübers, der es unter dem Vorwand der Ehrerbietung vorzog, ihr nicht in die Augen zu blicken.

«Also», sagte sie langsam, «waren auch Sie dabei, als Cadet Lombard starb?»

Maître Tournatoire hob den Kopf und begann verzweifelt zu schielen, um Rogeraines prüfendem Blick zu entgehen.

«Ja», sagte er schließlich, «ich war dabei und…»

«Und dort haben Sie Dinge erfahren, von denen Sie sich sagten, dass es schade wäre, keinen Nutzen daraus zu ziehen. So haben Sie Ihre schlaflosen Nächte verbracht. Was die Spekulationen angeht, von denen Sie sprachen: Sie sind zu vorsichtig, Ihr Geld dafür aufs Spiel zu setzen. Meines dagegen…»

Maître Tournatoire war es endlich gelungen, geradeaus zu blicken, weit in die Ferne, über die Schulter von Madame Gobert hinweg, und das eine ganze Weile, ohne mit der Wimper zu zucken.

«In Wahrheit, liebe Rogeraine, hätte ich es anders angehen müssen. Ich hätte Ihnen zuerst von meinen Befürchtungen erzählen müssen.»

«Nur zu! Heraus mit der Sprache!»

«Als Cadet Lombard seinen letzten Atemzug tat, haben wir uns alle um sein Bett versammelt, um zu prüfen, ob er wirklich tot sei. Und als ich mich wieder aufrichtete, bin ich dem Blick von jemandem begegnet... Und ich schwöre Ihnen, Rogeraine, es gibt keine Worte, diesen Blick zu beschreiben...»

«Wessen Blick?», fragte Rogeraine.

Der Notar hob abwehrend die Hände.

«Nein, nein», sagte er. «Das ist mein Geheimnis. Ich will Sie nur warnen.»

«Aber warum greift er mich nicht direkt an? Ist er ein Feigling?»

«Wissen Sie, dieser Blick, von dem ich gesprochen habe, ich habe nicht gesagt, dass er völlig normal war... Ich glaube, jemand will Ihr Gedächtnis auffrischen... Jemand, der glaubt, Ihr Gewissen sei... Wie soll ich sagen?... zu ruhig...»

«Und der meint, er könne mich so ganz peu à peu umbringen...», murmelte Rogeraine langsam. «Ich weiß, das hat man mir schon gesagt.»

«Aha! Dann... hat schon jemand mit Ihnen gesprochen, hat Ihnen geraten...?»

«Sie können sich sicher vorstellen, mein lieber Maître Tournatoire, dass Sie nicht der Einzige sind, der sich überlegt hat, es könnte der eine oder andere Brocken für ihn abfallen. Sogar Ihre liebe Aglaé...»

«Was hat meine Frau damit zu tun?»

«Oh, es ist noch gar nicht lange her. Gestern Nachmittag hat sie sich in dem Sessel gewunden, in dem Sie jetzt sitzen. Sie könnten noch ihr süßliches Parfüm riechen, wenn ich nicht ein wenig Raumspray versprüht hätte.»

«Aber was wollte sie?»

«Geld natürlich...»

«Aber sie hat doch alles, was sie braucht. Ich bezahle jede Rechnung, die sie mir bringt.»

«Sie hat mir begeistert von den Kapverdischen Inseln vorgeschwärmt.»

«Sie ist verrückt! Wir reisen die ganze Zeit. Letztes Jahr

haben wir eine Fotosafari in Kenia gemacht... Wir sind Stammgäste im Club Méditerranée...»

«Die Kapverdischen Inseln scheinen es ihr besonders angetan zu haben. Denn, wenn ich sie richtig verstanden habe – und angesichts der Summe, die sie von mir gefordert hat, war es leicht zu begreifen –, will sie die Kapverdischen Inseln für recht lange Zeit kennen lernen. Und zwar ohne Sie...»

Der Notar sprang auf und warf dabei seinen Stuhl um. «Sie lügen!»

«Bravo! Wenigstens sehen Sie mir nun endlich ins Gesicht! Das sollten Sie nutzen und sich davon überzeugen, dass ich nicht lüge!»

Er ging rückwärts zur Tür, ohne Rogeraines spöttisches Gesicht aus den Augen zu lassen.

«Nicht mehr viel übrig von unserem zielstrebigen Draufgänger», sagte sie sich befriedigt. «Den zumindest habe ich in der Hand...»

~ 8 ~

ER flanierte durch die Straßen des vorwinterlichen Sisteron. Um ihn herum blies ein rauer Wind, und er hielt den Blick nostalgisch nach oben gerichtet, um die Neonschaufenster zu vergessen und in den Fassaden der oberen Stockwerke, die sich seit hundert Jahren nicht verändert hatten, das alte Sisteron wiederzufinden.

«Wenn ich dieser Mörder wäre und wenn ich so romantisch wäre, wie ich ihn mir vorstelle», dachte er, «würde ich mich unter all den Rätseln, mit denen die Vergangenheit dieser vornehmen Stadt durchwoben ist, in Sicherheit fühlen. Allein dieser Wind würde mich ja schützen. Bei Unterrichtsende würde ich gelassen an den Schultoren stehen und die jungen Mütter mit wohlwollendem Blick betrachten. Abends würde ich dem Plätschern des Sees unter der Baume-Brücke zuhören und dann ruhigen Gewissens nach Hause gehen und in meinem Wohnzimmer die Füße am Kaminfeuer wärmen. Nichts würde mich von meinen Mitbürgern unterscheiden. Mitten unter ihnen würde ich auf dem Markt einkaufen gehen und wäre einer von ihnen. Und am Ende würde ich mich ungestraft zu den Überresten meiner Opfer gesellen, so unauffällig, wie sie selbst gelebt haben. Nichts würde mehr an mich erinnern, und niemand würde wissen, warum ich getötet habe. Aber eines täte mir doch Leid: dass meine Geschichte nicht weitererzählt wird… Das ist es!», dachte Laviolette. «Er muss doch darauf brennen, seine Geschichte zu erzählen…»

Bisweilen musterten Passanten, die in den Gassen gegen den Wind ankämpften, verstohlen den Kommissar, der gedankenverloren einen leisen Monolog zu halten schien.

Die über Fünfzigjährigen waren seine bevorzugte Beute. Er stellte ihnen auf der Post und in den Kneipen nach, und wenn der Kopf eines von ihnen oben aus einem Pissoir herausragte, dann eilte er bedenkenlos hinzu. Jeden Nachmittag erkundete er das Seniorenheim. Er tauchte wie ein Gespenst zwischen den Alten auf. Schweigend und unbeweglich stellte er sich neben die Angler am Buech, die erschraken, wenn sie ihn plötzlich bemerkten. An den Markttagen pirschte er von Gruppe zu Gruppe und näherte sich von der Seite, um niemanden zu verscheuchen. Am Bahnhof erwartete er die Ankunft des Schienenbusses und befragte die aussteigenden Reisenden. Jede Gelegenheit war ihm recht, um heimlich, als würde er unanständige Fotos anbieten, die Karte mit den blauen Vergissmeinnicht und dem Namen vorzuzeigen, der zu einer Obsession geworden war.

Er sprach in seinem Dialekt mit ihnen. Da es sich jedoch um den des zwanzig Kilometer entfernten Piégut handelte, unterschied sich seine Aussprache manchmal von der ihren, was ihn sofort verdächtig machte. Trotzdem entwickelte er die Überredungskunst eines Marktschreiers:

«Aber gewiss habt ihr sie gekannt! Es kann doch nicht sein, dass niemand von euch ihr begegnet ist, als ihr jung wart! Ihr wart damals dreitausendfünfhundert. Ihr habt euch doch alle gekannt! Jetzt denkt doch mal ein bisschen nach!»

Man hörte ihm zu, man wich aus. Mit spitzen Fingern, als hätte man Angst, sich anzustecken, reichte man das armselige Beweisstück weiter und gab es ihm schließlich verächtlich zurück. Oder man kniff die Lippen fest zusammen, auf dass ihnen ja kein unbedachtes Wort entwich, und begnügte sich mit einem unverfänglichen Kopfschütteln.

Aber für Laviolette kam dieser kollektive Gedächtnisschwund, an dem ganz Sisteron zu leiden schien, einem Geständnis gleich. Er hatte nun keinen Zweifel mehr daran, dass die bloße Erwähnung des Namens Gilberte Valaury in jedem Einzelnen von ihnen ein schreckliches Ereignis wachrief, ein Drama, eine Tragödie, die man lieber begraben wissen wollte.

Eines Nachmittags, als Laviolette versonnen das Nière-Portal durchschritt, um in den neueren Teil der Stadt hinaufzusteigen, vernahm er eine forsche, kleine Barockmelodie, die vom Glissoir her tönte und auf einer ganz rein klingenden Geige gespielt wurde. Er blieb stehen und lauschte.

Zwischen den Mauern des Gewölbes wirbelte der Wind in den schlecht gefegten Ecken ganze Wolken von altem Staub empor. Die Sonate flog mit ihnen davon. «Sie klingt fröhlich und traurig zugleich…», dachte Laviolette. Er näherte sich einer aus den Fugen geratenen Tür, die sich unmittelbar neben einem Stützpfeiler befand und aus der der Geruch von Hobelspänen drang. Die Aufschrift eines Schildes lieferte die Erklärung: «S. Charlot, Schreinerarbeiten jeglicher Art – Reparaturen – Maßanfertigungen – Einzelaufträge.»

Hinter diesem unscheinbaren Eingang verbarg sich überraschenderweise eine Flucht gotischer Gewölbe, in der sich das bisschen Helligkeit, das von einer zerborstenen Fensterrosette am anderen Ende ausging, verlor. Das Halbdunkel wurde spärlich von ein paar Glühbirnen erhellt. Nur die Hobelbank wurde von einer am Werkzeugbrett angebrachten Handleuchte in helles Licht getaucht. Ein Mann stand davor und spielte Geige. Er spielte fast ohne sich zu rühren, mit den sparsamen Bewegungen eines Virtuosen. Laviolette hütete sich, ihn zu unterbrechen.

Der Mann war mager, er trug einen blauen Arbeitsanzug und eine Mütze. Da er sich unbeobachtet fühlte, strich er mit ganzer Seele über die Saiten. Leider schien ihm an seinem Spiel oder am Klang des Instruments etwas nicht zu gefallen.

Er hob die Geige an die Leuchte, um eine winzige Unregelmäßigkeit zu untersuchen, und Laviolette geriet in sein

Blickfeld. Er musterte ihn einen Moment lang über seine kleinen, metallumrandeten Brillengläser hinweg.

«Ach, Sie sind es!», sagte er nicht gerade erfreut.

«Komme ich ungelegen?»

Der Handwerker beobachtete ihn. Er war im Begriff, diesem Eindringling eine knappe Antwort zu geben. Aber Laviolette kam näher, stellte sich neben ihn vor die Werkbank, nahm die Geige, lehnte sie senkrecht an die Wand und legte den Bogen auf ein Gesims. Nachdem er sich so Platz geschaffen hatte, legte er seine beiden Hände flach zwischen die Hobelspäne, um mit den Gesten der Eingeweihten zu zeigen, dass er sein Gegenüber erkannt hatte.

Der Handwerker betrachtete ihn abschätzend über den Rand seiner Brille hinweg.

«Die Brüder nehmen wirklich seltsame Typen auf», sagte er halblaut.

Aber nun legte auch er seine Hände neben die Laviolettes, und ihre Gestik spiegelte den symbolischen Weg zweier Freimaurer durch die dunkle Welt und die blinden Massen wider.

«Damit musst du dich abfinden», meinte Laviolette, «das war schon so, bevor du überhaupt geboren warst.... War das Scarlatti, was du gerade gespielt hast?»

«Nein. Das war eine Chaconne von Tartini. Das ist die Geige vom kleinen Tournatoire. Gestern Nachmittag habe ich den Stimmstock neu angeleimt. Und nun habe ich sie gerade ausprobiert. Falls eine Geige staunen kann, dann kannst du sicher sein, dass diese hier es gerade tut. Das war bestimmt das erste und das letzte Mal, dass sie Tartini spielen durfte.»

Er nahm das Instrument in die Hände und drehte es langsam, so dass Lichtreflexe aufschimmerten.

«Tja, arme Kleine!», sagte er liebevoll. «Du wirst wohl in deinem kostbaren Kasten in irgendeiner Schublade einer schön geschweiften Kommode enden... Weit wird es der kleine Tournatoire auf dir nicht bringen.»

«Du bist ja ein seltsamer Schreiner.»

«Und du scheinst mir ein seltsamer Bulle zu sein.»

«Weißt du, ich sage immer: Ich stehe nur noch mit einem Bein in dem Metier, so wie man zu sagen pflegt: Ich stehe schon mit einem Bein im Grab.»

Beide lachten. Vor ihnen hing neben dem Werkzeugbrett ein altmodischer, teilweise blinder Spiegel mit einem Gipsrahmen, dessen obere Ecken abgerundet waren. Er verschwand fast unter einem Wust von Postkarten – Erinnerungen an Freimaurerbrüder, die aus dem Urlaub geschrieben hatten.

Laviolette blieb das Lachen im Halse stecken, als er zwischen ihnen ein altes Foto entdeckte. Er packte den Bruder am Handgelenk. Sein erstarrter Zeigefinger deutete auf das Bild. Es war etwas zerknittert, und in den glühend heißen Sommern hatten sich die Fliegen darauf getummelt. Aber das hatte den Glanz des Dargestellten nicht trüben können.

«Da!», rief Laviolette. «Dieses wunderschöne junge Mädchen!»

Der Schreiner folgte seinem Blick.

«Ach ja», sagte er melancholisch, «dieses wunderschöne junge Mädchen!... Du erkennst sie natürlich nicht, oder?»

«Und ob ich sie erkenne! Ist das nicht Madame Gobert?»

«Ja, das ist Madame Gobert. Das ist Rogeraine. Das *war* Rogeraine.»

Bedauern überschattete den Blick des Schreiners hinter dem metallenen Brillengestell.

«Wenn du sie gekannt hättest... in kurzen Hosen! Und das damals – 1938! Da musste man schon ganz schön Mumm haben, und den hatte sie. Sie hatte vor nichts Angst... vor gar nichts! Ich bin zum Beispiel sicher, dass sie das erste Mädchen in Sisteron war, das sich weigerte, als Jungfrau in die Ehe zu gehen... Ein leichtes Mädchen.... Aber sie ließ sich nicht mit jedem x-Beliebigen ein, und ich... ich war ein x-Beliebiger.» Er deutete auf das Foto. «Das ist alles, was ich bekommen habe! An einem Abend, als ich sie drängen wollte... Sie hat nur gelacht, sie war kein bisschen verunsichert und wehrte sich. Sie wusste, dass ich nicht gefährlich war. Sie gab mir dieses Foto und sagte: ‹Sieh es dir nur recht oft an! Und sieh, wie viel schöner ich bin als meine Schwestern!› Ich war siebzehn und mit Pickeln übersät. Ich ging hier beim alten Saille in die Lehre. Ab '39 war ich dann alleine in der Werkstatt. Damals habe ich das Foto mitgebracht. Seitdem hängt es hier…»

«Ich will dir nur eine einzige Frage stellen: Liebst du sie noch immer?»

«Was soll diese Frage? In meinem Alter? Ich habe eine Frau und drei Kinder!»

«Und Tartini…», sagte Laviolette leise.

«Glaubst du wirklich, dass sie etwas mit diesen Verbrechen zu tun hat?»

«Sie ist der Dreh- und Angelpunkt. Nur um sie geht es bei der ganzen Sache. Langsam glaube ich, dass der Mörder hinter ihren Pflegerinnen her ist, weil sie Madame Goberts Beine sind. Jedes Mal, wenn er eine tötet, schneidet er sie ihr aufs Neue ab! Dann schaut er zu, wie sie sich zurechtfindet. Wie sie sich als Krüppel dahinschleppt! Erniedrigt… Und da er sie wohl schon gekannt hat, als sie noch so war, wird er sich umso mehr freuen!» Er deutete auf das Foto.

«Ist es ein Verrückter?»

«Wenn es einer ist, dann reicht seine Verrücktheit so weit in die Vergangenheit zurück wie dieses Foto hier. Und der Vergangenheit muss ich die Wahrheit entreißen. In Sisteron scheint allerdings jeder diese Vergangenheit vergessen zu haben.»

«Na ja», meinte der Handwerker, «du hast sie mir nun zur Genüge vorgeführt, diese aufs Neue abgeschnittenen Beine. Ich habe diese Beine gesehen, als sie gerade zum letzten Mal ihre Funktion erfüllt hatten…»

«Was sagst du da? Wann hast du ihre Beine zum letzten Mal gesehen?»

Der Handwerker nahm seine Mütze und seine Brille ab,

als wolle er der Erinnerung, die er wachrufen würde, Ehre erweisen. Plötzlich schien er jünger und unschuldiger.

«An allem ist die Glyzinie schuld», sagte er. «Hast du sie gesehen, diese Glyzinie? Sie ist ungeheuerlich, völlig abnormal…»

«Abnormal?»

«Ja. Bei diesen kalten Wintern hier hätte sie doch schon längst irgendwann eingehen müssen. Ich meine…. Wenn man hier in den engen Gassen mit einem Mädchen spazieren geht, muss man sich sowieso schon aneinander drängen… und dann die ganze Atmosphäre… es liegt etwas in der Luft… wie soll ich sagen… etwas Unerklärliches, das einem zuflüstert: ‹Nutzt die Gelegenheit! Schnell, nutzt die Gelegenheit!› Wenn dann noch die Glyzinie hinzukommt… Es war im Juni… Es herrschte eine glühende Hitze. Ich erinnere mich genau. Ich schlief bei offenem Fenster. Ich wohne oberhalb vom Glissoir. Mein Ältester war zwei Monate alt. Das heißt, es war '47. Ja, '47. Meine Frau war gerade aufgestanden, um zu stillen. Vom Glissoir bis zur Andrône sind es mehr als hundert Meter, und trotzdem ist die Luft durchdrungen vom Duft der Glyzinie. Der Geruch kam in Schwaden in mein Zimmer geströmt. Es kommt mir vor, als ob es gestern gewesen wäre… Ich zog mir die Bettdecke über die Nase, um nichts mehr riechen zu müssen. Die Luft war so leicht, dass man hörte, wie die Grillen ihre Flügel aneinander rieben. Es war ein Uhr morgens.»

«Warum kannst du das so genau sagen?»

«Warte doch, du wirst schon sehen! Ein Schuss knallte zwischen dem ersten und dem zweiten Schlag zur vollen Stunde. Ich sprang mit einem Satz auf, es war ein Reflex. Ich zog mir hastig eine Hose und Espadrilles an. Meine Frau stand mit dem Baby auf dem Arm in der Tür. Sie rief: ‹Geh da nicht hin!› Ich schob sie beiseite und stürmte die Treppe hinunter. Als ich aus meiner Gasse kam, sah ich einen Mann um die Ecke der Andrône laufen. Er hielt ein Gewehr. Er stürzte in das Haus Gobert.»

«Hast du ihn erkannt?»

«Ja. Er war es: Armand Gobert. Ich halte inne. Von unten höre ich ein Stöhnen. Ich renne die Stufen hinunter, immer zwei auf einmal – hast du gesehen, wie breit sie sind? –, und da treffe ich auf den Cadet Lombard, der blutend an die Mauer gelehnt steht! Er ruft: ‹Deck sie zu!› In diesem Moment habe ich Rogeraine gesehen. Sie lag auf dem Bauch, nackt bis zum Gürtel. Die untere Hälfte ihres Rückens war voller Blut... Sie rührte sich nicht mehr. Ich zog mein Hemd aus, um ihre Blöße zu bedecken. Es färbte sich sofort rot. Ich habe es heute noch. Hinterher habe ich es zurückbekommen. Meine Frau hat es gewaschen, aber das Rot ist nie ganz rausgegangen.»

Er spuckte aus.

«Der Teufel soll dich holen, dafür, dass ich mich deinetwegen an diese Dinge erinnere! Jetzt kommt es mir so vor, als ob ich noch immer dort wäre... Ich bin an Rogeraines Seite. Ich will sie in meinen Armen wegtragen.... Aber währenddessen laufen die Leute herbei, der Bellivet vom Tabakgeschäft, Pévouillet, der Bäcker, dann Justin Bontoux; und das ganze Volk ringt die Hände, steht völlig unnütz herum. In dem Augenblick knallt der zweite Schuss, und wir werfen uns alle flach auf den Boden. Aber offenbar hat inzwischen irgendjemand telefoniert. Als wir wieder aufstehen, sind schon drei Feuerwehrleute da und gleich darauf die Gendarmen. Eine Bahre wird gebracht. Doktor Dutilleul trifft ein...»

«War das der Vorgänger von Doktor Gagnon?»

«Ja. Der spreizt die Finger und dreht seine Hand hin und her und meint: ‹Ihre Chancen stehen eins zu tausend!› Cadet Lombard wird ebenfalls weggeschleppt. Er blutet an beiden Händen wie ein Schwein, aber schreit, man solle ihn in Ruhe sterben lassen... das sei alles, was er wolle... Weil wir wissen wollen, was vorgefallen ist, stürzen wir den Gendarmen und dem dageblienen Feuerwehrmann hinterher. Ich rufe ihnen zu: ‹Nehmt euch in Acht! Das war der alte Gobert, ich habe ihn mit dem Gewehr in der Hand gesehen.› Er hatte nicht einmal die Tür hinter sich zugemacht, der doch sonst so pedantisch auf seine Privatsphäre achtete. Wir haben ihn auf der Terrasse gefunden, das Gewehr zwischen die Knie geklemmt. Einen Schuh hatte er ausgezogen, um mit der Zehe feuern zu können. Sein Kopf war nur noch eine Schale, der Schädel oberhalb der Augenbrauen war abgerissen. Die Zweige der Glyzinie waren mit kleinen Gehirnfetzen übersät. Die Blüten rot gesprenkelt.»

Er schwieg und starrte auf Rogeraines Gesicht auf der dreißig Jahre alten Fotografie.

«Dreh mir eine Zigarette», sagte er, «ich rauche nicht oft, aber heute Abend kann ich eine gebrauchen.»

Laviolette drehte zwei und holte sein Feuerzeug hervor. Schweigend nahmen sie ein paar Züge. Der Handwerker schob ihm einen Aschenbecher zu.

«Auf dem Tischchen vor ihm», fuhr er fort, «stand ein halb ausgetrunkener Pastis, die zwei Eisstückchen darin waren noch nicht ganz geschmolzen. Soweit ich es damals verstanden habe, war der alte Gobert von einer Reise zurückgekommen. Er hatte seine Frau zu Hause nicht angetroffen. Das war nicht weiter verwunderlich. Er hatte ihr nicht gesagt, wann er zurückkehren würde. Und dienstags – denn es war ein Dienstag – ging sie oft zur Stadtratsversammlung. Sie war damals im Gemeinderat, genauso wie der Cadet. Gobert ist also einen Tag früher als vorgesehen nach Hause gekommen, schenkt sich einen Pastis ein und genießt, die Hände hinter dem Kopf verschränkt, die Abendruhe… Da wird ihm allmählich bewusst, dass sich die Zweige der Glyzinie bewegen, obwohl gar kein Wind geht…. Und zudem bewegen sie sich auf jene Weise, die uns in Sisteron allen wohl bekannt ist…. Er steht leise auf und beugt sich über das Geländer. Ach, natürlich ist die Andrône nicht besser beleuchtet als heute, und von der Terrasse bis hinunter zur Wurzel der

Glyzinie sind es acht Meter. Aber... Hast du Rogeraines Haar gesehen?»

«Es ist rot.»

«Damals war es noch viel auffälliger, es war feuerrot. Als sie unten in der Andrône lag, war ihr Haar das Erste, was ich sah. Es würde auch vom Grund eines Grabes heraufleuchten! Stell dir also diesen Gobert vor, der zwanzig Jahre älter ist als sie – was war ihre Mutter damals stolz gewesen, dass durch diese Hochzeit die beiden größten Vermögen in der Gegend zusammenkamen –, er sieht also ihre Haarpracht zwischen den Händen eines anderen Mannes... Als ich den Cadet Lombard im Krankenhaus besuchte, waren diese Hände bis zu den Ellbogen verbunden. In jede hatte er sechs Schrotkugeln abbekommen. Er weinte, weil er gerade erfahren hatte, dass Rogeraine zwar durchkommen würde, aber nie wieder würde gehen können. Er sagte mir: ‹Wenn ich sie nur weiter oben umfasst hätte, dann hätte ich sie wenigstens etwas geschützt! Mir wäre lieber gewesen, man amputiert mir beide Hände, das kannst du mir glauben! Seit vier Jahren habe ich auf sie gewartet! Seit dem Tag, als wir zusammen aus Saint-Vincent geflohen sind! Noch nie... erst an diesem einen Abend, ich schwöre es dir!› Dann hat er mir erzählt – ich mache es kurz für dich –, dass der Abend so mild war, als sie zusammen von der Versammlung nach Hause gingen, dass sie noch ein wenig zusammen durch die Gassen spazieren gegangen waren und sich gegenseitig ihr Herz ausgeschüttet hatten: ‹Bist du wenigstens glücklich zu Hause?› Und je mehr sie sich der Glyzinie näherten, desto traurigere Dinge erzählten sie sich. Beide waren sie siebenundzwanzig Jahre alt! Siebenundzwanzig! Das ist das Alter, in dem man die Betten nur so zerpflügt. Nur hatten sie kein Bett, die beiden... Und dann blieben sie stehen. Und er setzte sich auf diese merkwürdige Spirale, unten an dieser unheilvollen Glyzinie. Ja, genau das ist sie, unheilvoll! Hast du schon einmal eine Glyzinie gesehen, die sich um sich selbst windet wie eine Pythonschlange?

Sie fordert einen geradezu auf, sich hinzusetzen und das Mädchen, das einen an diesem Abend durch einen unglücklichen Zufall begleitet, auf den Schoß zu ziehen... Ja... in seinem Krankenbett sagte mir der Cadet Lombard: ‹Es ist einzig und allein meine Schuld. Sie wollte nicht. Sie sagte, es sei zu spät für uns... Sie gab erst nach, als ich ihr leise gedroht habe. Es war eine kleine Erpressung.› Und er weinte und bezeichnete sich selbst als Schuft, und ich trocknete ihm die Tränen, weil er es mit seinen Händen nicht tun konnte...»

«Eine kleine Erpressung?», wiederholte Laviolette.

«Ja. Das waren seine Worte. Du kannst dir denken, dass ich ihn nicht danach gefragt habe, woraus sie bestanden hat, diese kleine Erpressung. Das ist alles, mehr weiß ich nicht...»

Die ganze Zeit über, während er gesprochen hatte, wandte er seinen Blick nicht von Rogeraines Foto, das unter den vielen Postkarten fast verschwand. In Gedanken versunken zog er es ein Stück heraus, so dass ein anderer Teil des Bildes sichtbar wurde, auf dem zwei junge Mädchen mit leichten O-Beinen und spitzen Ohren zu sehen waren.

«Das sind ihre Schwestern. Sie sind beide tot: Eine ist als Heldin gestorben, die andere an einer Krankheit. Aber... an Schönheit hatte ihnen Rogeraine nichts übrig gelassen...»

Er zog das Foto vollends hervor und nahm es schließlich in beide Hände, um es in aller Ruhe betrachten zu können. Und so kam neben den drei Schwestern, etwas abseits hinter einem Fahrrad stehend, ein viertes Mädchen zum Vorschein.

Kaum hatte er es gesehen, hatte Laviolette das Gefühl, einen Fausthieb in die Magengrube erhalten zu haben. Er hielt sich die Hand vor den Mund, als wolle er sich verbieten zu sprechen, dann nahm er sie wieder weg und stieß hervor: «Zum Kuckuck noch mal, zum Kuckuck noch mal, zum Kuckuck...»

«He!», sagte der Handwerker überrascht. «Was betest du denn da für einen Rosenkranz herunter?»

Aber Laviolette blieb stumm, seine Augen starrten auf die vierte Person.

«He! Was hast du? Man könnte meinen, du hast den Antichrist gesehen.»

Laviolette murmelte dumpf: «Das könnte es sein… Das Foto…», flüsterte er. «Ich brauche es!»

«Also hör mal, das passt mir überhaupt nicht.»

«Ich gebe es dir zurück. Ich werde eine Vergrößerung machen lassen. Ich muss dir auch noch ein paar Fragen stellen, aber nicht sofort… später… später…»

Seine Stimme war unsicher geworden, kaum noch hörbar. «Wie eine Lampe, die erlischt», dachte der Handwerker. Laviolette hielt ihm eine schlaffe Hand entgegen. Sie gingen schweigend auseinander. Beunruhigt sah der Schreiner von seiner Tür aus dem Kommissar nach, von dem im Halbschatten des Glissoir nur ein schwankender Umriss zu erkennen war.

«Man könnte glauben, er sei betrunken», dachte er, «vielleicht trinkt er ja wirklich!»

Am Himmel über Sisteron rollten schmutzig braune Wolkenmassen, die sich im Engpass zwischen dem Baume-Felsen und der Zitadelle auftürmten. Die Straßenlaternen waren gerade angegangen. Aus der Schule kamen lärmende Kinder und zankten sich über die Straße hinweg. Die Stadt versank in der Abenddämmerung.

Laviolette war diesem friedlichen Alltagstreiben gegenüber taub. Er war kaum in der Lage, den Weg zu seinem Hotel zu finden. Mit einer unbestimmten Geste begrüßte er den Hotelier, der ihm besorgt in das fahle Gesicht sah. Mit schweren Schritten stieg er die Stufen hinauf, stieß gegen den Treppenabsatz, betrat sein Zimmer und schloss die Tür ab. Dann ließ er sich, ohne Mantel, Hut und Schal abzulegen, auf sein Bett fallen.

Er knipste die Nachttischlampe an und zog das Foto aus seiner Tasche. Unbeweglich, fast mit angehaltenem Atem, betrachtete er das Bild eine Viertel- oder gar eine halbe Stunde lang im Schein der Lampe.

Gestellte Aufnahmen sind unerbittlich. Die Menschen verkrampfen sich unwillkürlich. Auf der alten Fotografie schien Rogeraine Gobert die Zukunft ihrer beiden Schwestern, die sich steif und mager aneinander drängten, bereits auszulöschen. Aber ihr robuster Egoismus konnte der vierten Person der Gruppe nichts anhaben. Das Mädchen schien sich ihr zu entziehen, auf Distanz zu gehen. Ein bescheidenes Lächeln erhellte ihre Züge, und ihre Gefährtinnen betrachtete sie wie von fern, mit einem gewissen Abstand.

Sie war nicht so groß wie Rogeraine und wirkte auf den ersten Blick weniger herausfordernd. Doch die starke Persönlichkeit war spürbar und verriet eine Sinnlichkeit, die noch schlummerte, aber nur darauf wartete, sich voll entfalten zu können.

Sie trug Sandalen mit flachen Absätzen und einen weißen Faltenrock, der um die Taille von einem schmalen, schimmernden Gürtel gehalten wurde, sowie eine eng anliegende, wahrscheinlich hellblaue, gepunktete Bluse. Um ihr Handgelenk wand sich, kaum sichtbar, eine Spirale aus feinem Metall.

Laviolette zwang sich, ihr Gesicht erst ganz zuletzt zu betrachten. Sie hatte ein schweres Kinn, kindlich volle Lippen, hervorstehende Wangenknochen und eine gewölbte Stirn, deren fliehende Konturen durch die dicke, blonde Haarflechte wohl etwas abgemildert werden sollten. Viel mehr als die vergängliche Anmut hatte das Gesicht nicht zu bieten. Und dennoch ging von dem Porträt ein Zauber aus, der mit dem Blick zu tun hatte, dem undefinierbaren Glanz in ihren Augen, deren Iris ungewöhnlich groß waren.

Der fast panische Schrecken, der Laviolette erstarren ließ, während er dieses durchschnittliche junge Mädchen auf dem alten Foto betrachtete, rührte jedoch nicht von ihrem Aussehen an sich her. Er kam vielmehr davon, dass sie aufs Haar die Verkörperung des Phantoms war, das er bei dem Drucker heraufbeschworen hatte, das er tastend Doktor Gagnon beschrieben hatte und dessen Entwurf er bei den beiden Fräulein Romance vollendet hatte. Dieses Mädchen hatte er in seinem Leben niemals getroffen. Er hatte sie *erfunden*, hatte sie kraft seiner Phantasie mühevoll geschaffen.

Wie die meisten Menschen schützte auch er sich mit Spott und Unglauben gegen derlei übersinnliche Erscheinungen, und so kam es nicht in Frage, den Revierleiter Viaud aufzusuchen und ihm rundheraus zu sagen: «Hier ist das Foto von Gilberte Valaury, verbreiten Sie es in der Öffentlichkeit!» Genauso wenig konnte er irgendeinen der Verdächtigen oder der Zeugen beschuldigen, solange seine eigene Überzeugung sein einziges Argument war. Alles, was er hatte, war einerseits ein Name ohne Gesicht und andererseits ein Gesicht ohne Namen.

Laviolette schlug sich mit der Faust in die flache Hand.

«Aber ich bin sicher, dass sie es ist!», rief er aus. Und leiser murmelte er: «Und ich bin sicher, dass sie tot ist. Eine Lebende hätte keinen Grund gehabt, sich mir mitzuteilen…»

Einige Sekunden lang spitzte er die Ohren, um ganz sicher zu sein, dass er allein war und dass ihn niemand diese Ungeheuerlichkeiten hatte aussprechen hören. Beruhigt betrachtete er lange das Porträt und murmelte schließlich:

«Und nun wirst du mir sagen, wer dich geliebt hat…»

«Huh, ist das ein Sauwetter!», verkündete Rosa.

Sie nahm ihr wollenes Dreiecktuch ab, auf dem Regentropfen perlten.

«Bist du nicht mit dem Auto gekommen?»

«Vom Chemin de la Marquise hierher mit dem Auto? Allein, bis ich es aus der Garage habe… nein… Vincent hat den Schirm über mich gehalten. Vincent! Was treibst du denn? Komm schnell und wärm dich auf!»

Aber Vincent befand sich noch am Eingang und wollte partout samt dem riesigen roten Schirm durch die Tür gehen; doch der Schirm zog es vor, vom Wind weggezerrt zu werden. Schließlich gab er seine Versuche auf, faltete den Schirm draußen zusammen und bekam wie befürchtet das überlaufende Wasser aus einer verstopften Regenrinne in den Nacken. Glucksend wie eine nass gewordene Henne kam er in den Salon.

«Mach schnell die Tür zu», befahl ihm Rosa.

Die Kusine Évangéline entgegnete bissig auf ihre erste Bemerkung:

«Von dir aus ist's ja nur ein Katzensprung, aber ich muss mit dem Moped nach Ribiers zurückfahren.»

Rosa winkte ab. «Also ich bedauere dich nicht! Wenn du immer meinst, du müsstest dein Auto schonen…!»

«Du bist vielleicht lustig! Bezahlst du mir etwa den Sprit?»

Doktor Gagnon, die beiden Fräulein Romance, Aglaé Tournatoire und ihr Gatte hatten die besten Plätze an dem runden Tisch besetzt: direkt am Kaminfeuer. Für Rosa und Vincent waren nur noch die beiden Stühle mit der harten Rückenlehne übrig, die an einem der Heizkörper standen. Da Rogeraine nicht verfroren war, waren diese meistens nur lauwarm. Rosa verzog das Gesicht.

«Das kommt von Süden her», sagte sie. «Ich habe den Putzlappen vor die Tür legen müssen, damit der Flur nicht überschwemmt wird.»

«Ihr hättet bei diesem Wetter nicht kommen müssen, ich hätte vollstes Verständnis dafür gehabt», sagte Madame Gobert.

«Sie wissen ganz genau, liebe Rogeraine, dass wir auf keinen Fall unsere Scrabble-Partie am Samstag missen wollen, nicht um alles Gold dieser Welt», erwiderte Maître Tournatoire.

«Was will er nur von ihr?», fragte sich Rosa aufhorchend. Sie nahm wie so oft nicht am Spiel teil, weil sie davon Kopfschmerzen bekam. Lieber brachte sie Socken zum Stopfen mit und lauschte aufmerksam den Gesprächen, damit ihr auf keinen Fall irgendeine unbedachte Äußerung entging. Nichts ging ihr über diese langen Herbstabende, an denen die Familiengeheimnisse vor sich hin schmorten. Welche andere Unterhaltung hatte man schon in Sisteron? Den Fernseher? Sie schlief ein davor. Bücher? Sie schlief ein darüber. Die Liebe? Sie schickte sich lustlos drein. Diese beiden Verbrechen waren ein unverhoffter Glücksfall für sie, von dem sie die ganze kalte Jahreszeit über zehren würde. Das Vergnügen daran musste also möglichst lange ausgedehnt werden. Wo sie gerade an die beiden Verbrechen dachte…

«Was gedenkst du denn jetzt zu tun, wo der Winter kommt?»

«Wie, was ich zu tun gedenke?»

«Ich meine ja nur! Von heute auf morgen wird es anfangen zu schneien – und nicht zu wenig. Constance wird ihre üblichen Gelenkschmerzen haben, und die arme Évangéline kann auch nicht jeden Abend mit dem Moped aus Ribiers kommen… Ich für meinen Teil würde mich natürlich gerne ab und zu opfern, und die beiden Fräulein Romance würden sich auch abwechselnd bereit erklären, aber schließlich…»

Bei dieser Auflistung guter Absichten hatte sie Aglaé Tournatoire bewusst weggelassen, aber diese ließ sich nicht so einfach übergehen.

«Aber ich kann doch auch für einen oder zwei Abende kommen oder ab und zu mal einen Abend, um nachzusehen, ob Sie nichts brauchen…», sagte sie lebhaft. «Sogar hier schlafen könnte ich ab und zu mal… Ich meine, wenn wir uns alle abwechseln…»

«Das wäre nicht sehr praktisch», wandte Maître Tournatoire ein, «mit unseren beiden Kindern…»

«Natürlich nicht!», pflichtete ihm Rosa bei. «Wenn man Kinder hat, geht so etwas nicht. Geschweige denn, sich abends zu amüsieren – das ist mit Kindern überhaupt nicht drin.»

«Die da», dachte sie, «die würde jedes Opfer auf sich nehmen, um sich von ihrem Liebhaber den Hintern betatschen zu lassen, und sei es auch nur für zehn Minuten. Wer mag es wohl sein? Ob es überhaupt stimmt, dass sie einen hat?»

Solche misstrauischen Gedanken hegte Rosa, und auf diese Art pflegte sie auch Geschichten zu konstruieren. Unglücklicherweise waren ihre Verdächtigungen nicht selten begründet – ein Ergebnis ihrer Intuition und ihrer lauernden Sinne.

«Nun, bemüht euch nicht umsonst», sagte Rogeraine. «Ich sehe, dass ihr euch um mein Wohl sorgt, und ich will euch sofort beruhigen.»

Aus ihrem Beutel zog sie einen Brief vom Katholischen Hilfswerk in Digne, den sie herumreichte.

«Sie haben tatsächlich jemanden für Sie gefunden!», rief Esther Romance. «Mein Gott, wie mich das freut! Mir fällt wirklich ein Stein vom Herzen!»

«Ja», bestätigte Rogeraine. «Und du, Rosa, wirst mir nicht mehr sagen, dass ich mehr Geld hätte bieten sollen, denn dieses Mal habe ich fünfzehnhundert Franc geboten!»

Auf diese Mitteilung hin schienen selbst die Flammen im Kamin bestürzt zusammenzuzucken.

«Rogeraine!», jammerte Athalie Romance. «Sie hätten an unsere Putzfrauen denken sollen! Wenn die von diesem unvernünftig hohen Lohn hören, werden wir sie nicht mehr halten können!»

«Ihr könnt ihnen ja antworten, dass sie bei euch wenigstens nicht Gefahr laufen, ermordet zu werden», sagte Rogeraine seelenruhig.

«Und wann wird die Perle eintreffen?», fragte Évangéline hoffnungsfroh.

«Morgen Abend wahrscheinlich.»

«Weißt du, Rogeraine, nach allem, was geschehen ist, finde ich es reichlich unvorsichtig, ihre Ankunft überall anzukündigen», sagte Rosa.

«Ich sage es ja nicht allen, ich sage es euch.»

«Eben... Du weißt, was die Polizei denkt... Ich wüsste jedenfalls, was ich an der Stelle des Mörders zu tun hätte.»

«Du, du weißt ja immer alles... Wahrscheinlich weißt du auch, warum er Jeanne umgebracht hat? Warum Raymonde?»

«Selbstverständlich nicht!» Sorgfältig feuchtete sie zwischen ihren schmalen Lippen das Ende eines Wollfadens an. «Denn», sprach sie langsam weiter, «wenn ich das wüsste, wäre ich ja selbst der Mörder...»

Rogeraine sah sie durchdringend an.

«Nein», meinte sie, «ich glaube nicht, dass du es bist... Auch wenn Vincent sehr stark ist und aussieht, als wäre er Metzger in einem Schlachthof, und dir wie ein Roboter gehorcht... nein, im Ernst, das glaube ich nicht...»

Rosa verschlug es den Atem. Sie hatte beide Hände flach auf die Brust gelegt. Sie öffnete den Mund, aber Rogeraine ließ ihr nicht die Zeit, sich zu äußern.

«Ich habe es absichtlich getan!», verkündete sie. «Ich habe euch absichtlich davon in Kenntnis gesetzt!» Sie ließ ihre Worte fast eine Minute lang auf sie einwirken und nippte an ihrem Eisenkrauttee. «Denn mir ist ein Detail bekannt, von dem ihr alle nichts wisst...»

«Liebe Rogeraine, das ist vielleicht nicht der geeignete Augenblick, um –»

«Doch, ganz bestimmt! Im Gegenteil, es ist genau der richtige Augenblick. Wir alle kennen uns viel zu lange...»

«Was wollen Sie damit sagen?»

«Wir kennen uns viel zu lange, um nicht genau zu wissen, welches Süppchen jeder Einzelne von uns kocht. Ich weiß wohl, dass mein Vermögen euch mehr als alles andere beschäftigt und dass ihr kürzlich etwas erfahren habt, was euch den Versuch wert schien, vielleicht einen Vorteil daraus zu schlagen.»

Tournatoire zuckte die Achseln.

«Ich bitte Sie, Rogeraine! Wir leben alle in guten Verhältnissen, Sie tun uns unrecht! Nach so vielen Jahren der Freundschaft...»

«Freundschaft! Das war doch nur eine Freundschaft in Wartestellung... Ihr habt die Stellung gehalten, als hättet ihr einen Termin vor Augen... Ihr habt euch gesagt: ‹Wer weiß, vielleicht ergibt sich ja eines Tages eine Gelegenheit?› Und dieses Mal sah es so aus, als ob ihr sie gefunden hättet... Ihr seid alle gekommen, alle!»

Sie schlug mit der flachen Hand auf die Armlehne ihres Rollstuhls. Die anderen waren auf ihren Stühlen so weit wie möglich von ihr weggerückt, als hätten sie eine Schlange vor sich, die zubeißen wollte.

«Ich habe ein ruhiges Gewissen!», rief Rosa mit schriller Stimme.

«Und wenn schon?», fragte Doktor Gagnon. «Es ist doch nur normal, dass wir uns nach all den Jahren, die wir uns kennen, an Sie gewendet haben!»

«Sie sprechen von dieser Erpressung in einem so natürlichen Ton, mein lieber Benjamin, dass man, wenn man Sie so hört, fast meinen könnte, es handle sich um ein Gedankenexperiment!»

«Erpressung? Welche Erpressung?»

Sie protestierten alle gleichzeitig.

«Ihr habt versucht, mich zu erpressen, indem ihr mir Angst einjagtet», sagte Rogeraine düster. «Jeder von euch hat mir mehr oder weniger dasselbe gesagt: ‹Als wir uns um Cadet Lombards Bett herum versammelten, hat mein Blick den eines anderen gekreuzt, und ich schwöre dir, Rogeraine, wenn du ihn gesehen hättest, du hättest um dein Leben gefürchtet!› Das hat mir jeder Einzelne von euch gesagt. Aber wenn ich euch richtig verstanden habe, befand sich außer euch hier Anwesenden niemand anderes an Cadets Sterbebett. Also gibt es nur zwei Möglichkeiten: Entweder ihr habt mich alle angelogen, oder ihr hattet alle diesen mörderischen Glanz in den Augen…»

«Sie irren sich gründlich, Rogeraine», sagte Doktor Gagnon, «bis jetzt hat niemand Sie angegriffen. Nicht Sie sind in Gefahr.»

«Es sei denn, jemand will mich langsam vernichten. Es sei denn, jemand will mich dazu zwingen, mich zu erinnern… Aber woran soll ich mich erinnern?»

«Woran?», fragte Aglaé. «Haben Sie das wirklich vergessen?»

Rogeraine gab darauf keine Antwort. «Zum Glück sage ich euch nicht alles. Es gibt eine Einzelheit, die ich für mich behalte. Aber wenn meiner neuen Pflegerin etwas zustößt, weiß ich sehr genau, wer der Mörder ist, und», fuhr sie fort, «ich werde ihn nicht vor Gericht bringen…»

Sie hatte in ihrem Beutel herumgewühlt. Sie legte einen schweren, in ein Tuch gehüllten Gegenstand vor sich und packte ihn mit einem Ruck aus. Sauber glänzend glitt die englische Armeepistole auf den Tisch aus Nussbaumholz.

«Wer Ohren hat zu hören, der höre! Ihr tätet gut daran, zu Hause noch einmal in Ruhe über meine Worte nachzudenken…»

Alle protestierten und versuchten, sie ihrer unverbrüchlichen Zuneigung zu versichern, die sie trotz ihres unleidlichen Charakters für sie empfänden. Rosa zwang sich sogar, sie auf beide Wangen zu küssen.

«Die arme Rogeraine», sagte der Notar zu Doktor Gagnon, als sie draußen waren, «die arme Rogeraine kann einem wirklich Leid tun! Sie hat so viel erleiden müssen, dass sie anfängt, Geister zu sehen… Uns zu verdächtigen. Uns! Das geht doch zu weit! Sie glauben doch hoffentlich nicht –»

«Ich glaube, dass wir alle über jeden Verdacht erhaben sind», antwortete Doktor Gagnon.

Im Schutz des weit ausladenden Philodendrons, der neben einem Heizkörper gedieh, hielt Constance, zur Salzsäule erstarrt, seit zwanzig Minuten die Teekanne in der Hand, die sie eigentlich in die Küche bringen sollte. Sie hatte alles gehört. Sobald Rogeraine alleine war, gab sie ihre Deckung auf.

«Madame!», rief sie. «Ich glaube, Sie sind verrückt geworden! Sie laufen dem Mörder ja geradezu in die Arme!»

«Er soll nur kommen!», erwiderte Rogeraine.

Constance betrachtete sie argwöhnisch.

«Ich frage mich, was für eine Gemeinheit Sie begangen haben, dass alle so hinter Ihnen her sind. Es würde mich wundern, wenn Sie sich wirklich nicht mehr daran erinnerten, wie Sie es allen weismachen wollen...»

Rogeraine schaute sie finster an.

«Nichts habe ich vergessen... Aber sie täuschen sich in mir. Ich habe nur getan, was ich tun musste. Punktum! Seither... denke ich jede Nacht daran... Oft auch tagsüber, und dann sage ich mir: ‹Du hast getan, was du tun musstest›.»

«Sagen Sie sich das schon lange?»

«Seit... Was geht dich das an? Geh! Lass mich alleine!»

«Oh, ich frage nur, weil Sie sich vorher nie groß um die Vergangenheit zu kümmern schienen! Wenn es Sie erst beschäftigt, seit alle Bescheid wissen... Glauben Sie mir, ich weiß, was es heißt, Gewissensbisse zu haben! Solange man es nur mit seinem eigenen Gewissen zu tun hat, ist es leicht zu ertragen... Aber sobald die anderen Bescheid wissen, ist es, als wären sie das Gewissen... Wenn es sich so verhält, sollten Sie vielleicht lieber beginnen zu bereuen, anstatt Tag und Nacht mit Ihrem Gewissen zu ringen. Das würde schneller gehen.»

Geschickt wich sie dem Gegenstand aus, der an ihren Ohren vorbeipfiff. Es war das Stopfei aus Rogeraines Handarbeitskorb. Constance hob es seufzend auf und legte es an seinen Platz zurück.

«Du weißt ganz genau, Rogeraine, dass ich auf der Hut bin. Schon als du zwölf warst, hast du mich nie getroffen. Wenn du aber eines Tages mit deinem Revolver auf mich zielst, wirst du niemanden mehr haben, der dich liebt…»

~ 9 ~

AM Fenster der Geschäftsstelle standen die beiden ehrenamtlichen Helferinnen und schauten zu, wie das Mädchen mit dem zerzausten Haar durch den kalten Regen in der Dämmerung davonmarschierte. Es waren zwei korpulente, vollbusige Damen mit gesunder Gesichtsfarbe. Ihrer freudigen Geschäftigkeit merkte man an, dass Weihnachten vor der Tür stand.

«Jedenfalls hat sie jetzt ein Paar ordentliche Schuhe.»

«Und ein ordentliches Cape.»

«Siehst du, du hast immer gemeint, das würden wir nie loswerden. Und was sagst du jetzt? Alles kommt unter!»

Schwatzend standen sie an die warme Ölheizung gelehnt und sahen ihrer guten Tat nach. In der Ferne war unter den großen Bäumen, von denen das Regenwasser wie Tränen heruntertropfte, nur noch eine undeutliche Silhouette zu erkennen, und auch die war gleich darauf von der Dunkelheit verschluckt. Ein paar vereinzelte Fußgänger waren auf der Flucht vor dem strömenden Regen. Die schwarze Gestalt eines Briefträgers im Regenmantel, der nichts zu tun zu haben schien, war vor der Geschäftsstelle des Katholischen Hilfswerks aufgetaucht und hastete nun in Richtung Avenue.

«Hör mal, Brigitte, jetzt kommen mir aber doch Bedenken… Glaubst du, dass so ein junges Ding Zeitung liest?»

«Ach was, Rosette, das würde mich wundern! Was da drinsteht, interessiert ja nicht mal mich!»

«Ja, aber… Dann weiß sie vielleicht von gar nichts?»

«Was ändert das schon, ob sie was weiß oder nicht?»

«Ich meine, die Verbrechen... Meinst du, sie hätte die Stelle angenommen, wenn sie davon gewusst hätte?»

«Jetzt hör aber auf! Fünfzehnhundert Franc pro Monat, Kost und Logis, glaubst du, das ist nichts?»

«Ja, schon, aber... Aber, sagen wir, sie erhält das Geld für einen Monat, und danach wird sie umgebracht, da kommt so ein Arbeitstag ganz schön teuer...»

«Ach, du tötest mir den letzten Nerv mit deinen Bedenken! Lauf ihr doch hinterher! Der Bus nach Sisteron fährt erst um sechs... Nun lauf schon! Du würdest ganz schön dumm dastehen, wenn du es ihr sagen würdest, und dann noch vor allen Leuten! Und was würdest du Madame Gobert sagen, wenn sie dich anruft?»

Der Bus aus Nizza, der auf dem Weg nach Gap auch in Sisteron Halt macht, war vom Regen schwer wie ein leckender Kahn, und im Vorbeifahren bespritzte er die Fensterscheiben der Geschäftsstelle. Nachdenklich sahen die beiden Damen den roten Rücklichtern nach, bis sie in der Ferne verschwunden waren.

Die junge Frau betrat das Tabakgeschäft. Mit dem Geld, das eigentlich für die Fahrt nach Sisteron vorgesehen war, kaufte sie sich ein Wegwerffeuerzeug und ein paar Schachteln Gauloises, die sie in die Tasche ihres Capes schob. Mit zwanzig Franc, so hatte sie überlegt, war nicht an Hasch zu denken, und außerdem hatte sie in der Gegend sowieso keine Kontakte.

Sie fühlte sich schwerfällig in den fremden Kleidern, und der Regen behinderte sie zusätzlich. Die Tropfen fielen ihr in die Augen, aber daran war sie gewöhnt. Sie zündete sich die erste Gauloise an, die im strömenden Regen aufweichte und knisternd ausging. An der Kreuzung überquerte sie die Straße, wobei sie weder auf Ampeln noch auf Fußgängerüberwege achtete. Obwohl sie in der Abenddämmerung in ihrem mauergrauen Wollumhang fast unsichtbar war, marschierte sie unbekümmert drauflos. Bremsen quietschten, und einige Fahrer beschimpften sie, worauf sie zurückschimpfte.

Sie hatte absolut keine Lust darauf, den fetten Leib dieser Behinderten in ihrem Rollstuhl auszuziehen. Aber... man musste ja schließlich was zu beißen haben, dachte sie sich.

Für die Aussteiger, die in der Provence unter undichten Dächern leben, bedeutet die kalte Jahreszeit eine Katastrophe. Denn irgendwann hat man im Umkreis von zweihundert Metern und oft auch noch bei den fluchenden Nachbarn das letzte Stückchen dürres Brennholz aufgelesen, um etwas Warmes zwischen die Zähne zu bekommen. Also geht es wieder heim zur Familie, die auch nicht gerade entzückt ist, einen zu sehen...

Nein, da war es doch besser, hier zu sein und die Bléone zu überqueren, die unter der Brücke hindonnerte, als wolle sie die Pfeiler einreißen. Lieber spüren, wie einem der Regen ins Gesicht prasselt und über das Kinn läuft, und lieber mühsam dieser Alten in ihrem Rollstuhl entgegensteuern, die einem fünfzehnhundert Mäuse, Kost und Logis bot. «Wenn ich durchhalte, bleib ich drei Monate, dann hau ich ab. Wenn ich drei-, viertausend Mäuse gespart hab, komm ich übers ganze Jahr damit.»

So dachte Anna, während sie mit ausgestrecktem Arm und hochgehaltenem Daumen, in der resignierten Haltung des um Mitnahme Bettelnden, der ohne Hoffnung Hunderte von Kilometern zu Fuß zurücklegt, am Straßenrand entlangmarschierte. Ihre fast leere Tasche wog kaum etwas. Neben ihr spritzten Fontänen von Schlamm und unverbranntem Dieselöl auf. Selbst in die guten Schuhe, die ihr die beiden Damen gegeben hatten, drang tückisch das von Reifen versprühte Wasser ein.

«Marschier oder krepier», dachte sie.

Trotzdem genehmigte sie sich eine Minute im Schutz

eines Unterstands, um in Ruhe eine zu rauchen und die Gauloises unter ihrem Pullover vor der Nässe in Sicherheit zu bringen. Denn die Taschen ihres Capes begannen, sich mit Wasser voll zu saugen.

Sie ging weiter, mit ausgestrecktem Arm und hochgehaltenem Daumen. Ihre dem Wind und dem Regen ausgesetzte Hand wurde langsam steif und tat weh. Die vorbeifahrenden Autos wurden seltener. Bisweilen war sie völlig alleine in der Dunkelheit.

Dann tauchte vor ihr, dort, wo sich die rechte Markierungslinie in der Dunkelheit verlor, das Scheinwerferlicht eines von hinten kommenden Autos auf. Anna sah ihren eigenen Schatten länger werden und wie einen durchnässten Seiltänzer die Bäume entlanghasten.

Das Auto fuhr langsam. Das Geräusch aufgerissener Pfützen verriet sein Näherkommen. Anna hielt den Daumen hoch, immer noch mit derselben resignierten Gleichgültigkeit. Das Auto hatte sie eingeholt, fuhr langsamer, überholte sie und verlangsamte seine Fahrt noch mehr. Seine Scheinwerfer erhellten einen für die Touristen angelegten Rastplatz mit Mülltonnen. Es verließ die Straße, fuhr auf den aufgeschütteten Platz und hielt an. Der rechte Blinker zwinkerte der völlig überraschten Anna zu. Sie rannte auf ihn los.

Die Beifahrertür stand schon offen. Anna blickte forschend in das dunkle Auto.

«Fahren Sie nach Sisteron?»

Alles, was sie erkennen konnte, war ein schwarzer Umriss, der Kopf war mit einer Kapuze bedeckt und nickte bestätigend. Ohne die Antwort abzuwarten, setzte sich Anna in das Auto und warf ihre Tasche auf den Rücksitz. Das Auto fuhr schwungvoll an, die Reifen knirschten auf dem Schotter der Randbefestigung, und die Regenflut, die sich in wahren Wogen auf die Windschutzscheibe ergoss, floss in kleinen Bächen auf die Fahrbahn.

«Uff!», sagte Anna. «Das ist nett von Ihnen! Bei diesem

Wetter jagt man aber auch kein Mädchen vor die Tür! Darf man hier rauchen?»

Wieder nickte die schwarze Kapuze. Anna nahm sich eine Gauloise. Beinahe hätte sie sich gleich zwei zwischen die Lippen gesteckt, so sehr hatte es sie danach verlangt, endlich gierig den trockenen Rauch zu inhalieren, ihn zu schlucken und, was davon übrig blieb, durch die Nasenlöcher wieder auszustoßen.

«Ohne Sie hätte ich mich wahrscheinlich irgendwann in den Straßengraben gelegt, um zu krepieren, ehrlich!», sagte sie.

Sie hörte ein leises Rascheln und drehte den Kopf zur Seite. Sie sah, dass die tief heruntergezogene Kapuze mehrmals eine verneinende Bewegung machte.

«Was, das glauben Sie nicht? Sie sollten mal in meiner Haut stecken. Wissen Sie denn, was ich in Sisteron machen werde? Ich werde den Putztrampel für einen Krüppel spielen. Von irgendwas muss ich ja schließlich leben.»

Der Fahrer zeigte keine Reaktion.

«Wieso behalten Sie Ihre Kapuze auf? Im Auto regnet es doch nicht.»

Eine der behandschuhten Hände ließ das Lenkrad los, um in Höhe des Kiefers auf einen bestimmten Punkt unter dem Regenmantel zu zeigen.

«Ach so! Sie haben Zahnschmerzen!» Sie brach in schallendes Gelächter aus. «Besser als Liebeskummer!»

Die Kapuze wurde verneinend hin und her bewegt.

«Entschuldigen Sie, ich sollte lieber nicht lachen... Mir hat man zwei Stück gezogen, das war überhaupt nicht lustig!»

Sie schwieg. Sie fühlte sich wohl. Die Autoheizung machte sie schläfrig. Der Wachsgeruch des Regenmantels wirkte vertrauenerweckend auf sie. Er roch nach Arbeit.

Die Nadel des beleuchteten Tachometers zeigte sechzig Stundenkilometer an. Der Regen kam Anna weniger stark vor, seit sie ihm nicht mehr ausgesetzt war.

«Hier biegen Sie ab? Fahren Sie nicht nach Sisteron?»

Das Auto verlangsamte seine Fahrt noch mehr, um in einen schmalen Weg einzubiegen. Auf einem Wegweiser las sie: «Thoard 15 km.» An der Erschütterung des Autos merkte sie, dass sie einen Bahnübergang überquerten.

In dem Moment war unter der Kapuze ein Knurren zu vernehmen, das einer Stimme ähnelte.

«Abkürzung!», verstand Anna.

«Na gut! Wahrscheinlich hat er Lust, mit mir zu vögeln...», sagte sie sich ihrer bescheidenen Philosophie gemäß. Sie kannte diese jungen Kerle, die manchmal sechshundert Kilometer brauchten, um das Für und das Wider abzuwägen. Das waren die Gefährlichsten. Aber momentan gab es für sie nichts Gefährlicheres als den Regen und die Nacht da draußen. Jede Art von Wärme, mochte sie auch widerwärtig sein, war ihr unendlich viel lieber.

«Wieso eigentlich junger Kerl? Bin ich mir da so sicher? Vielleicht ist er ja ein altes Schwein!»

Im Dunkeln betrachtete sie die Hände. In den schwarzen Handschuhen wirkten sie feingliedrig. Die Füße auf den Pedalen waren kaum zu erkennen, denn die Falten des Regenmantels verdeckten sie. Die knochige Schulter, die sie durch den dicken Stoff ihres Capes spürte, verriet ihr auch nicht mehr.

«Was soll's, es ist doch völlig wurscht, ob er jung oder alt ist! Wenn du keine Lust hast, weißt du ja, was du tun musst, damit sie nicht scharf werden.» Sie fühlte sich wohl. Ihr war warm geworden.

Es ging bergauf. Der Fahrer legte einen anderen Gang ein. In großen Kurven wand sich die Straße oberhalb der trüben Lichter von Thoard in die Höhe. In den Talmulden durchlöcherten vereinzelte Straßenlaternen die Dunkelheit. Man hörte das Tosen eines Baches, der sich über den Winter in einen reißenden Strom verwandelt hatte.

Das Scheinwerferlicht zerschnitt die aneinandergedrängten, buckligen, miteinander verschmelzenden Serpentinen, die nun in einer rasenden Flucht talwärts führten. An manchen Stellen bestand die Straße nur noch aus aufgequollenen Lehmgeschwulsten. Große Stützmauern, die gefährlich vornüberhingen oder zur Hälfte in metertiefem aufgeweichtem Lehm wie in flüssiger Lava versunken waren, hätten das Abrutschen der grasbewachsenen Hänge auf die Straße verhindern sollen. Heute hatten sie sich jedoch mitsamt ihren Fundamenten ineinander geschoben. In sich unversehrt, waren manche von ihnen in einem Schub mehr als dreißig Meter von ihrem ursprünglichen Standort entfernt den Hang hinuntergeglitten.

«Wer hier entlangfährt, muss gute Gründe haben!», rief Anna. «Wieso tun Sie das? Was wollen Sie von mir? Reden Sie! Zeigen Sie mir Ihr Gesicht! Ich sag's Ihnen, ich hab keine Angst!»

Daraufhin ließ die Hand wieder das Lenkrad los, langte nach dem Handschuhfach vor Anna, öffnete es und nahm ein altes silbernes Etui heraus. Sie ließ den Deckel aufschnappen. Fünf Zigaretten kamen zum Vorschein, die etwas kleiner als die Gauloises waren und selbst gedreht zu sein schienen. Anna stockte bei diesem Anblick der Atem.

Flink nahm sie sich mit drei wie Spinnenbeine gekrümmten Fingern eine davon heraus und steckte sie sich zwischen die Lippen. Ihr schmales Handgelenk zitterte, als sie versuchte, das Feuerzeug in Gang zu bekommen. Das Etui klappte mit einem trockenen Geräusch zu und verschwand wieder im Handschuhfach.

«Wenn Sie glauben, Sie könnten mich mit Hasch gefügig machen, sind Sie auf dem Holzweg! Sie werden ja sehen, dass das bei mir nichts bewirkt! Rein gar nichts! Das ist wie heiße Luft für mich.»

Mit hohlen Wangen nahm sie einen Zug und pumpte sich dabei so gierig mit Rauch voll, dass die Zigarette zusehends verglühte.

Sie hatten das Straßenstück, das sich in den schrundigen Lehmmassen auflöste, verlassen. Um sie herum bogen sich die Pinien fliehend und unbeweglich zugleich im Südwind.

«Wie heiße Luft!», wiederholte Anna entschlossen.

Doch kaum hatte sie die erste Rauchwolke ausgestoßen, drang durch ihre geschlossenen Lippen ein sehr weibliches Stöhnen; es war genauso wenig zu unterdrücken wie das Stöhnen beim Orgasmus, und es mochte sowohl Mitleid als auch Lust hervorrufen.

Erst als die Zigarette nur noch ein glühender Punkt in ihrem Mund war und ihr die Kippe die Lippen verbrannte, konnte sie sich entschließen, sie auszuspucken. Nun fühlte sie sich viel stärker. Die paar armseligen Beweggründe, die sie normalerweise dazu brachten, mehr schlecht als recht ihr Leben weiterzuleben, leuchteten in den Farben der Hoffnung. Sie traute sich eine Menge zu in diesem Augenblick, und warum nicht das Schicksal herausfordern?

Plötzlich hatte sie Lust, einfach so aus Spaß diese lästige Kapuze neben sich herunterzuziehen, aber sie wusste aus Erfahrung, dass die Wirklichkeit meist erbärmlich war, und das hielt sie zurück. «Was hast du schon davon», sagte sie sich, «wenn du weißt, dass sich darunter ein ganz normaler Männerkopf verbirgt? Vermutlich ist er bekannt, deswegen verheimlicht er seine Seitensprünge. Wichtig ist nur, dass ich ihn keinen Moment aus den Augen lasse...»

Der Weg schlängelte sich auf kleinen Sträßchen durch eine Ortschaft namens Authon. Kurz zuvor hatten die Scheinwerfer den Wegweiser angeleuchtet. Im Licht einer einzelnen Straßenlaterne rieselte im Regen Wasser aus dem Rohr eines Forstbrunnens. Dann war es wieder dunkel.

Es ging durch einen Wald mit Birken und Buchen. Die welken Blätter wirbelten im Strahl der Scheinwerfer umher. Anna war von ihrer Helligkeit und dem gemächlichen Walzer, der vor ihren Augen wogte, geblendet. Sie schloss die Augen.

Es gab einen Ruck. Anna kam mit klopfendem Herzen wieder zu sich. Sie hatte geschlafen. Ihre Hand verkrampfte sich in ihrer Tasche. Das Auto stand still, der Motor war ausgeschaltet. Der Regenmantel des Fahrers war noch immer starr, bewegungslos.

«Und jetzt?», fragte sie. «Ist das Sisteron?»

Die Kapuze bewegte sich von rechts nach links.

«Mein Haus…», sagte die erstickte Stimme.

«Und Sie wollen, dass ich hineingehe?»

Die Kapuze nickte.

Das Scheinwerferlicht schnitt drei steinerne Stufen aus der Dunkelheit; sie führten zu einer hohen zweiflügeligen Tür. Diese Tür war aus sehr alten Brettern zusammengefügt, die in den Fugen auseinander klafften; Regen, Sonne und Wind hatten Risse entstehen lassen, die sie der Länge nach durchzogen. Sie waren grau wie die bloßgelegten eichenen Dachbalken in Ruinen.

«Und wenn mir das nicht gefällt?», fragte Anna.

Die rechte Hand des Fahrers streifte sie, als sie sich vor Anna wieder zum Handschuhfach bewegte. Sie öffnete es, nahm eine starke Taschenlampe und das silberne Etui mit den Haschzigaretten heraus. Anna schluckte.

Der Fahrer schaltete die Scheinwerfer aus, stieg entschlossen aus dem Auto und kam auf Annas Seite, um ihr die Tür zu öffnen. Der nach unten gerichtete Lichtkegel streifte das Zigarettenetui.

«Gehen Sie voran!», sagte Anna unfreundlich.

Der schwarze Regenmantel gehorchte ohne zu zögern und richtete den Lichtstrahl der Taschenlampe auf das Haus. Anna ließ ihn fünf Meter vorangehen. Erst als er vor der Tür anhielt und damit beschäftigt war, den Schlüssel in dem alten Schloss umzudrehen, ließ sie ihr Messer aufschnappen, denn die Klinge machte beim Herausschnellen immer einen Höllenlärm.

Das Messer hatte ihr ein Freund aus Andalusien mitgebracht. Zuerst war es harmlos gewesen, aber sie hatte es hingebungsvoll an allen Steinen, an denen sie vorbeigekommen war, geschliffen, und dank ihrer Ausdauer und vielem Daraufspucken war es zu einer Art Skalpell geworden. Anna benutzte es, um sich damit die Beine zu rasieren. Es hatte noch nie einen anderen Zweck erfüllt. Diese Nacht würde es vielleicht dazu kommen…

Es war merkwürdig hell. In Vollmondnächten lag in dieser Gegend immer ein Schleier von Dämmerlicht zwischen Himmel und Erde, ganz gleich, wie dick die Wolkendecke auch sein mochte. In der Entfernung sah Anna den Asphalt der Straße glänzen. Der Regen schien auf ein großes Rund von baumlosen Höhenzügen zu fallen, denn nur sehr weit entfernt hörte man den Wind in den Bäumen wehen.

«Ich hau einfach ab», sagte sie sich, «und wenn er mir nachläuft und mich einfängt, tu ich so, als würd ich ohnmächtig werden, und in dem Moment, wo er mich ganz schlaff in seinen Armen hält und glaubt, mich zu haben, ramme ich ihm mein Messer irgendwo rein…»

Allerdings war es nicht nur das Zigarettenetui, sondern auch eine morbide Neugier, die sie zu dieser schwarzen Gestalt hinzog und die ihr keine Ruhe ließ. Indessen plagte sich der Kapuzenmensch mit dem störrischen Türflügel, ohne sich um sie zu kümmern.

Anna war nun näher gekommen. Im Licht der Taschenlampe konnte sie zwei große Siegel aus geschwärztem Wachs ausmachen, die in gleicher Höhe auf den beiden Türflügeln angebracht waren. Außerdem ausgebleichte Fetzen eines Plakats, auf denen außer „…ron, …toire, zu verkaufen» nichts mehr zu lesen war. In dem Moment gab der Türflügel nach, und die schwarze Gestalt verschwand in der Öffnung.

Anna schloss ihre Faust fest um das Messer in ihrer Tasche und folgte ihm.

«Ich muss daran denken, dass ich ihm nie vorangehe»,

sagte sie sich, «dass ich ihm nie den Rücken zukehre, wie bei Raubtieren...»

Der Schein der Taschenlampe erhellte einen Raum, dessen Begrenzungen unsichtbar blieben. Anna befand sich drei Schritte hinter dem schwarzen Mantel, als er sich plötzlich vor ihr in die Höhe bewegte. Sie musste sich festhalten, um nicht zu stolpern. Der schwarze Mantel und seine Taschenlampe erklommen sehr breite Stufen mit einem Geländer, dessen hölzerne Streben nur noch vereinzelt vorhanden waren.

«Gibt es denn kein Licht in Ihrem Haus?», fragte Anna.

Es schien ihr, als habe ihre Stimme in der Stille einen lärmenden Aufruhr verursacht, welcher aus unendlichen Entfernungen als Echo zurückzukommen versuchte.

«Dieses Haus ist leer», dachte sie, «hier gibt es weder Möbel noch Menschen. Und es ist schon seit sehr langer Zeit leer.»

Die Taschenlampe holte schöne Türen mit altmodischen Rankenornamenten aus dem Dunkel hervor. An der Decke hob sich eine Rosette aus Stuck ab. Der Kapuzenmann erklomm schnell einen weiteren Treppenabschnitt. An Anna schien er keinen Gedanken zu verschwenden.

«Er weiß, dass ich ihm wie ein Hund folge», sagte sie sich, «wegen dem Hasch und vielleicht auch aus Neugier. Was er aber nicht weiß, ist, dass ich im Falle eines Falles siebzehn Zentimeter gut geschliffenen Stahl für ihn parat halte...»

Sie gingen einen Flur entlang, wo die Türen zwar aus Eichenholz waren, aber von einfacherer Machart zu sein schienen als im darunter liegenden Stockwerk. Es lag ein Geruch nach trockenem Heidekraut in der Luft.

Einen Augenblick lang beleuchtete der Lichtstrahl der Taschenlampe eine Standuhr, die mit ihrem helmförmigen Gehäuse hier in der Einsamkeit kauerte. Dann richtete er sich auf einen weiteren Treppenabschnitt. Anna, die in einigem Abstand folgte und von der plötzlichen Dunkelheit überrascht wurde, stieß gegen die Uhr, deren Kasten mit einem dunklen, wohlklingenden Ton erzitterte. Und während Anna und der schwarze Schatten weitere Stufen emporstiegen, bebte das Pendel durch die Erschütterung noch lange weiter, bis das Vibrieren in eine gleichmäßige Hin- und Herbewegung überging und den Mechanismus einer Zahnstange auslöste, die begann, den Sekundentakt zu hämmern.

«Jetzt», sagte sich Anna mit klopfendem Herzen, «noch länger wartet er bestimmt nicht.....»

Sie erreichten die obersten Stufen einer engen Stiege, die zwischen zwei Wänden eingeklemmt direkt zu einem großen Boden aus Eichenbrettern führte, der unter jedem Schritt schwang. Anna hörte, wie der Regen auf die Ziegel trommelte.

Der Kapuzenmann blieb plötzlich vor ihr stehen. Anna wich einen Schritt zurück und traf Anstalten, ihr Messer zu ziehen.

In diesem Augenblick erhob sich wieder die undefinierbare Stimme, die Mühe hatte, unter der Kapuze hervorzudringen.

«Sie werden hier schlafen...», sagte sie.

Der Schein der Taschenlampe war auf eine grob gezimmerte, aber solide Tür gerichtet, über die sich mit geschmiedeten Nägeln befestigte Eisenbeschläge zogen.

«Mit Ihnen?», fragte Anna.

«Alleine...», erwiderte die Stimme.

Dann streckte der Unbekannte, noch immer seitlich, noch immer ohne sich zu zeigen, noch immer ihr den Rücken zukehrend, Anna das Zigarettenetui entgegen.

«Nehmen Sie das!», sagte er.

Als er sich bückte, um die Taschenlampe auf den Boden zu legen und die beschlagene Tür zu öffnen, und während er sich mit dem störrischen Schloss plagte, ähnelte seine Silhouette der einer Fledermaus. Der schwarze Regenmantel hatte sich wie ein Segel ausgebreitet und flatterte im Luftzug, so dass der jungen Frau der Blick auf die sich öffnende und langsam ihr Geheimnis preisgebende Tür verdeckt blieb. Anna hielt in ihrer Tasche immer noch krampfhaft den Griff des Messers umfasst, aber ihre linke Hand spielte ungeduldig mit dem Zigarettenetui.

«Sobald ich allein bin», sagte sie sich, «rauch ich schnell eine, und die drei anderen heb ich mir für morgen auf...»

Die Aussicht, sich gleich zusammen mit dem Haschisch hinlegen zu können, vernebelte ihr den Verstand.

Im Widerschein der Taschenlampe, die die Dunkelheit quer durchschnitt, jedoch nur Stücke der Mauer anleuchtete, klappte der Regenmantel plötzlich zusammen wie ein Fächer. Die Person trat zur Seite, die Kapuze neigte sich leicht nach vorne, und die behandschuhte Hand wies höflich auf die Türschwelle. Es war eine einfache Geste der Höflichkeit eines Mannes gegenüber einer Frau. So verstand es auch Anna, ohne darüber nachzudenken, und tat einen Schritt vorwärts.

Das hellere Geräusch des Regens warnte sie auf der Stelle, aber es war zu spät. Für die Sekunde, die sie an dem Unbekannten vorbeischritt, hatte sie ihre Wachsamkeit aufgegeben. Sofort wollte sie ihren Irrtum korrigieren. Sie machte eine Vierteldrehung und schaffte es, das Messer aus ihrer Tasche zu ziehen. Aber das war alles. Ein gewaltiger Stoß schleuderte sie nach vorne. Da wurde ihr klar, dass das für sie bestimmte Zimmer die tiefe Dezembernacht war, die sie empfing als eine alte, ihr vor langer Zeit schon für ihre Geduld versprochene Bekannte.

Sie hatte immer geglaubt, den Tod eines Tages dankbar hinnehmen zu können, aber als ihr Fuß ins Leere trat, entfuhr ihr ein jämmerlicher Klageschrei, und dann schlug sie am Boden auf.

Der Unbekannte raffte seine Kapuze zurück, rannte in der Dunkelheit die drei Stockwerke hinunter, lief durch den langen Gang mit den gewölbten Steinplatten und zog die wurmstichige Tür hinter sich zu. Er schaltete seine Taschenlampe ein und lief zum Körper der Frau, der als kleines Bündel im Schlamm des Hofes lag. Aus seiner Tasche zog er ein Kärtchen und heftete es an den Kragen ihres Capes.

In der feuchten Luft hingen der Mief eines kalten Schafstalles und der Geruch nach ausgetrocknetem Mist. Aus dunklen Tälern stieg der Wind und rauschte fern über den Wald. Wie nächtlicher Schwingenschlag schürfte er über den Grat der Felswände, die die Talmulde umgaben. Es regnete noch immer.

~ 10 ~

LAVIOLETTE hatte sich von dem Foto eine Vergrößerung machen lassen, auf der nur das junge Mädchen ohne die drei Schwestern zu sehen war, und sie zusammen mit den beiden Visitenkarten, auf die die blauen Vergissmeinnichtsträußchen gedruckt waren, in seine Brieftasche gesteckt.

«Ein Mädchen von da oben...», dachte er, «von da oben...»

Er war sicher, dass sie es war. Er war sicher, dass sie tot war. Er war von ihr besessen. Er begann, sie zu lieben. Er bedauerte es, sie nicht gekannt zu haben. Aber da seine Schlüsse auf sehr wackeligen Beinen standen, konnte er das, was ihm selbst zur Gewissheit geworden war, niemandem mitteilen.

Laviolette hatte Vincent noch einmal besucht, in der Hoffnung, mehr aus ihm herauszupressen. Aber dieser hatte umsichtig den Sessel seiner Frau zwischen sich selbst und den Kommissar platziert und geleugnet, jemals irgendeine Auskunft erteilt zu haben. Er hatte die Unverschämtheit besessen, es mit ruhiger Stimme zu leugnen und Laviolette dabei fest in die Augen zu blicken, so dass sich seine Backen vor mühsam bezwungener Angst noch viel mehr gerötet hatten als sonst.

«Wissen Sie», erklärte Rosa betont selbstsicher, «wenn Vincent versichert, dass er Ihnen niemals so etwas gesagt hat, dann hat er Ihnen auch niemals so etwas gesagt... Ich kenne ihn, meinen Vincent, er ist etwas einfach gestrickt, aber eine ehrliche Haut. Nicht wahr, Vincent, du bist eine ehrliche Haut?»

«Ich bin ehrlich und aufrichtig», bestätigte Vincent, der fand, dass sich diese Erklärung gut machte.

«Und außerdem kommt er aus Manosque. Ich habe ihn vor fünfzehn Jahren geheiratet. Bis dahin kannte er Sisteron noch nicht einmal. Woher sollte er also wissen –»

«Dann geben Sie also zu, dass es vor mehr als fünfzehn Jahren durchaus etwas zu wissen gab?»

«Nie im Leben! Wer hat das gesagt? Schämen Sie sich denn nicht, mir Dinge in den Mund zu legen, die ich nicht gesagt habe? Ich sage es noch einmal: Ich kenne Gilberte Valaury nicht. Ich habe sie nie gekannt! Ich habe noch nie etwas von ihr gehört!»

Wenn er gehofft hätte, sie sei eine Frau, die im Überschwang der Gefühle ohnmächtig wird, hätte er das Foto hervorgeholt, aber er war sicher, dass sie seelenruhig, eine rechts, eine links, weiterstricken würde.

Erst lange nachdem er gegangen war – man kann ja nie wissen –, griff Rosa nach dem Telefon auf dem Beistelltischchen. Das war zur Tradition geworden. Jeden Abend rief sie Rogeraine an. «Na? Geht es dir gut? Wie war dein Tag? War Constance auch nicht zu eklig? Brauchst du auch nichts? Du weißt ja, dass ich da bin!» Und Rogeraine antwortete immer dasselbe: «Aber nein, Rosa, bestimmt nicht! Das ist wirklich zu nett von dir, dass du dich so um mich sorgst!» Und Rosa legte den Hörer wieder auf und schnurrte fast, so behaglich fühlte sie sich mit ihrem ruhigen Gewissen.

Aber an diesem Abend nahmen die Dinge einen anderen Lauf.

«Leider nein, meine liebe Rosa!», antwortete Rogeraine. «Die Dinge stehen gar nicht gut! Du weißt doch, dieses Mädchen, das man mir aus Digne schicken wollte? Nun, es ist nicht hier angekommen!»

«Siehst du! Das habe ich mir gleich gedacht! Aber vielleicht hat sie es sich einfach anders überlegt...»

«Nein, sie hat es sich nicht anders überlegt! Ich habe in Digne angerufen. Brigitte und Rosette, die kennst du doch, haben mir Stein und Bein geschworen, dass sie ihr eine Fahrkarte für den Bus gegeben haben und dass sie allen Anlass hatten zu glauben, dass sie ihn auch genommen hat.»

«Und?»

«Das stimmt eben nicht! Constance hat den Busfahrer gefragt. Er hat sie nie gesehen!»

«Hast du die Polizei verständigt?»

Rogeraine ließ sich mit ihrer Antwort Zeit.

«Ich habe nicht die Absicht, es zu tun», antwortete sie schließlich.

«Aber... unter diesen Umständen...»

«Nein! Ich habe meine Meinung nicht geändert. Ich habe es euch am Freitag schon gesagt: Ich werde meine schmutzige Wäsche nicht in der Öffentlichkeit waschen...»

Rosa überlegte es sich dreimal, bevor sie ihre nächste Frage stellte:

«Évangéline ist natürlich bei dir?»

«Nein, sie hat mich ins Bett gebracht und ist dann wieder nach Ribiers zurückgefahren.»

«Ja, aber... ist denn Constance da?»

«Constance ist nach Hause gegangen.»

«Wie bitte? Sie haben es gewagt, dich in diesem großen Haus alleine zu lassen? Bei allem, was sie wissen!»

«Ich habe sie nach Hause geschickt.»

«Rogeraine! Bist du wahnsinnig?! Ganz alleine bist du? Ich schicke dir sofort Vincent!»

«Du schickst mir niemanden... Misch dich nicht in Dinge ein, die dich nichts angehen. Der, der kommen soll, wird von selbst kommen.»

«Was willst du damit sagen?»

«Ich habe den Schlüssel stecken lassen. Außen. Ich bin

alleine zu Hause. Dich wollte ich auch anrufen, um es dir zu sagen.»

«Wie, mich auch?»

«Ich habe allen Bescheid gesagt. Heute Abend und alle künftigen Abende wird meine Tür unverschlossen sein. Der Schlüssel wird im Schloss stecken.»

Das trockene Knacken des aufgelegten Hörers klang in Rosas Ohren. Verblüfft saß sie da, den Hörer in der Hand.

«Mein Gott», dachte sie, «der Schlüssel steckt im Schloss! Sie ist völlig verrückt geworden! Egal, was sie sagt, ich schicke ihr Vincent!»

Sie wollte ihn herbeirufen, schluckte ihren Ruf aber im letzten Moment hinunter.

Ein gleißender Gedanke war ihr durch den Kopf geschossen.

«Und wenn *er* es wäre?»

Sie sah ihn mit ganz anderen Augen an. Vor dem lärmenden Fernsehgerät sitzend und mit auf dem Bauch gefalteten Händen hielt er sein erstes Schläfchen. Mit seiner ledrigen Stirn, dem massigen Nacken und seinem feisten, hinterhältigen Genießergesicht sah er wahrhaftig aus wie ein Kandidat für die Guillotine. Diese Feststellung ließ ihr das Blut in den Adern gefrieren. «Er war dazu fähig, mich mit der Fetten zu betrügen. Er ist zu allem fähig!» Jetzt durfte sie nicht in Panik geraten, sondern musste mit kühlem Kopf nachdenken. Und während sie nachdachte, vermochte sie nicht, den Blick vom Gesicht ihres Gatten zu lösen. Je tiefer er in Schlaf versank, desto mehr glich sein Kopf dem eines Hingerichteten, der aus dem Korb mit dem Sägemehl geholt und dem Volk vorgeführt wird.

«Um Gottes willen, nur das nicht!», flüsterte sie mit gefalteten Händen.

«Vincent!», rief sie mit schriller Stimme.

Dieser Kopf musste schnell wieder lebendig werden. Vincent schrak auf.

«Geh mir doch mal das Familienalbum holen, das im Buffet in der linken Schublade liegt», sagte sie etwas ruhiger.

Wenige Augenblicke später brachte er es ihr.

Sie nahm es auf ihren Schoß und blätterte es sorgfältig durch. Hier und da löste sie ein Foto aus den Fotoecken, betrachtete es aufmerksam, seufzte und legte es auf die Seite. So sonderte sie sieben oder acht Stück aus und ging dann das Album noch einmal gründlich durch, um sich zu vergewissern, dass sie nichts vergessen hatte.

«Vincent! Zieh mir mal die Platte vom Küchenherd zur Seite.»

Nachdem er der Aufforderung nachgekommen war, warf sie die paar Erinnerungsstücke auf die glühenden Kohlen. Sie sah zu, wie sie verbrannten, und rieb sich die Hände mit dem befriedigenden Gefühl, ihre Pflicht getan zu haben.

«Da oben…», dachte er. «Da oben…»

Er stieg zur Zitadelle hinauf. Er musterte lange die umliegenden Höhenzüge. In die Mulden schmiegten sich Dörfer mit munteren Fassaden. Aus dieser Entfernung konnte man nicht ausmachen, ob ihre Fensterläden einfach nur zugezogen oder für immer geschlossen waren.

Er kaufte sich eine Generalstabskarte und notierte sich der Reihe nach alle Ortschaften im Umkreis von zwanzig Kilometern. Das Foto mit den vier Mädchen und dem Fahrrad war in Sisteron vor dem Médisance-Turm aufgenommen worden. Die Unbekannte mit der blonden Haarflechte musste wohl regelmäßig hierher gekommen sein, um ihre Freundinnen zu treffen. «Mit ihren Sommersandalen, dem weißen Faltenrock, brav und frisch gewaschen, wie sie aussieht, und einem Fahrrad ohne Gangschaltung – wo soll sie da schon groß hergekommen sein… Höchstens zehn, fünfzehn Kilometer. Sagen wir zwanzig…»

Auf seiner Liste strich er die Dörfer durch, die weiter als zwanzig Kilometer entfernt lagen. «Da oben» bildete einen fächerförmigen Ausschnitt, der links von Noyers-sur-Jabron und rechts von Salignac begrenzt wurde. Unterhalb von Sisteron, an der Durance, gab es kein mögliches «da oben», und die Dörfer des Lure-Gebirges lagen weiter als zwanzig Kilometer entfernt.

Er fuhr langsam, gab auf jede Einzelheit Acht, spürte jeden Flecken auf, der einen Namen trug, und stieg aus dem Auto, um die Traktorfahrer zu fragen, ob sie sie nicht zufällig gekannt hatten. Die Hände auf dem Rücken verschränkt schlenderte er durch die Gässchen der zerfallenen Dörfer, in denen bis auf einige Hippies schon lange niemand mehr wohnte. Zwischen stacheligen Brombeerranken entdeckte er alte Friedhöfe. Er bahnte sich einen Weg durch den Schwindelhafer und die Weberdisteln, die der einzige Schmuck der verfallenen Gottesäcker waren. Er bog sie zur Seite, um die verwitterten Namensinschriften auf den Gräbern zu lesen. In drei Tagen klapperte er die Strecke zwischen Vieux-Noyers und Valbelle ab. Ratlos durchquerte er Buchenwälder und schlängelte sich in seinem Auto die unglaublich engen Kurven jener vergessenen Straßen entlang, die mit ihrem aufgebrochenen Asphalt immer ins Nichts zu führen scheinen. Er kam durch Dörfer mit verlassenen Gemeindehäusern und passierte die unbenutzten Straßen, die von entmutigten Départementsräten aufgegeben und der Obhut irgendeines greisen Straßenwärters überlassen wurden, der das ganze Jahr über, ausgerüstet mit einer Schaufel und einer Schubkarre, seine Sisyphusarbeit verrichtet.

Er kam bis Entrepierres, bis Vilhosc, bis Saint-Symphorien. Doch keine der Grabstätten auf den Friedhöfen gab das Geheimnis preis. Und doch war das Mädchen mit dem Haarkranz sicher jemandes Sonnenschein gewesen hier in einer dieser trostlosen Talsenken, die ihm zuriefen: «Verstehst du, Laviolette, warum alle von hier weggegangen sind?»

Nach einigen Tagen hatte er sämtliche Ortschaften, die mit «da oben» gemeint sein konnten, durchkämmt. Nur jene

Straße, die auf weniger als zwölf Kilometern sechshundert Meter anstieg, hatte er bis jetzt übergangen. Er hatte es für unwahrscheinlich gehalten, dass ein siebzehnjähriges Mädchen auf einem Fahrrad ohne Gangschaltung diese Strecke häufig zurücklegte. Und als er sich eines Nachmittags doch dorthin aufmachte, war es, weil es wirklich die allerletzte Möglichkeit war.

Die Zeit der großen Kälte und der Stürme war schon angebrochen, aber das strahlende Licht eines der letzten schönen Tage streifte noch den Kamm des Gache-Gebirges. Ganz oben lagen die Felsen bloß. Verlassene Höfe kauerten in den Talsenken, ihre Farbe hob sich nur schwach von der der Erde ab, und auch die kümmerlichen Weiden, die anzeigten, wo sich eine verlorene Quelle befand, vermochten kaum die Aufmerksamkeit auf sie zu lenken.

Vielleicht lag es am Licht des reinen Himmels, dass die fein geschwungenen Linien der baumlosen Grate und die Trockenheit nicht trostlos und verlassen aussahen. Je höher man aufstieg, desto mehr war die Luft von einer Art Jubel erfüllt.

Nachdem er einige Kilometer lang in seinem überheizten Wagen geschmort hatte, dachte Laviolette, dass das Leben kurz war und er selbst alt und dass die Gendarmen die Lösung dieses Rätsels wohl alleine finden würden, wenn es ihm nicht gelang. Kurz und gut, er parkte in einer Haltebucht und ging zu Fuß weiter.

Sofort erschien ihm der Tag schöner. Er schritt zügig voran. Der Weg führte nun durch eine Schlucht, in der der Wind pfiff.

Von da an wurde das Panorama, das am Ende dieses Engpasses lag, nach und nach in seiner Gesamtheit sichtbar. Zuerst tauchte der leuchtende Grat des sich in der Ferne verlierenden Gebirgszugs wieder auf. Nur mit Mühe widerstand Laviolette der Lust, die Geröllhalde hinaufzuklettern und in dem heiteren Licht von Fels zu Fels zu springen. Eine ganze

Weile schaute er beim Gehen in die Höhe und liebäugelte mit diesem unmöglichen Unterfangen. Erst als er aus dem Schatten heraustrat und die Sonne ihn wieder wärmte, senkte er den Blick. Plötzlich blieb er, die Landschaft vor den Augen, unbeweglich stehen. Es hatte den Anschein, als wäre er ganz in ihren Anblick versunken, aber in Wirklichkeit erfüllten ihn plötzlich Ratlosigkeit und Verwirrung.

Ein Zitat wollte ihm nicht aus dem Kopf, und er wiederholte es sich lange in Gedanken, bevor er es halb laut aussprach: «‹Heute Abend kehre ich von einem Ort zurück, an dem ich nie gewesen bin…›»

In seinem Geist war spontan diese Reminiszenz aufgetaucht, die den Eindruck, den er plötzlich hatte, treffend zusammenfasste: Er hatte diese Landschaft bei einer anderen Gelegenheit schon einmal betrachtet, doch hatte er niemals einen Fuß auf diese Straße gesetzt. Den Gedanken, es könnte sich um eines jener seltsamen Déjà-vu-Erlebnisse handeln, verwarf er sofort. Nein, Laviolette hatte dies alles *wirklich* schon einmal gesehen. Nur ließ ihn jetzt sein Gedächtnis im Stich. Eines Tages – nur wann? – würde es ihm wieder einfallen. «Aber ich würde meine Hand ins Feuer legen», dachte er, «dass ich niemals hier gewesen bin, dass ich diesen Boden nie betreten und noch nie auf diesem Meilenstein gesessen habe.»

Vor ihm lag eine große Talmulde mit gelben, von der Trockenheit des Winterwindes verbrannten Stoppeln. Nach allen Seiten hin war sie von steilen Felsen begrenzt, die wie die Sitzreihen einer Arena aufstiegen. Ein nun ausgetrockneter Bach hatte sich mit seinem tiefen Bett einen Weg durch die kargen Wiesen gebahnt. Am Ende der Mulde, mehr als fünfhundert Meter entfernt, lag in einem dunklen Gewirr von Bäumen ein Hof. An der Wäscheleine blähten sich Bettlaken im Wind. Eine Schar Gänse, die den Eindringling schon entdeckt hatte, schnatterte unruhig. Die weit offen stehenden Tore des Schafstalls verrieten, dass die Herde im Freien war.

Sie war dort oben, auf den Geröllhalden des Gache-Gebirges. Wie alle Herden wollte sie bei starkem Wind nicht weiden und stand, zu einer unbeweglichen Spirale gewunden, im Licht der schräg einfallenden Sonne.

Laviolette, dessen Blickfeld auf einer Seite von der leichten Straßenkurve und von der Felswand begrenzt war, schritt in gemächlichem Tempo voran und achtete auf jede Einzelheit. Er verspürte ein eigentümliches Unbehagen, als würde er von Blicken verfolgt. Er drehte sich um. Am Abhang eines Hügels erhob sich ein Herrenhaus. Man konnte nur eine Ecke des Hauses und den Fries aus Rundziegeln erkennen, die unterhalb des Daches in vier Reihen angeordnet und wie die Waben eines Wespennestes nach hinten gegeneinander abgesetzt waren.

Es stand auf kurzem, sauberem Gras – bei verlassenen Höfen stets ein Zeichen dafür, dass seit langer Zeit niemand mehr das Terrain betreten hat – und wurde vom Skelett einer blattlosen Linde überragt. Alles war völlig still und ruhig, nicht die geringste Bewegung war auszumachen. Die grauen Fensterläden der drei Stockwerke waren sorgfältig geschlossen.

Mit wehendem Schal und die Hände in den Taschen seiner Kordsamtjacke vergraben, ließ Laviolette seinen Blick über die Schäferei in der Ferne, die sich gegen den grauen Felsen violett abhebende Herde und das Herrenhaus in der Wintersonne schweifen. Er konnte sich an der kargen Schönheit nicht satt sehen. Aber obwohl seine Augen am Spiel des Lichts ihre Freude hatten, fühlte er sich unwiderstehlich von den nördlich gelegenen Hängen, die vom dunklen Grün der Pinien bedeckt waren, angezogen. Dort, in vielleicht dreihundert Metern Entfernung, duckte sich eine schwarze Steinmasse an den Boden, die mit winzigen Flecken in lebhaften Farben geschmückt war. Um in den Schatten des Gehölzes zu gelangen, überquerte Laviolette das trockene Bachbett. An einem Fahrweg, dessen Spur sich verlor, verrotteten einige Ster runder Pinienholzstücke, die von den Waldarbeitern vergessen worden waren. In der feuchten Wagenspur hatte kürzlich ein schweres Auto seine Abdrücke hinterlassen. Je weiter er auf dem Weg voranschritt, desto deutlicher konnte Laviolette die bunten Farbflecken, die seine Neugier geweckt hatten, erkennen. Es war eine ganze Ansammlung künstlicher Blumen in schreienden Farben, die aufs Geratewohl auf den Erdhügel eines frischen Grabes gesteckt worden waren. Wenige Meter entfernt lehnte an einem Mäuerchen ein Grabmal, das fast völlig unter einem dicken Pinienast, den der Sturm abgerissen hatte, verschwunden war.

«Wenn ich diesen Ast hochhebe, werde ich darunter ein mit Rundziegeln gedecktes Dach und ein völlig schief stehendes schmiedeeisernes Kreuz finden», sagte sich Laviolette, «da bin ich mir ganz sicher.»

Er zerrte an dem Ast und es gelang ihm, ihn auf die Seite zu werfen. Er hatte richtig gewettet: Das vierflächige Dach war mit Rundziegeln bedeckt und das Kreuz war nach vorne geneigt.

«Genau wie ich gedacht habe!», triumphierte er. «Aber der Teufel soll mich holen! Das ist das erste Mal in meinem Leben, dass ich diesen Boden betrete!»

Er hatte soeben den winzigsten Friedhof entdeckt, den er jemals gesehen hatte. Er fand Platz innerhalb der Mauern einer romanischen Kapelle, von denen nur noch mannshohe Reste standen. Das reich verzierte, frische, über und über mit grellen Beileidsbekundungen bedeckte Grab nahm gut die Hälfte davon ein. Es war offensichtlich, dass dieser neue, vorläufig letzte Tote durch sein kürzliches Ableben alle anderen gleichsam beiseite schob. Er ruhte unter diesem aufgeschütteten Hügel, als hätte er sich im Freien unter einem hochgewölbten Federbett zum Schlafen hingelegt. Er füllte den ganzen Chor aus und drängte das Grabmal mit dem Dach und eine große, flache, von grauen Flechten überzogene Steinplatte an die Seiten der Kapelle. Früher hatte eine Stele mit drei eingemeißelten Kleeblättern am Kopfende dieses Grabes gewacht, aber in einem harten Winter hatte sie der Frost in der Mitte durchgebrochen und einstürzen lassen.

Laviolette warf einen zerstreuten Blick auf den Namen des letzten Toten und schaute dann auf dem mit Ziegeln gedeckten Grabmal nach demjenigen des hier Ruhenden. Schließlich hielt er vor der gestürzten Säule inne. Sie war zwar nicht besonders dick, schien aber dennoch sehr schwer zu sein. Zudem war sie mit der namenlosen Grabplatte, die sie teilweise verdeckte, wie verwachsen. Er dachte an seinen Bruch. Aber wo sollte er Hilfe herbekommen? Man konnte sich eben nur auf sich selbst verlassen.

Mit gespreizten Beinen über der Säule stehend, schaffte er es zunächst, sie einige Zentimeter anzuheben, genug, um seinen klobigen Schuh darunter zu schieben. Gar so gerne ließ er sich den Fuß zerquetschen, während er Atem schöpfte. Ein seltsames Pfeifen drang aus seiner Lunge. «Er hat schon Recht, der Doktor Gagnon», dachte er, «das Lungenemphysem ist nicht mehr weit...» Trotzdem machte er sich wieder tapfer ans Werk. Langsam, ganz langsam richtete er, die Halsadern zum Platzen geschwollen, die Säule auf... Plötzlich kam sie ins Gleichgewicht und stellte sich fast von alleine senkrecht auf. Laviolette lehnte sie vorsichtig an das Mäuerchen. Ein stechender Schmerz durchfuhr seine Brust. Eine Weile musste er wie ein Fisch auf dem Trockenen nach Luft schnappen, bevor er die Säule mit einem Pinienzweig sorgfältig sauber fegte, um die Inschrift lesbar zu machen.

Der Stein war wahrscheinlich vor sehr langer Zeit vornüber gestürzt und hatte so den Teil verdeckt, auf dem die klar leserlichen Namen eingemeißelt waren:

Antoine Valaury
15.10.1900 – 23.6.1944

Barbe Valaury
geb. Bernard
3.7.1902 – 23.6.1944

Gilberte Valaury
19.9.1922 – 23.6.1944

Betet für sie!

Laviolette sank schwer auf die weiche Erde, die den zuletzt bestatteten Toten bedeckte. Er hatte das Gefühl, die Hälfte des Weges hinter sich gebracht zu haben.

«Sie sitzen auf dem Grab von meinem armen Vater…»

Der Mann stand da, wo einst der Eingang der Kapelle gewesen war, und betrachtete ihn. Er blickte misstrauisch. Sein eines Auge war halb geschlossen und im Mundwinkel hing ihm ein Zigarettenstummel.

«Ich hab Sie von weitem herumschnüffeln gesehen. Und weil das das Grab von meinem armen Vater ist…»

«…da haben Sie sich gesagt: Der da, der ist sicher gerade dabei, ihn mir zu klauen…»

«Gewiss nicht! Aber wissen Sie, es treiben sich heutzutage so viele komische Gestalten herum…»

«Sind Sie von hier?»

Es war ziemlich offensichtlich. Mit seiner Peitsche über der Schulter, dem Stück Schnur anstelle eines Gürtels und der Baskenmütze, die schon speckig war, weil sie unzählige Male mit von Mist verdreckten Händen befingert worden war, konnte er nicht von allzu weit her kommen. Die Spitzen seiner Latschen bogen sich, wie bei tibetischen Schuhen, hochmütig nach oben.

An einem Riemen trug er ein aus einem Kuhhorn geschnitztes Signalhorn.

«Ich wohne dort hinten drin», sagte er und zeigte auf den in der Ferne liegenden Hof.

Mit der Peitschenspitze deutete er auch auf die Schafherde auf dem Geröllfeld.

«Ich bin der Schäfer. Und Sie?»

«Ich bin bei der Polizei.»

«Dann machen Sie wohl gerade Urlaub.»

«Leider nicht.»

«Dann suchen Sie was.»

«Ich habe es gerade gefunden», sagte Laviolette.

Er trug die drei Namen und die Daten, die er auf der Grabstele entziffert hatte, in sein Notizbuch ein.

«Sind Sie hier geboren?», fragte er.

«Gewiss nicht! Wir, wir sind aus Guillestre. Wir bringen im Winter die Hälfte der Herde hier runter. Och! Das ist schlechtes Land! Mein Vater hat es '55 gekauft. Im Sommer machen wir Heu, und im Winter bringen wir die Hälfte der Herde her. Hier kann man sie halt ein wenig besser weiden lassen als in Guillestre. Och! Aber einbringen tut das nichts!»

Laviolette überquerte wieder den Bach, und der Mann folgte ihm auf den Fersen. Er ging auf die große Linde und die Ecke des Herrenhauses zu, das seltsamerweise quer zum Tal stand. Auf dieser Seite hatten sich in das kurze Gras unter dem großen Baum Reifenspuren eingegraben, die die letzten Regenfälle halb verwischt hatten.

«Und das?», fragte Laviolette. «Gehört das Ihnen?»

«O nein, das nicht! Mein armer Vater hat das Land gekauft, aber von dem Haus hat er nie was wissen wollen. Er hat noch nicht einmal Heu drin lagern oder eine Herde unterstellen wollen. Mein armer Vater, der wusste Bescheid, der hatte das im kleinen Finger. Als er das Haus zum ersten Mal gesehen hat – ich war nämlich dabei –, sagte er: ‹Den Boden ja, aber das Haus nicht! ›»

«Wusste er etwas über die Gegend?»

«Überhaupt nichts! Wir kamen aus Guillestre, ich hab's Ihnen doch gesagt. Jedes Jahr zogen wir um. Mal Châteauneuf-de-Chabre... mal Le Revest-Saint-Martin... Mein Vater hatte die Nase voll davon. Wir sind zufällig hierher geraten. Auf einem Schild dort drüben stand ‹Zu verkaufen›... Nein, mein Vater wusste nichts. Schade, dass er tot ist, sonst hätte er es Ihnen selbst gesagt. Warum? Gab es irgendwas zu wissen?»

Sie hatten sich dem Haus genähert. Es hatte nichts Düsteres. Es wirkte hell und freundlich. Seine Fassade hatte mit der Zeit die goldene Farbe eines frisch gebackenen Brotes angenommen. Man hätte sich nicht gewundert, dort oben einen Fensterladen fröhlich gegen die Mauer klappern zu hören.

Die Tür oberhalb der drei Stufen war der Länge nach von Rissen durchzogen und die Fugen zwischen den einzelnen Holzplanken klafften auseinander. Oberhalb des Schlusssteins war eine Sonnenuhr eingemeißelt. Der Schatten ihres Zeigers stand auf halb fünf. Laviolette blieb vor den Stufen stehen. Unter der großen Türklinke bemerkte er zwei Wachssiegel, die im Laufe der Zeit schwarz geworden waren, und ein Band, das sich einst zwischen ihnen gespannt hatte, hing herunter. Auf einem der Türflügel klebte ein Fetzen eines Plakats, auf dem noch einige in verschieden großen Buchstaben geschriebene Silben zu lesen waren: «...ron, ...toire, zu verkaufen». Laviolette drückte die Eisenklinke herunter, der unzählige Daumen eine eingedellte Form gegeben hatten. Aber der Riegel des Schlosses war vorgeschoben.

«Sie haben wohl keinen Schlüssel?», fragte er.

Der Mann betrachtete ihn neugierig, das eine Auge immer noch halb geschlossen, doch mit einem neuen Zigarettenstummel im Mundwinkel.

«Warum? Wollen Sie's kaufen? Vorhin haben Sie mir doch noch gesagt –»

«Ich habe Ihnen gesagt, dass ich Polizist bin, und jetzt beweise ich es Ihnen…»

Er hielt ihm seinen Ausweis unter die Nase.

«Aha! Ja, wenn das so ist!», sagte der Schäfer. «Ehrlich gesagt, bis jetzt habe ich Ihnen nämlich nicht geglaubt.»

Laviolette sprach ein paar Worte Dialekt mit ihm, und der andere antwortete ebenso. Nachdem sie sich so ein paar Minuten unterhalten hatten, war das Eis gebrochen, und sie standen beisammen und drehten sich jeder eine Zigarette. Der Schäfer nickte.

«Ja, wenn das so ist…», wiederholte er. «Wenn das so ist… Oh! Mein Vater hätte genau gewusst, wo man einen Schlüssel zu diesem Haus findet, aber ich…!»

«Schade!», seufzte Laviolette.

Er war nicht berechtigt, die Tür aufzubrechen. Und doch war er begierig zu erfahren, was sich hinter ihr verbarg. Er war sich sicher, dass die arme Gilberte Valaury hier gewohnt hatte, die am 23. Juni 1944 mit zweiundzwanzig Jahren gestorben war…

Es bekümmerte ihn, dass die Nacht bald kommen und seine Nachforschungen unterbrechen würde. Und es wurde schnell Nacht. Wenn die Wintersonnenwende herannaht und die Erde in den Abendstunden rußigschwarz daliegt, blüht der Himmel mit einem jadefarbenen Leuchten noch einmal wie ein Frühling auf. Das geschieht gegen fünf Uhr, und nach zwanzig Minuten erlischt alles. Es waren diese zwanzig Minuten, die das Tal in ein heiteres Licht tauchten.

«Warten Sie mal!», sagte der Schäfer. «Gewöhnlich macht man das bei uns nämlich so… Gewöhnlich versteckt man immer, nicht allzu weit weg von der Tür, einen Schlüssel für den Notfall. Wissen Sie, erstens gibt es in unseren Häusern nie großartig was zum Stehlen, und zweitens, wenn man mal den Schlüssel auf dem Feld vergessen hat, damit man dann nicht erst umkehren muss, um ihn zu holen… Da ist ein

Loch in der Hauswand doch ganz praktisch... Oder ein großer Kiesel aus der Durance...»

Er hatte seine Peitsche an die Mauer gelehnt, und während er noch sprach, sah er mit forschenden Blicken um sich.

«Sehen Sie! Was hab ich Ihnen gesagt!»

Unter der Linde hatte er direkt am Stamm einen eckigen Stein ausgemacht, der halb von verwelkten Blättern verdeckt war. Er hatte Mühe, ihn hochzuheben. Ein großer Schlüssel kam zum Vorschein, der auf einem Netz von feinen weißen Wurzeln lag.

«Und ich kann Ihnen sogar noch was sagen!», rief der Schäfer, mit plötzlich stark gerümpfter Nase. «Diesen Schlüssel... diesen Schlüssel hier hat vor kurzem jemand benutzt! Sehen Sie! Über lange Zeit hinweg hat der sich sein Nest in die Wurzeln gegraben, und jetzt liegt er nicht mehr in dem Abdruck! Der ist auf gut Glück zurückgelegt worden und daneben gelandet! Wahrscheinlich ist er nachts zurückgelegt worden!»

Laviolette nahm den Schlüssel in seine behandschuhte Hand, steckte ihn in das Doppelschloss und drehte ihn zweimal um. Er drückte die Klinke herunter und stemmte mühsam den Türflügel auf.

Er trat in das Haus. Drinnen, auf den gewölbten Fliesen, hallte es wie in einer leeren Kirche. Es lag ein undefinierbarer Geruch in der Luft. Vorherrschend war jedoch derjenige nach getrocknetem Heidekraut, in dem Seidenraupen ihre Fäden gesponnen hatten. Der Schäfer hatte nur den Oberkörper durch die Öffnung gesteckt.

«Hören Sie das?», flüsterte er.

Als das Hallen seiner Stimme verstummt war, vernahmen sie beide in der tiefen Stille das Ticken einer Uhr.

«Das kommt von oben!», flüsterte der Schäfer.

Im Zwielicht wurde eine fahle Treppe mit schadhaftem Geländer sichtbar, die Laviolette hinaufzusteigen begann. Der Schäfer kam auf Zehenspitzen dicht hinter ihm her.

Beunruhigt beobachtete er das starke Eisengestänge eines Kronleuchters, der schwankend von der Decke der Eingangshalle hing und von dem nur noch einige geschwärzte Glasstückchen übrig waren.

Von oben leitete sie die Uhr mit ihrem gedämpften Ticken zu sich.

In der Dunkelheit stießen sie dagegen. Die Uhr war in einem so unglücklich gewählten Winkel des Flurs an der Wand festgemauert worden, dass man gar nicht daran vorbeikam, ohne sich zu stoßen. In dem riesigen, leer stehenden Haus war sie wohl das einzige Möbelstück, das man nicht hatte mitnehmen können.

Durch eines der kreisrunden Löcher, die die Grünspechte mit Vorliebe in die Fensterläden picken, fiel von der untergehenden Sonne her ein schräger Lichtstrahl herein und streichelte das Uhrgehäuse an der Stelle, wo es sich wie ein Kontrabasskoffer wölbte und wo sich das Pendel bewegte. Auf der schön geschwungenen Linie hatte sich Staub angesammelt.

«Sehen Sie!», rief der Schäfer. «Schauen Sie doch!»

Er zeigte auf den Abdruck einer kleinen Hand im goldenen Staub.

Von da an wusste Laviolette, wonach er suchte. Mit schweren Schritten stieg er die steilen Stufen zum letzten Stockwerk hinauf. Er überquerte die Holzdielen eines Dachbodens, über dem sich wie ein umgedrehter Schiffsrumpf ein Dachstuhl aus riesigen Balken spannte. Das Tor einer Heuluke stand über dem Abgrund weit offen. Durch die Öffnung war ein Stück Himmel zu sehen, dessen eine Ecke durch die Ziegel des Dachrands abgeschrägt war. Leichte, goldene Wolken schmückten es wie die ersten Blüten einen Mandelzweig.

Laviolette schritt bis an den Rand des Abgrunds, der Schäfer folgte ihm auf dem Fuße.

Unten, im Hof, wo sich Schatten ausbreitete, lag der Körper einer Frau auf dem Pflaster. Ein seltsamer Mantel mit einem großen Kragen, an dem ein heller Fleck zu erkennen war, bedeckte ihn.

Laviolette musste nicht zu der Leiche hinuntersteigen, um zu wissen, dass dieser Fleck eine mit einem Vergissmeinnichtsträußchen geschmückte Visitenkarte war. Er musste sie sich nicht aus der Nähe betrachten, um zu wissen, dass er auf der Karte denselben Namen gedruckt finden würde, den er zuvor auf der Grabplatte auf dem kleinen Friedhof entziffert hatte.

~ 11 ~

DIESMAL dehnte sich um den Rollstuhl der Gelähmten die Leere erheblich aus, als hätte sie eine ansteckende Krankheit. Selbst den größten Skeptikern schwante, dass man sich besser nicht in der unmittelbaren Umgebung Rogeraines aufhielt. Man sprach nur mit gedämpfter Stimme darüber. Die Mädchen, die sich angesichts des von Rogeraine gebotenen Gehalts trotz allem ein Herz fassen wollten, wurden von ihren Familien mit Gewalt zurückgehalten.

«Du wirst verstehen, Rogeraine», sagte die Kusine aus Ribiers, «dass es über meine Kräfte geht, nachts bei dir zu bleiben, wenn jeder ins Haus spazieren kann. In Ribiers schließe ich mich abends ein…»

«Sie müssen verstehen, Madame», setzte Constance noch eins drauf, «wenn Ihnen so viel daran liegt, aus dem Fenster geworfen zu werden, ist das Ihre Sache, aber ich verziehe mich nach Hause, bevor es Nacht wird.»

Worauf Constance nur noch vormittags kam. Denn vormittags ging es im Haus lebhaft zu: der Briefträger, der Hausputz bei offenen Fenstern, die frische Wäsche, die gebracht wurde, die Lieferanten, das Telefon, die Geräusche von der Straße… Aber ab zwei Uhr nachmittags gehen an den kürzesten Tagen des Jahres in den Häusern von Sisteron die Lichter an, die Straßen schlummern ein, und die dumpfen Schläge und gedämpften Geräusche, die hier und da ertönen, schrecken eher auf, als dass sie beruhigen. Vormittags tat Constance alles, was man von ihr verlangte, aber nachmittags packte sie die Angst, und sie war zu nichts mehr zu gebrauchen.

Was Rosa anbelangte, so hatte diese Vincent kurzerhand ins Bett gesteckt: Diagnose Gastritis, und man fragte sich, ob die sich nicht von heute auf morgen in Maltafieber verwandeln würde.

Die beiden Fräulein Romance rangen seit zwei Nächten mit sich, zwischen Schrecken und Gewissensbissen hin und her gerissen. In ihren steifen weißen Nachthemden und den Haarnetzen über der Dauerwelle suchten sie sich um drei Uhr morgens gegenseitig in ihren Zimmern auf, um einander von ihrem Grauen zu erzählen. Sie standen an ihren Fenstern, deren Läden sie niemals schlossen, und betrachteten die milchige Schleppe des Buech und die aus dem Hochgebirge kommenden Nebelschwaden, die sich darüber hinwegwälzten. Auch sie argwöhnten, dass irgendjemand heimlich in der Dunkelheit lauerte.

«Nein. Das, was wir wissen, würde auch niemandem weiterhelfen.»

«Trotzdem sollten wir es sagen.»

«Nein. Wir haben kein Recht dazu. ‹Wehe dem Menschen, durch den das Ärgernis kommt.›»

«Du bringst immer alles durcheinander, meine liebe Esther! Hier geht es um den, der es verursacht, das Ärgernis, und nicht um den, der es aufdeckt!»

«Und außerdem... Unserer armen Rogeraine würde es überhaupt nicht weiterhelfen.»

«Was ihr dagegen sehr helfen würde, wäre, wenn wir den Mut hätten, jeden Abend zu ihr zu gehen, um sie zu versorgen...»

«Wir haben es ja gleich versucht, gestern, als wir von der schrecklichen Entdeckung erfahren haben, die der Kommissar da oben gemacht hat...»

«Und wir haben gesehen, dass es über unsere Kräfte geht...»

Da standen sie, wussten nicht, was tun, und bekamen kalte Füße auf ihrem schönen gewachsten Parkettboden. Plötzlich packte Esther Athalie am Arm.

«Simone!», flüsterte sie.

«Du bist wahnsinnig! Willst du, dass wir noch größere Ängste ausstehen müssen?»

«Hör zu, Athalie, denken wir einmal ganz praktisch: Unsere Angst, das ist eine typische Reaktion von alten Frauen. Ich bin sicher, dass wir in Simones Alter nicht zögern würden...»

«Bist du da ganz sicher?»

Ohne zu antworten ging Athalie barfuß die Treppe hinunter zum Telefon. Es war drei Uhr morgens. Als sie zu ihrer Schwester zurückkehrte, war Athalies Gesicht viel rosiger geworden.

«Die liebe Simone wird doch immer dieselbe bleiben. Weißt du, was sie mir geantwortet hat, als ich ihr die Situation beschrieben habe?»

«Hast du es ihr denn wenigstens genau erklärt? Hast du ihr auch gesagt, was für ein Risiko sie eingeht? Denn... sie ist wie Rogeraine, sie schaut nie in eine Zeitung!»

«Ich habe ihr nur gesagt, dass sie ihr Leben aufs Spiel setzt. Ich habe ihr von der offenen Tür erzählt und dass von dem Tag an, an dem bekannt wird, dass sie bei Rogeraine eingezogen ist, derjenige, der sie irgendwo runterstoßen wird, unausweichlich –»

«Mein Gott! Das hast du ihr gesagt? Und sie hat sich trotzdem darauf eingelassen?»

Athalie zuckte mit den Schultern. «Du weißt ja, dass sie auf den lieben Gott jede Wette eingeht. Weißt du, was sie geantwortet hat? ‹Was wäre denn so verdienstvoll am Mitgefühl, wenn es ein Teppich aus Rosen wäre?› Da kannst du sehen, das ist echt Simone.»

«Das war sehr unklug von mir neulich abends», dachte Rogeraine, «ich hätte ihnen meine Waffe nicht zeigen dürfen. Jetzt ist er misstrauisch geworden… Ich lasse meine Tür völlig umsonst unverschlossen, er wird sich nie zu erkennen geben. Er wird von hinten kommen, heimlich. Er wird mich erdrosseln. Aber nein, ich bin ja dumm, das will er ja gerade nicht… Im Gegenteil, er will vielmehr, dass ich lebe und dass ich mich erinnere. Constance hat Recht… Seit ich weiß, dass alle Bescheid wissen, sehe ich mich selbst so, wie sie mich mit ihrem guten Gewissen sehen müssen. Ich verbringe meine Nächte damit, mich gegen sie zu verteidigen. Ich sträube mich. Ich mache haargenau die gleichen Gesten, ich spreche die gleichen Worte und ich versuche herauszubekommen, was sie daran so verabscheuenswürdig finden… Und manchmal gelingt es mir… Oh! Nie sehr lange!… Aber mir kommt es so vor, als würde es mir seit einiger Zeit immer öfter gelingen…»

An diesem Morgen läutete es an der Tür, und Constance öffnete.

«Ach, Sie sind es?», sagte sie. «Ich glaube nicht, dass Madame in der Stimmung ist, etwas zu spenden.»

Sie hatte Simone erkannt, und sie wusste, dass diese von Zeit zu Zeit für irgendeinen guten Zweck sammeln ging. Constance selbst hegte ein kluges Misstrauen gegen die Stellen, bei denen der Erlös solcher Sammlungen schließlich landete. Sie gab nie etwas, aus Angst, hereingelegt zu werden.

«Ich komme nicht, um zu sammeln!», protestierte Simone.

«Ach, Sie sind es?», sagte Rogeraine misstrauisch. «Schon wieder Sie mit Ihrer sanften, aber hartnäckigen Barmherzigkeit?»

Rogeraine ertrug nur mühsam die Überlegenheit anderer, besonders, wenn sie uneigennützig war. Aber wenn Simone sich etwas in den Kopf gesetzt hatte, war sie in der Lage, ein engelsgleiches Lächeln aufzusetzen und im Schutz dieser Maske schamlos zu lügen. Innerlich schlug sie ein kleines Kreuz und schaute Rogeraine in die Augen.

«Aber nein, Madame», sagte sie, «wenn schon Barmherzigkeit, dann bin höchstens ich diejenige, die sie von Ihnen erbittet. Wissen Sie, die Weberei läuft momentan nicht besonders gut, und ich gebe zu, als ich gesehen habe, dass Sie zweitausend Franc im Monat bieten –»

«Fünfzehnhundert!», fiel ihr Rogeraine ins Wort.

«Dann müssen Sie entschuldigen... Ich dachte, ich hätte zweitausend gelesen...»

In ihrer Antwort schwang so viel Enttäuschung mit und sie täuschte so geschickt vor, aufstehen und gehen zu wollen, dass Rogeraine darauf hereinfiel.

«Nun gut, meinetwegen! Zweitausend...», sagte sie barsch. Letztendlich war ihr das lieber als Barmherzigkeit. «Aber», fügte sie hinzu, «Sie wissen, dass ich harte Arbeit verlange.»

«Ich habe bei Bauern als Erntehelferin gearbeitet. Ich habe Kartoffeln ausgegraben. Danach –»

«Und Sie haben keine Angst? Sie wissen ja wohl über alles Bescheid? Sie wissen, dass meine Tür nachts unverschlossen bleibt? Sie wissen, dass Sie diejenige sein werden, auf die es der Mörder abgesehen hat? Wissen Sie das?»

«Ich weiß das alles, und ich habe keine Angst. Wovor sollte ich denn Angst haben? Der liebe Gott lässt nur das zu, was er für gerecht hält.»

Rogeraine lachte höhnisch und verdrehte die Augen. «Ach ja! Kommen Sie mir bloß nicht mit dem!» Plötzlich wurde sie blass und schaute Simone durchdringend an. «Glauben Sie so sehr an ihn?», fragte sie halblaut. «So sehr, dass Sie ihm Ihr Leben anvertrauen?»

«Aber... ja. Kann man denn auf eine andere Art glauben? Und außerdem befürchte ich bei Ihnen nichts. Dies ist ein so freundliches Haus. Ich mag es sehr. Wovor sollte man in einem solchen Haus Angst haben? Und Sie selbst, Sie fürchten sich ja auch vor nichts... Also?»

«Das stimmt!», rief Rogeraine. «Ich fürchte mich vor nichts. Wovor sollte ich mich auch fürchten?»

Als Laviolette bei Einbruch der Dunkelheit an die Tür klopfte, öffnete ihm Simone. Sie so vor sich zu sehen erfüllte ihn mit großer Beunruhigung. Und die ließ ihn nicht mehr los.

«Ich hatte Ihnen doch gesagt...», rief er.

Sie legte ihren Zeigefinger auf die Lippen.

«Ich bin zwanzig Jahre alt», flüsterte sie. «Ich bin bei vollem Verstand und...»

«Und Gott steht hinter Ihnen! Ich weiß! Aber Ihr Verhalten kommt einem Selbstmord gleich!»

Sehr aufgeregt und kaum noch Herr seiner selbst, ging er ins Haus. Er hielt einen großen Umschlag unter seinen Arm geklemmt. Als er Madame Gobert sah, erschien sie ihm nicht mehr ganz so hochmütig wie sonst, aber immer noch genauso herrisch.

«Ich habe mir lange Zeit gelassen, bevor ich gekommen bin, denn ich wollte sichergehen, dass die Fronten zwischen uns geklärt sind.»

Dem großen Umschlag entnahm er einen Bogen und betrachtete ihn einen Augenblick mit sichtlicher Zufriedenheit. Mit einer jähen Bewegung hielt er ihn Rogeraine in fünfzig Zentimeter Abstand vors Gesicht.

Sie stieß einen Schrei aus, der Laviolette endlos erschien und ihm gleichzeitig bekannt vorkam. Den gleichen Schrei hatte er schon einmal gehört. Er dauerte beinahe so lange, wie Simone brauchte, um aus der Küche herbeizueilen.

«Was haben Sie ihr angetan?», rief sie. «Ihr Schrei hat mich zu Tode erschreckt!»

«Mich auch», sagte Laviolette. «Holen Sie Essig!»

Er erforschte Rogeraines Züge, die die Augen geschlossen hatte. Ihr Kopf mit den roten Haaren war auf die Seite gesunken. Sie war bewusstlos. Simone kam mit einem Waschhandschuh, den sie mit Essig getränkt hatte.

«Warten Sie eine Sekunde!», befahl Laviolette. «Wären Sie denn beim Anblick dieser Fotos ohnmächtig geworden?»

Simone, die Rogeraines Schläfen und Stirn befeuchtete und ihr das Fläschchen mit dem Essig unter die Nase hielt, warf einen diskreten Blick auf die Fotos und schüttelte verneinend den Kopf.

Während sie Rogeraine geschickt versorgte, bewunderte Laviolette sein Meisterwerk. Es war eine Fotomontage aus vier Aufnahmen. Sie wirkten so packend realistisch, wie es Fotos des Erkennungsdienstes sein müssen. Die erste war eine Großaufnahme der Leiche des dritten Opfers auf dem Pflaster im Hof des Gutshauses. Die zweite war mit einem Weitwinkelobjektiv aufgenommen worden und zeigte dieselbe Leiche, dahinter dieses Mal aber die Fassade des Hauses in ihrer ganzen Höhe und den Flügel des Fensters, aus dem sie gestoßen worden war. Die nächste stellte die Stele mit den drei Kleeblättern und den drei gut leserlichen Namen auf dem winzigen Friedhof dar. Die letzte schließlich war das vergrößerte Porträt des jungen unbekannten Mädchens, das in Laviolettes Vorstellungskraft geboren war, noch ehe er ihr Foto bei dem Schreiner im Glissoir entdeckt hatte.

«Théopole! Gilberte! Théopole!»

Mit Mühe brachte Rogeraine diese drei Wörter hervor. Ihr erster entsetzter Blick irrte unter den halb geschlossenen Lidern im Kreis. Simone hielt ihren Kopf an sich gedrückt, um die Aufnahme und Laviolette vor ihr zu verbergen. Dennoch bemerkte ihn Rogeraine sofort und hatte sich angesichts des gefährlichen Eindringlings, der sie, ohne ihr auch nur eine einzige Frage zu stellen, bis auf den Grund ihrer Seele verletzt hatte, auf der Stelle wieder in der Gewalt.

«Gehen Sie!», hauchte sie.

«O nein, das wäre zu einfach! Sie haben gerade eben den gleichen Schrei ausgestoßen wie die arme Jeanne an dem

Abend, als *Der Tour de Nesle* aufgeführt wurde. Das war kein Leidensschrei und noch nicht einmal ein Schreckensschrei. Das war der jämmerliche Schrei eines Menschen, der den Boden unter den Füßen verliert.»

«Das ist nicht wahr!»

«Woher wissen Sie das? Haben Sie sich denn gehört?»

«Gehen Sie! Ich will Sie nicht mehr sehen! Das hier ist mein Haus! Sie haben überhaupt nicht das Recht, hier zu sein.»

«Sie haben behauptet, Gilberte Valaury nicht zu kennen. Aber gerade eben haben Sie ihren Namen ausgesprochen und den des Orts, an dem sie gelebt hat. Und das Porträt? Das ist sie, nicht wahr? Geben Sie zu, dass sie das ist!»

«Sie haben mir diese schrecklichen Bilder gezeigt», brachte sie mühsam hervor, «und das hat ausgereicht, um mich das Bewusstsein verlieren zu lassen. In solch einer Situation sagt man irgendwelche sinnlosen Dinge…»

«Sie werden sie wiederholen müssen, diese Dinge, das garantiere ich Ihnen, und vielleicht schon bald! Im Büro der Gendarmerie…»

«Genau! Laden Sie mich meinetwegen vor, aber gehen Sie jetzt! Das ist mein letztes Wort.»

Er schickte sich an, das Foto wieder in den Umschlag zu stecken, aber dann besann er sich.

«Nein… Ich lasse es Ihnen lieber hier. Sie werden es sich nicht verkneifen können, von Zeit zu Zeit einen Blick darauf zu werfen…» Er stand mitten im Raum und zeigte mit dem ausgestreckten Zeigefinger auf Rogeraine. «Sie kennen den Mörder! Und Sie wissen, *warum* er Ihre Pflegerinnen umbringt! Ich werde versuchen, es ohne Ihre Hilfe herauszubekommen. Aber ich schwöre Ihnen, wenn in der Zwischenzeit Simone irgendetwas zustößt, dann werde ich Sie wegen unterlassener Hilfeleistung gegenüber einer Person in Lebensgefahr anklagen lassen! Denn sie ist in Lebensgefahr, und Sie wissen es, und Sie wissen, warum.»

«Ich habe keine richterliche Anordnung», kündigte er ohne jede Vorrede an, «aber Sie sind Jurist, und Sie wissen Bescheid: Innerhalb von zwei Stunden kann ich eine bekommen, falls Ihnen das lieber ist...»

«Das wird nicht nötig sein...»

Der Notar war wachsweich geworden. In der Kanzlei hatte sich Unruhe verbreitet. Man hatte den Kriminalpolizisten beim Chef eintreten sehen und befürchtete das Schlimmste.

Von Zeit zu Zeit warfen die Angestellten verstohlene Blicke auf die grüne, gepolsterte Tür und rechneten fast damit, Maître Tournatoire in Handschellen auftauchen zu sehen. Der Prokurist, durch seine Vertrauensstellung ermutigt, hatte sogar gewagt, mit einem Stapel Akten unter dem Arm wie selbstverständlich in das Büro einzudringen. Er sah sich ohne Umstände vor die Tür gesetzt.

In der Kanzlei war es düster. Draußen war der Himmel schwarz. In der Gasse pfiff der Wind durch die Stromleitungen. Die grüne Lampe brannte.

Maître Tournatoire betrachtete zerknirscht das Foto, das Laviolette auf die Schreibunterlage gelegt hatte. Es war eine Vergrößerung des Plakatfetzens auf der Tür von Théopole.

«Da haben wir's!», sagte Laviolette. «Es gibt keine zwei Notare in Sisteron, und der Name dessen, der hier sein Amt ausübt, endet auf ‹toire›. Ihre Kanzlei hat sich also um den Verkauf gekümmert, von dem auf diesem Plakat die Rede ist, und selbstverständlich wussten Sie, dass der Besitz der Familie Valaury gehörte. Überall in der Presse ist unsere Bitte um Hinweise veröffentlicht worden, das ist Ihnen bekannt. Warum haben Sie mit dieser Information hinterm Berg gehalten?»

«Ich...», begann der Notar, dem in seiner Haut sehr unwohl war.

Seine Stimme wollte ihm nicht gehorchen. Er war es nicht

gewohnt, in seiner eigenen Kanzlei der Unterlegene zu sein. Die Situation war schlichtweg heikel.

«Ich...», wiederholte er. «Mein Vater kümmerte sich um den Fall Valaury, nicht ich. Zu der Zeit studierte ich Jura in Paris und wurde über die Kanzleiangelegenheiten nicht auf dem Laufenden gehalten.»

«Ja, aber Sie haben Akten, Originalurkunden, wie Sie das nennen, in denen die Umstände dieses Verkaufs niedergelegt sind. Sie haben ein Aktenverzeichnis. Es kann doch nicht sein, dass Sie nicht wissen, was am 23. Juni 1944 in Théopole passiert ist.»

«Oh! Ich versichere Ihnen, dass das sehr wohl sein kann! Die Akten beschränken sich auf die Beschreibung der Umstände eines Verkaufsgeschäfts. Und wenn mein Vater über irgendwelche zusätzlichen Informationen verfügte, so hat er sie mir nicht mitgeteilt!»

In seinen Taschen ballte Laviolette die Fäuste, um dem Notar nicht an den Hals zu gehen. Tournatoire, der von diesem inneren Kampf etwas gespürt haben musste, hielt es für angebracht, sich hinter einer Verfahrensklausel zu verschanzen.

«Und außerdem», sagte er und hob schüchtern den Finger, «wissen Sie genau, dass so weit zurückliegende Fälle inzwischen verjährt sind.»

«Sicher. Aber es sieht so aus, als sei dem Mörder dieses Gesetz unbekannt.» Laviolette erhob sich und baute sich vor dem Schreibtisch auf. Er stützte die Fäuste auf die Schreibunterlage und näherte sich Tournatoires Gesicht auf zwanzig Zentimeter. «Also, was ist? Rücken Sie die Akten raus, oder muss ich sie mir selbst holen?»

Mit einem Seufzer des Bedauerns bückte sich der Notar zu den unteren Schubladen seines Arbeitstischs und zog den bedeutungsschweren braunen Aktendeckel hervor, den er in einem spontanen Akt der Vorsicht darin vergraben hatte. Er warf ihn Laviolette hin, der sich gierig darauf stürzte.

Die Akte enthielt die drei Verkaufsurkunden für ein Haus mit einem Café in Mison, ein Waldstück in Abros und zweihundert Hektar Land in der kleinen Ortschaft Théopole. Auf den Kopien war sorgfältig eine Vollmacht angeheftet: «Ich, der Unterzeichnende Pierre Valaury, geboren am 13. August 1928, bevollmächtige Maître Alphonse Tournatoire, ...»

An die Vollmacht war ein vergilbter, mit violetter Tinte auf ein Blatt aus einem Schulheft geschriebener Brief geheftet:

«Sehr geehrter Herr Notar, morgen werde ich meine Gelübde ablegen. Vor diesem feierlichen Augenblick möchte ich Ihnen, was meinen Besitz angeht, meine Anweisungen wiederholen...» Er vermachte alles dem Orden und unterzeichnete: «Pierre Valaury, zum letzten Mal.»

«Er ist ins Kloster gegangen?»

«Ja.»

«In welches?»

«Die Grande Chartreuse.»

Laviolette stieß einen Pfiff aus und betrachtete durch das Fenster den Himmel.

«Wissen Sie, ob er noch am Leben ist?»

«Ich habe keine anders lautende Nachricht, weder von ihm noch vom Notar des Ordens. Deshalb wird er wohl noch leben, andernfalls hätte es eine Reihe von Formalitäten zu erledigen gegeben, woran ich beteiligt gewesen wäre. Vergessen Sie nicht, dass das Haus immer noch nicht verkauft ist.»

«Dieser Mann», sprach Laviolette langsam, «kennt wahrscheinlich die Wahrheit über das, was sich in Théopole am 23. Juni 1944 ereignet hat... Ist Ihnen denn klar, dass, wenn Sie mir das alles gleich nach dem ersten Mord mitgeteilt hätten, die anderen *vielleicht* nicht geschehen wären?»

«Vielleicht!», rief der Notar aus. «Was hätte ich denn tun sollen? Ich habe aus Anstand geschwiegen. Sie müssen zugeben, dass es erschütternd ist, wenn so angesehene Familien plötzlich wegen schmutziger Geschichten im Mittelpunkt des öffentlichen Interesses stehen. Besonders, wenn diese Geschichten schon lange vergessen sind.»

«Heißt das, dass Ihrer Meinung nach der Mörder nur aus Spaß, zu seinem Vergnügen jedem seiner Opfer diesen Namen anheftet? Hat Sie das nicht aufgerüttelt, die drei Toten am selben Tag, dem 23. Juni 1944? Das nehmen Sie einfach so hin, ohne mit der Wimper zu zucken? Ohne jemals Ihren Vater darüber zu befragen? Ist Ihnen das normal vorgekommen, dass ein junger Mann, der damals sechzehn Jahre alt sein musste, auf den Gedanken kommt, Kartäusermönch zu werden?»

«Mein Vater hielt es nicht für nötig, mich davon zu unterrichten. Bei Klatschgeschichten höre ich nicht hin, und das Staunen ist unserem Berufsstand ohnehin fremd.»

«Gut! Ich werde Ihnen keine langen Reden halten, aber ich lege Wert darauf, dass Sie Sisteron nicht verlassen, ohne mich davon in Kenntnis zu setzen, und sei es auch nur für ein Wochenende in Ihrem Chalet im Vars.»

«Wie? Ich stehe unter Verdacht? Ich?»

«Sie haben für keinen der Morde ein Alibi! Zugegeben, da sind Sie nicht der Einzige. Für alle Freunde und Bekannten von Madame Gobert trifft mehr oder weniger dasselbe zu... Nur haben sie kein wesentliches Element der Wahrheit zurückgehalten! Bis das Gegenteil bewiesen ist...» Er erhob sich, wie um zu gehen, besann sich aber noch einmal. «In einem kann ich Sie allerdings beruhigen. Seit gestern Abend hat Madame Gobert wieder jemanden, der ihr hilft. Jemand, der über Nacht bei ihr bleibt...»

«Obwohl sie den Schlüssel stecken lässt? Wer ist diese Verrückte?»

«Oh, Sie kennen sie bestimmt! Ein selbstloses Mädchen, das in denselben Kreisen verkehrt wie Sie: der *Arche*, dem Katholischen Hilfswerk. Sie heißt Simone.»

«Simone? Sie meinen doch nicht etwa Simone Rouvier?»

«Ich weiß es nicht... Die Tochter des Webers in Peipin.»

«Mein Gott!», brachte Maître Tournatoire hervor.

«Sie haben Recht, dass Sie sich an den wenden, denn wenn der sich nicht um sie kümmert, kommt sie in Teufels Küche.»

«Mein Gott, Simone!», wiederholte der Notar mit leiser Stimme.

«Ja, Simone! Und es gibt keinen ernsthaften Grund dafür, dass der Mörder sie verschonen sollte, nur weil *sie* es ist.»

Er näherte sich noch einmal dem Schreibtisch. Maître Tournatoire sah den Kommissar schreckerfüllt an.

«Sehen Sie, was sich da draußen zusammenbraut?», sagte Laviolette und deutete durch das Fenster auf das Eckchen Himmel, das zu sehen war. «Es wird schneien. Es wird Glatteis geben. Die Gendarmen sind jetzt schon überfordert. Zu wenig Personal. Sie können nicht auf Simone aufpassen. Ich werde mich aufmachen, um diesen Pierre Valaury zu suchen. Heute Nacht und die Nacht darauf wird Simone mit dieser Gelähmten, die den Schlüssel stecken lässt, *allein* im Haus sein!»

«Mein Gott!», brachte Maître Tournatoire noch einmal hervor.

«Nun? Wissen Sie immer noch nicht, was sich am 23. Juni 1944 in Théopole ereignet hat?» Der Notar schüttelte den Kopf und hielt die Hände vor seinen altmodischen Schnurrbart. «Warten Sie!», sagte er schließlich. «Ich kann nicht länger schweigen. Ich werde Ihnen sagen, was ich weiß…»

Mit dem Hut auf dem Kopf, den Händen untätig zwischen den Beinen und auf den Boden hängenden Mantelschößen saß er da. Der Name Simone hatte sich in seinem Kopf eingeprägt und verdunkelte seinen gesamten Horizont. Er hatte vor sich selbst das Gelübde abgelegt, nicht mehr zu rauchen, solange er nicht den Schlüssel zur Lösung des Rätsels gefunden hatte und sie außer Gefahr war.

Ihm gegenüber saß, ebenfalls wartend, Richter Molinier und beobachtete ihn.

«Sie wissen», sagte er, «dass ein Kartäuser für die Welt gestorben ist. Er hat nur noch eine geheime Identität. Jetzt, in diesem Moment, setzt sich eine sehr komplizierte und sehr langsame Maschinerie in Bewegung und versucht, die Räder der Ordensregel zurückzudrehen. Natürlich ist auch dieser Pierre Valaury, welcher auch immer sein Stand sein mag, der Gerichtsbarkeit unterworfen. Aber dazu müssen wir ihn erst einmal finden.»

«Der Notar hat den Umschlag jenes bedeutsamen letzten Briefes aufgehoben. Auf dem Poststempel stand *Correrie de la Grande Chartreuse.*»

«Sehr gut! Aber er muss auch gewillt sein zu reden. Vergessen Sie nicht, dass er in seine Anonymität eingehüllt ist wie in ein Leichentuch. Wenn er nicht eigens zustimmt, werden wir die Anonymität von vierzig Kartäusern aufdecken müssen, um ihn ausfindig zu machen. Ich weiß nicht, ob Sie sich vorstellen können....»

«Ich kann», sagte Laviolette, «aber ich verlasse mich auf Simones Gott...»

Durch das große Fenster warf der Untersuchungsrichter einen Blick auf den Himmel über Digne. Ein düsterer Tag kündigte sich an. Was ihn anging, so hatte er kein Gelübde abgelegt, nicht zu rauchen. Er zündete sich eine Zigarette an. Laviolette sah ihm mit trockenem Hals zu.

Sie saßen beide schweigend da und starrten auf das Telefon. Sie stellten sich vor, wie Hörer abgenommen und wieder aufgelegt wurden. Sie stellten sich vor, wie sehr umsichtige Männer sehr langsam sprachen, wie sich ihre Stimmen im Äther kreuzten, Stimmen, die abwägten, kalkulierten, alles in die Länge zogen.

Der Richter sah verstohlen auf die Wanduhr. Laviolette beobachtete abwechselnd den Richter und das Fenster. Noch schneite es nicht. Aber es schien, als werde die winterliche

Meute, die begierig war loszubrechen, von einer eisernen Hand nur mit Mühe zurückgehalten. Manchmal blies der Wind ungeduldig durch die kahlen Platanen.

Das Telefon läutete. Der beweglichere Richter hatte die Hand am Hörer, noch ehe Laviolette sich rühren konnte.

«Ja… ja… ja… Aha! Gut! Natürlich! Nein, Kommissar Laviolette mangelt es nicht an Taktgefühl. Ich unterschreibe… Gut. Wir werden Ihnen Bericht erstatten, Frau Staatsanwältin… so bald wie möglich. Ja. Keine Sorge.»

Er legte auf.

«Er hat eingewilligt», sagte er.

Laviolette stand schon.

«Wir haben die Wahl», sagte der Richter. «Entweder ich lasse diesen Kartäuser zur Vernehmung in die Kripostelle von Grenoble herunterkommen, oder ich erteile Ihnen den Auftrag, ihn an Ort und Stelle zu vernehmen.»

«Erteilen Sie! Und zwar sofort! Mir sitzt eine Angst im Nacken wie keinem anderen, und ich alleine weiß, dass jede Minute zählt. Ich bin nicht mehr weit von einem Herzinfarkt entfernt. Ich kann nur noch meiner eigenen Schnelligkeit trauen.»

«Über dem ganzen Alpengebiet wütet ein Unwetter, auf dem Col de Porte liegen zwei Meter Schnee! Sie sind vielleicht komisch mit Ihrer Schnelligkeit! Wie wollen Sie das anstellen?»

«Das ist die Sache von Combassive, meinem Chef! Aber ich versichere Ihnen, wenn es menschenmöglich ist, die Grande Chartreuse zu erreichen, bin ich in zwei Stunden dort!»

Der Winter war unvermittelt und ungestüm über die Provence und die Alpen hergefallen. Der Flugplatz von Saint-Auban glitzerte unter einer drei Zentimeter dicken Eisschicht. Der Einsatzwagen deutete ein paar Walzerdrehungen an, bevor er zehn Meter vor dem Hubschrauber zum Stehen kam.

Ein langer Gendarm mit Helm, Stiefeln und Säbelkoppel stampfte mit den Füßen. Laviolette gab ihm die Hand, stieg in das «kuriose Metallinsekt» und atmete zum ersten Mal an diesem Tag etwas auf. Der lange Gendarm setzte sich auf den Pilotensitz.

«Das wird kein Zuckerlecken», sagte er. «Haben Sie keine Angst?»

«Wovor?»

«Davor.» Mit einer Kopfbewegung deutete er auf den Himmel über ihnen, der kompakt wie eine Mauer war.

«Und Sie?»

«Mich haben sie ausgesucht, weil das mein Beruf ist. Ich bin beim Rettungsdienst der Bergwacht… Aber freuen Sie sich nicht zu früh, heute dürfte es ungefähr genauso einfach sein, zur Grande Chartreuse zu gelangen, wie auf den Gipfel des Mont Blanc!»

«Sind Sie verheiratet? Haben Sie Kinder?»

«Nein. Aber ich hätte gerne welche!»

«Gut! Da wird Ihnen der Grund dieses Fluges einleuchten: Ein Mädchen namens Simone ist in Lebensgefahr und weiß es auch, aber sie sagt, mit dem lieben Gott an ihrer Seite kann ihr nichts passieren. Da uns also der liebe Gott quasi zu seinem Werkzeug gemacht hat… Ziehen Sie die nötigen Schlüsse daraus…»

«Dann ist ja alles in Butter!», rief der lange Gendarm und lachte herzlich.

Aber sein Lachen verstummte schnell, und Laviolette verstand, dass er nun schweigen musste. Beide spürten sie, dass in der Watte ringsumher Berggrate lauerten, die nach ihnen riefen. Es war der Sirenengesang der Stille. Mitunter warf der Tod plötzlich seine Hüllen ab und zeigte sich direkt vor ihnen, vier- oder fünfhundert Meter entfernt, in Gestalt der scharfen Kante eines Überhangs oder einer geheimnisvollen Nebelreuse, in die sie vielleicht schon tief hineingeraten waren. Unter der geschickten Hand seines Piloten flog der

Hubschrauber im Slalom zwischen Nebelschwaden und Schneeschauern hindurch, die versuchten, sie mit plötzlicher Dunkelheit und Windturbulenzen heimtückisch zu packen.

«Die reinste Suppe», murmelte der Pilot zwischen den Zähnen. «Wir sind an der äußersten Sicherheitsgrenze, wahrscheinlich schon jenseits... Jetzt verstehe ich, warum sie ein Gesicht gezogen haben, bevor sie mir die Starterlaubnis gegeben haben... Da haben Sie mir was Schönes eingebrockt mit Ihrer Simone...»

Plötzlich befanden sie sich über einer großen Stadt, die den schwarzen Himmel mit ihren Lichtern und Rauchschwaden auf Distanz hielt. Um zwei Uhr nachmittags leuchtete sie, als sei es mitten in der Nacht. Der Gestank ihrer Fabriken drang bis in das Cockpit.

«Grenoble!», verkündete der Pilot.

Er begann, den Hubschrauber langsam in die Höhe zu ziehen, wobei er sich nach Orientierungspunkten richtete, die nur ihm allein bekannt waren.

«Wovon lassen Sie sich eigentlich führen?», fragte Laviolette.

«Von meiner Liebe zum Beruf...», brummte der Pilot.

Er hatte denselben verbissenen Ausdruck im Gesicht wie ein Jagdhund, der die Fährte verloren hat.

«Ein Loch...», knurrte er. «Da muss doch ein Loch sein. Hier war immer irgendwo eins, wenn ich mich recht erinnere...»

Er war so angespannt, dass er die Zungenspitze zwischen die Zähne geschoben hatte.

Plötzlich riss der Horizont auf. Zwei Kilometer vor ihnen versperrte ihnen die Felswand des Dent de Crolles den Weg.

Der Hubschrauber brummte wütend wie eine Biene, die auf ihrem Beutezug gestört wird. Mit einem schnellen Manöver zog ihn der Pilot auf die Höhe des Gipfels.

«Ich wusste doch, dass hier ein Loch ist...»

Unten standen, von den schrägen Strahlen der tief stehenden Sonne beleuchtet, kerzengerade wie eine Armee, Stamm an Stamm die Bäume eines Waldes. Die Wipfel rauchten unter ihrer Eishülle.

«Le Désert!», verkündete der Pilot.

Dort unten, in jenem Wald, den er mit seinen Mauern zerteilte, erhob sich der wohl durchdachte Bau des Klosters, Anmut und Zweckmäßigkeit in sich vereinend. Die schönen Dächer und Fassaden luden zum Verweilen, ja zum endgültigen Bleiben ein. Vielleicht war hier die ganze Welt konzentriert und zusammengefasst. In diesen Linien, dieser Stille, diesen Räumen und diesem Mysterium fand der Friede auf Erden seinen vollkommenen Ausdruck.

«Sind Sie sicher, dass sie auf unser Kommen vorbereitet sind?»

«Schauen Sie doch!», sagte der Pilot.

Die Maschine glitt langsam ab wie ein welkes Blatt, bis sie sich genau über dem Kloster befand.

Unten legten zwanzig mit Schaufeln bewaffnete Mönche letzte Hand an den Notlandeplatz. Einer saß sogar auf einem großen roten Raupenschlepper und schob den Schnee mit der Schaufel seines Fahrzeugs weg.

«Donnerwetter!», sagte der Pilot bewundernd. «Das Leben Ihrer Simone scheint sich ja in guten Händen zu befinden…»

Aus dem großen Fenster des Betsaals sah man auf den Friedhof der Mönche.

Im Raum lag der Geruch einer Sägerei. Laviolette hatte sich nicht gesetzt. Sein Atem verwandelte sich vor seinem Gesicht in Dampf, und doch war ihm nicht kalt. Der süße Holzgeruch ließ ihn die eisige Kälte, von der das Kloster umgeben war, vergessen. Kahl lag der Raum unter dem Kreuzrippengewölbe.

Der Kartäusermönch kniete auf einem niedrigen Betstuhl vor einem großen Kruzifix, das hoch oben an der Wand hing.

Er hatte Laviolette den Rücken zugewandt und war unter seiner Kapuze für diesen unsichtbar. Nur die Dampfwolke, die aus seinem Mund kam, ließ erkennen, dass sich unter den weißen Stofffalten ein lebendiger Mensch verbarg.

«Pater», sagte Laviolette, «zuerst möchte ich mich bei Ihnen bedanken und Sie um Verzeihung bitten. Ich werde Sie zwingen müssen, Erinnerungen aufzuwühlen, die ich mir schrecklich vorstelle. Aber ein Leben steht auf dem Spiel… Sie verstehen mich…»

Als Zeichen der Zustimmung senkte sich die Kapuze zweimal.

«Heißen Sie Pierre Valaury, sind Sie am 13. August 1928 in Saint-Geniez geboren?»

«So habe ich geheißen», sagte der Kartäuser.

Seine Stimme klang jung und klar. Laviolette schrak zusammen, als er sie vernahm. «Er muss seiner Schwester ähneln. Ich bin sicher, dass sie diese Stimme hatte.»

«Was ist am 23. Juni 1944 in Théopole geschehen?»

Auf dem Betstuhl rückte der Kartäuser seine Knie zurecht. Die Falten seiner Ordenstracht gerieten in Unordnung. Er reckte die Hände hoch über seinen demütig gesenkten Kopf dem Kruzifix entgegen. Sie waren nicht gefaltet, sondern fest ineinander verflochten. Er begann leise zu sprechen.

«Am Morgen des 22. Juni», sagte er, «kamen drei Lastwagen mit deutschen Soldaten in das Tal. Sie sperrten die Straße. Sie hatten Hunde dabei. Sie zogen los, um die Wälder und das Gebirge zu durchsuchen. Alle Ruinen waren voller Maquisards. Sie waren schlecht bewacht. Den ganzen Morgen hörte man es schießen. Aus allen Richtungen. Bei jeder Salve zuckte ich zusammen, als würde ich die Kugeln ins eigene Fleisch bekommen… Mittags kam mein Vater nach Hause. Meine Schwester und ich saßen am Tisch… Wir hatten einen Kloß im Hals…»

«Ihre Schwester?», sagte Laviolette. «Gilberte Valaury?»

«Ja, meine Schwester, Gilberte Valaury.»

Laviolette griff nach seiner Brieftasche, besann sich dann aber anders. Nein. Er würde ihm diese Prüfung nicht auferlegen. Er begnügte sich damit, sie zu beschreiben.

«Ihre Schwester war blond... Sie hatte blaugrüne Augen und hohe Wangenknochen. Sie trug Zöpfe, die sie wie ein Diadem um ihren Kopf legte. Manchmal trug sie am Handgelenk ein schlangenförmiges goldenes Armband...»

«Ja», bestätigte der Kartäuser.

«Sprechen Sie weiter.»

«Wir waren weiß wie die Wand. Wir hatten keinen Hunger. Wir hatten uns aus Gewohnheit an den Tisch gesetzt. Unsere Beine waren taub. Meine Mutter verteilte die Suppe und zitterte dabei ununterbrochen. Ich höre heute noch die Kelle gegen die Schüssel schlagen. Sie sagte zu meinem Vater: ‹Hörst du das? Es ist entsetzlich›, und mein Vater antwortete... Mein Vater antwortete...»

Es wurde still. Der Wald war so nah am Kloster, dass man von jenseits der hohen Mauern das laute Rauschen der Bäume hörte. Laviolette trat einen Schritt näher. Unter der weißen Tracht hob und senkte sich das Rückgrat des Kartäusers.

«Mein Vater sagte...»

Nein, er brachte die Worte nicht über seine Lippen, und um das, was folgte, zu verstehen, war Laviolette gezwungen, sich neben den Betstuhl zu knien.

«Mein Vater sagte...»

Aber er fuhr mit so leiser Stimme fort, dass ihn Laviolette selbst aus der Nähe und mit gespitzten Ohren nicht verstand.

«Ich muss Sie bitten...», sagte er.

Der Mönch räusperte sich und wiederholte mit festerer Stimme:

«Er sagte: ‹Ich weiß. Ich habe sie verraten.›»

«Verzeihen Sie, dass Sie das meinetwegen wiederholen mussten.»

«Nein, ich bin hier, um es unentwegt zu wiederholen. Um seiner Seele willen bin ich hier... Wir waren wie versteinert. Meine Mutter hielt die Kelle über der Schüssel, und seit vierundzwanzig Jahren kommt es mir vor, als habe sie ihre Bewegung nie zu Ende gebracht. ‹Das hast du getan!›, rief Gilberte. Sie war aufgestanden. Sie wich so weit wie möglich vor meinem Vater zurück. Sie rannte hinaus. Wir hörten sie auf der Straße rennen. ‹Das ist nicht wahr, Antoine›, sagte meine Mutter, ‹das ist doch nicht wahr... Das hast du nicht getan... Das kann nicht sein, dass du das getan hast und ich meinen Kopf fünfundzwanzig Jahre lang und gestern Abend noch an deine Schulter gelehnt habe! Antoine!› Sie fing an zu schreien: ‹Nicht auszudenken, dass in jedem meiner Kinder ein Teil von dir ist! Das kann doch nicht sein!› – ‹Doch, ich habe es getan! Doch, ich habe es getan!›, rief mein Vater. ‹Ich hatte es satt, immer mit ihnen teilen zu müssen! Die Hälfte meiner Schafe! Die Hälfte von meinem Weizen! Genug!› Er ließ den Kopf über seinem Suppenteller in die Hände sinken...»

«Verzeihen Sie mir», wiederholte Laviolette, dem die Kehle eng geworden war.

«Ich bin hier, um die Worte meines Vaters und meiner Mutter zu wiederholen und um zu beten... Bis in die Nacht blieb ich wie gelähmt auf meinem Stuhl sitzen. Um zwei Uhr hörte das Schießen auf. Wir sahen niemanden. Wir hörten die Hunde bellen. Die Lastwagen fuhren wieder weg. Es regnete... es regnete... Gilberte kam in der Nacht nach Hause, voller Schlamm und Blut, Blut vor allem. Sie hatte es auf ihren Kleidern und sogar auf ihrem schönen Haarkranz.»

«Unter der Erde, in der sie ruht», dachte Laviolette, «glänzen ihre Haare vielleicht noch immer.»

«Sie ist steif an meinem Vater vorbeigegangen», fuhr der Kartäuser fort, «und hat weder zu mir noch zu meiner Mutter ein Wort gesagt. Sie war woanders...»

Er bewegte sich ein wenig auf seinem Betstuhl. Er presste

seine erhobenen Hände, mit denen er fast das Kruzifix berührte, noch mehr zusammen. Man hörte seine Gelenke knacken.

«Keiner von uns ist in sein Zimmer hinaufgegangen. Wir sind die Nacht über sitzen geblieben, bei offenen Fensterläden, niedergedrückt von der Freveltat meines Vaters. Ihm selbst ging es nicht anders... Und dann wurde es hell, und meine Mutter saß immer noch untätig da und spielte nervös an dem Wachstischtuch herum, sie, die immer so beschäftigt war, und mein Vater schnarchte an einer Ecke des Tischs. Und die Blicke meiner Mutter gingen einige Male vom Schürhaken zum Kopf meines Vaters. Ich sagte zu ihr: ‹Nein, Mama, tu das nicht...› Sie schrak zusammen: ‹Was? Was hast du gedacht, dass ich tun würde?›»

Wieder unterbrach er seine Rede. Nach jeder neuen Enthüllung hielt er inne, wie an den Stationen eines Kreuzwegs.

«Um neun Uhr hörten wir Schritte draußen. Mein Vater stand auf. Er wollte das Gewehr nehmen. Er hatte nicht die Zeit dazu. Sie kamen herein, drei Männer. Ganz in Schwarz. Sie gaben eine Gewehrsalve ab. Mein Vater fiel hin. Meine Mutter schrie. Sie zerrten sie in die Eingangshalle und schleiften meinen Vater an den Füßen hinter sich her. Er atmete noch. Sie legten ihr ein Seil um den Hals. Ich klammerte mich an ihre Regenmäntel. Ich rutschte ab. Ich rief: ‹Nein, nicht Mama! Nicht Mama!› Sie schleuderten mich an die Wand. Ich hörte meine Mutter, wie sie sanft ‹Pierre...› sagte. Meine Schwester tauchte am oberen Ende der Treppe auf. Erstarrt, ohne ein Wort zu sagen, blieb sie stehen. Ich rief ihr zu: ‹Sag du ihnen, dass sie Mama nicht umbringen sollen.› Aber sie zogen schon an dem Seil. Sie hatten es über den Kronleuchter in der Halle geworfen und zogen aus Leibeskräften, um sie vom Boden hochzuzerren. Ich hörte das Geräusch... Ich hörte das Geräusch...»

Er hatte jäh die Hände voneinander gelöst und legte sie

unter der Kapuze auf sein Gesicht. Er schluchzte. Laviolette fasste ihn fest um die Schulter.

«Ich hörte das Geräusch der brechenden Wirbel. Ich hörte das Geräusch, das das Blut meines Vaters machte, als es auf die Fliesen tropfte. Dann... Dann zeigte einer von den dreien auf Gilberte. Sie stürzten sich alle zusammen auf sie. Sie trieben sie die Stufen hinauf. Zuletzt war ihr Überlebenstrieb doch erwacht. Sie rief: ‹Nein, nein!› Sie klammerte sich an die festgemauerte Standuhr. Sie mussten sich unglaublich anstrengen, um sie davon loszureißen. Sie zerrten sie bis auf den Heuboden, bis an die Tür. Ich warf mich ihnen zu Füßen und klammerte mich an ihre Beine. Ich schrie. Ich hörte einen von den Männern sagen: ‹Nein, sie doch nicht, oder, Chef?›, und derjenige, der mit dem Finger auf sie gezeigt hatte, antwortete: ‹Doch! Sie auch! Das ist ein Haus von Verrätern! Werft sie hinunter!› Aber selbst zu zweit schafften sie es nicht, sie über die Schwelle der Heuluke zu stoßen. Sie war stark. Sie wehrte sich. Und ich sah, dass die beiden begannen, vor ihrem Flehen schwach zu werden... Schließlich packte der Dritte seine Maschinenpistole am Lauf und verpasste ihr einen festen Schlag zwischen die Schulterblätter... Einen festen Schlag! Einen sehr festen Schlag! Ich sehe jetzt noch diese schwarze Gestalt vor mir, wie sie sich aufrichtet und wie riesengroß sie mir erschienen ist. Und ich höre jetzt noch den Schrei meiner Schwester, als sie fiel. Ich höre ihn jetzt noch...»

Und plötzlich hörte Laviolette, wie an diesem Ort des Gebets unter der Kartäuserkapuze der jämmerliche Schrei hervordrang, den die arme Jeanne am Abend der Aufführung des *Tour de Nesle* ausgestoßen hatte.

Der Kartäusermönch war völlig erschöpft und reglos. Er hatte nicht einmal mehr die Kraft, seine gefalteten Hände vor das Kruzifix zu halten.

«Einer der Männer zeigte auf mich», fuhr er langsam fort, «der Anführer zögerte einen Augenblick und schüttelte dann den Kopf. Ich konnte ihn nicht erkennen. Sie hatten khakifarbene Mützen übergezogen, die nur die Augen freiließen, und trugen gewachste, bis an die Knöchel reichende Regenmäntel, wie sie Briefträger tragen. Nein. Ich konnte sie nicht erkennen.» Er zögerte ein wenig. «Und außerdem – Sie müssen bedenken, in was für einem Zustand ich war! Da war nur eine Sache, an die ich mich viel später, als ich schon hier war, wieder erinnert habe. Es kommt mir so vor, als ob, während der Anführer sich hinter Gilberte aufgerichtet hatte, um ihr den Schlag zu verpassen – es kommt mir so vor, als ob seine Kapuze verrutscht wäre und ich seine Haare gesehen hätte...»

«Und?»

«Ich glaube, sie waren... Nein, ich weiß es nicht mehr!»

«Und ihre Stimmen?»

«Sie waren mal schrill, dann bebten sie wieder... sie bebten vor lauter Panik. Man hätte meinen können, sie selbst würden sterben...»

Laviolette überlegte einen Augenblick und sagte dann:

«Und nun denken Sie genau nach! Zu dieser Zeit gab es jemanden, den Ihre Schwester liebte und der sie liebte.»

«Ja, er kam eine halbe Stunde später. Er hatte von dem Überfall der Deutschen gehört, als er aus dem Zug stieg. Er hatte sich um Gilberte Sorgen gemacht. Er war sofort auf sein Fahrrad gesprungen. Die Mörder waren weg. Es regnete... Es regnete... Ich war zu Gilberte gerannt. Sie war noch nicht tot. Ich rief: ‹Hilfe!› Aber niemand kam. Dann kam er in den Hof gestürzt. Er sah mich. Er sah Gilberte. Ich sagte zu ihm: ‹Hilf mir! Wir müssen sie von hier wegbringen.› Er kniete sich neben mich und sagte: ‹Nein. Das können wir nicht. So bringen wir sie nur schneller um! Es ist zu spät!› Und so sind wir dageblieben, über Gilbertes Körper gebeugt, und beschützten sie und sagten immer wieder ihren Namen. Es hat eine Stunde gedauert, bis sie tot war.»

Laviolette ließ eine Minute verstreichen. So viel Zeit, wie

nötig war, damit das Schreckensbild für den, der es seit vierundzwanzig Jahren in sich barg, erträglich wurde.

«Ich muss Ihnen mitteilen», sagte er schließlich, «dass dieser Mann selbst zum Mörder geworden ist und dass Sie die Pflicht haben, mir zu sagen…»

Wieder streckte der Kartäuser seine zusammengepressten Hände dem Kruzifix entgegen. Er schüttelte den Kopf. «Fragen Sie mich das nicht! Fragen Sie mich das nicht!»

«Leider bin ich gekommen, um Sie genau das zu fragen… Nein!», rief er plötzlich. «Warten Sie! Warten Sie!», wiederholte er keuchend.

Wie ein Vorhang, der jäh der Länge nach zerreißt, hatte sein Gedächtnis ihm den Schlüssel des Rätsels enthüllt.

Wie auf einem majestätischen Gemälde standen vor seinem inneren Auge der wirkliche Anblick des Tals von Théopole, wie es an jenem Abend vor ihm gelegen hatte, und das Bild, das sich ihm zuvor, bei einer anderen Gelegenheit, geboten hatte, einander gegenüber, überlagerten sich und wurden schließlich eins: der Gipfelgrat des Gache-Gebirges, der winzige Friedhof und das verbogene Kreuz auf dem Grab… Die Dachziegel, die an Waben erinnerten… Die kahle Linde… Er wusste jetzt, wo er diese Landschaft zum ersten Mal betrachtet hatte, bevor sie ihm in der Wirklichkeit wieder begegnet war…

«Warten Sie!», sagte er noch einmal. «Ich werde den Namen aussprechen, und Sie müssen nur mit einem Kopfnicken zustimmen, wenn es der richtige ist. Dieser Mann, der Gilberte Valaury liebte und den sie liebte, war…»

Er sprach den Namen aus. Und der Kartäusermönch nickte lange und traurig… Er hatte den einzigen Freund verloren, den er auf der Erde gehabt hatte.

~ 12 ~

ALS sie hörte, wie der Riegel des Schlosses mit ungewohntem Schwung angehoben wurde, richtete sie sich in ihrem Rollstuhl ein wenig auf, um zu lauschen. Er stieß den Torflügel auf, der immer erbärmlich quietschte, ließ ihn wieder ins Schloss fallen und drehte den Schlüssel zweimal energisch herum. Sie vernahm auch das Geräusch der Eisenstange, die in ihre Halterung einrastete. «Unwiderruflich», dachte sie.

In festen Winterschuhen kam er den langen Flur entlang. Sein Schritt war anders als gewöhnlich.

Als er auf der Schwelle des Esszimmers erschien, musste er ein wenig blinzeln, so sehr war alles in helles Licht getaucht.

«Welch eine Pracht!», sagte er. «Haben wir etwas zu feiern?»

Er betrachtete den Tisch. Die Damastdecke war bestickt mit den Initialen von Rogeraines Mädchennamen. Die Kristallgläser stammten vom Anfang des Jahrhunderts. Das Geschirr war, ebenso wie die Warmhalteplatte, auf der in einem Schmortopf Fleisch leise vor sich hinköchelte, aus Moustiers. In einer hohen Vase standen sieben weiße langstielige Nelken. Auf dem abgenutzten Silberbesteck war das Monogramm schon fast nicht mehr zu erkennen.

«Das hängt von Ihnen ab», sagte Rogeraine. «Sie haben lange auf sich warten lassen…»

«Aber… Sie haben mich ja erst gestern angerufen…»

«Das meine ich nicht…»

«Ich verstehe. Aber Sie hatten auch eine sehr seltsame Art, mich zu rufen.»

«Setzen Sie sich doch! Bleiben Sie nicht hinter Ihrem Sessel stehen, als befürchteten Sie, ich würde Ihnen gleich den Todesstoß versetzen. Sehen Sie nur: Ihnen zu Ehren habe ich sogar den Friseur kommen lassen!»

Sie hielt ihm ihr Glas hin.

«Und schenken Sie mir etwas zu trinken ein. Sie wissen, wie gerne ich zum Aperitif einen Wein trinke.»

Er nahm eine der beiden entkorkten Flaschen, die die weiße Tischdecke wie zwei prächtige Blüten schmückten. Er hob sie ans Licht.

«Ein 53er Château-Latour… Alle Wetter! Sie gönnen sich was!»

«Und vor über einer Stunde von meiner lieben Simone entkorkt. Mit Hilfe eines Federkorkenziehers, wenn es Ihnen genehm ist…»

«Was für ein Luxus – selbst in den Details!»

«Oh! Ich kenne doch Ihren Geschmack!»

«Mit anderen Worten, Sie wissen, dass ich bisweilen Zuflucht beim Wein suche…»

«*In vino veritas*… Vielleicht wird uns das helfen, sie auszusprechen, die Wahrheit…»

Er ließ sich den Duft aus der Flasche in die Nase steigen. Er schenkte erst Rogeraine und dann sich selbst ein. Rogeraine hielt ihr Glas erhoben.

«Stoßen wir miteinander an, trotz allem?»

Er zögerte eine Sekunde. Sie zog einen Schmollmund wie ein kleines Mädchen.

«Wir haben uns so viele Geständnisse zu machen.»

Das leise Klingen von Kristall ertönte. Sie tranken andächtig.

«Sehen Sie!», rief sie heiter. «Es ist alles angerichtet! Drosselpastete, Trüffelsalat, und, was da vor sich hin köchelt, ist *boeuf en daube*, nicht gerade erlesen, aber dennoch eine von uns überaus geschätzte Leckerei, nicht wahr?»

«Wo ist Simone?»

«Ich habe sie in ihr Zimmer geschickt. Alles ist vorbereitet. Wir brauchen sie nicht.»

Sie neigte sich ein wenig vor und flüsterte:

«Ich habe ihr geraten, sich einzuschließen und den Schlüssel zweimal herumzudrehen...»

Er zuckte die Schultern. «Sie wissen genau, dass das nichts nützt.»

«Das nützt nichts, glauben Sie? Ich habe doch gehört, wie Sie selbst noch die Metallstange vorgeschoben haben, nachdem Sie den Schlüssel zweimal herumgedreht hatten. Oder habe ich mich da etwa verhört?»

«Verzeihen Sie! Aber ich musste schließlich sichergehen, dass wir alleine bleiben... Daran lag Ihnen doch selbst.»

Er genoss seinen Wein in kleinen Schlucken und betrachtete dabei das Feuer. Und auch sie trank und beobachtete ihn durch das Kristall.

«Wissen Sie», sagte sie, «wem wir beide ähneln? Zwei alten Eheleuten, die ihren fünfundzwanzigsten Hochzeitstag feiern. Und dabei», sagte sie düster, «feiern wir in Wirklichkeit fünfundzwanzig Jahre in der Einöde... Aber das soll Sie nicht davon abhalten, diese köstliche Pastete zu kosten.»

Er tat sich selbst und ihr etwas davon auf.

«Dieser Cadet Lombard schleppte doch unzählige Geheimnisse mit sich herum. Warum hat er es also für nötig gehalten, in seiner Beichte ausgerechnet das eine Geheimnis zu lüften, das mich betrifft?», fragte Rogeraine.

«Er hatte Krebs. Er wog nur noch dreiundvierzig Kilo. Cadet Lombard, dieser Prachtkerl, dieses Bild von einem Mann, der aussah wie ein griechischer Gott... Alle Frauen schwiegen wohlweislich, wenn ihre Ehemänner ihn manchmal in ihrer Gegenwart kritisierten... Erinnern Sie sich, Rogeraine?»

«Mein Liebhaber für eine Stunde», murmelte sie. «Mein erster und mein letzter Liebhaber.»

«Der Krebs hat ihm Zeit gegeben, die Dinge zu ordnen... Wahrscheinlich hat er all seine Fehler Revue passieren lassen. Vor seinem Leiden müssen sie ihm lächerlich erschienen sein. Er dachte wohl, genug dafür gebüßt zu haben. Aber einer blieb übrig, Rogeraine. Er hat sich etwas dabei gedacht, als er uns um sein Bett versammeln wollte, uns alle, Ihre Freunde, aber ohne Sie. Er sprach von einer öffentlichen Beichte. Er sagte, dass er glaube, wegen allem Übrigen mit sich im Reinen zu sein, aber dass ihn von dieser einen Sünde, die er mit Ihnen zusammen begangen habe, nur Gott allein lossprechen könne... Denn seltsamerweise war er gläubig... Aber zuerst wollte er sicher sein, dass er auch wirklich sterben würde, dass ihm auch nicht die allergeringste Chance blieb. Er wollte es schriftlich. Er ist in unseren Armen gestorben. Wir alle waren bei ihm, um ihm in seinen letzten Augenblicken beizustehen. Oh, ich behaupte nicht, dass alle es aus purem Mitgefühl taten... Dass Sie ihnen nun ausgeliefert waren, versetzte die anderen in allerhöchste Aufregung... Und ich habe sogar gesehen, wie auf die Steppdecke des Sterbenden ein wenig Speichel tropfte – einem von ihnen war vor Gier buchstäblich das Wasser im Munde zusammengelaufen, aber ich weiß nicht, wer da plötzlich eine solche Befriedigung empfand, dass er seinen Speichelfluss nicht mehr kontrollieren konnte...»

«Oh, wenn ich ihn geliebt hätte, er hätte bis zum Schluss geschwiegen! Denn danach ist er zurückgekommen... Lange danach... Als ich schon so war, wie ich jetzt bin. Er sagte zu mir: ‹Das macht nichts, ich begehre dich noch immer...› Aber ich – ich liebte nicht ihn... Um meinen Zustand zu vergessen und nicht mehr vor Scham weinen zu müssen, hätte ich einen Mann gebraucht, den ich liebte...»

«Sie tun sich selber weh, Rogeraine.»

«Versuchen Sie nicht, mich jetzt schon zurückzuhalten.

Ich habe ja kaum angefangen. Sie sind doch wohl gekommen, weil Sie hören wollen, was ich zu sagen habe?»

«Wir können uns beglückwünschen», sagte der Pilot. «Dieser Auftrag kommt zu meinem Repertoire von Geschichten, die ich einmal meinen Enkeln erzählen werde...»

Zuvor hatte er einen Seufzer ausgestoßen, den er vermutlich unterdrückt hatte, seitdem er hinter dem Dent de Crolles einen Sonnenstrahl gequert hatte, um Augenblicke später in die Brandung des Unwetters einzutauchen, das über dem Hochplateau des Vercors wütete. Die Maschine hatte auf der Piste von Saint-Auban aufgesetzt. Das Wirbeln der Rotorblätter wurde immer kraftloser, bis sie schließlich ganz stillstanden. Als die beiden Männer ausstiegen, wehte ihnen der Schnee in die Nase. Ein Einsatzwagen erwartete Laviolette. Er stürzte sich hinein. Die Gendarmen erstatteten ihm Bericht.

«Die Lage ist ernst», sagten sie. «Der Chef hat uns geschickt, um Sie abzuholen. Wir haben Ihre Nachricht vor noch nicht einmal einer Stunde erhalten. Es hat einige Zwischenfälle gegeben... Alle sind im Einsatz. In zwei Stunden gab es drei Unfälle auf einem Straßenabschnitt von zwölf Kilometern Länge. Außer den Wachtposten ist niemand in der Gendarmerie geblieben. Als Ihre Nachricht eintraf, taten sie, was sie eigentlich nicht tun dürfen: Sie verließen ihren Posten, um sich zu vergewissern, dass der Verdächtige zu Hause ist. Er war nicht mehr in seiner Wohnung. Seit Beginn des Nachmittags war er von niemandem mehr gesehen worden. Zu dem Zeitpunkt sah man schon keine fünfzig Meter mehr weit. Die Männer sind wieder ins Büro zurückgegangen. Und wir waren in der ganzen Gegend verstreut.»

«Mit anderen Worten, in diesem Augenblick kann sich der Mann völlig frei bewegen?»

Der Brigadier nickte. Laviolette sah düster vor sich hin.

«Diesmal... Gott allein...!»

«Was sagen Sie?»

«Nichts. Können wir nicht schneller fahren?»

«Sie sehen doch, dass es wieder gefriert! Und wir müssen an die Autos denken, die keine Winterreifen haben...»

«Ist euch nichts aufgefallen?», fragte der Brigadier. «Uns kommt kein einziges Auto entgegen.»

«Uns überholen auch nicht viele.»

«Sie werden gesehen haben, dass das hier ein Einsatzwagen ist...»

«Na... Sieht so aus, als ob es einen Stau gäbe...»

In der dichten Nacht tauchten plötzlich zwei rote Rücklichter auf, die die Bremsversuche des Fahrers noch heller aufleuchten ließen. Direkt vor ihnen kreiselte ein großes Auto auf dem Glatteis, ehe es mit dem Geräusch zersplitternder Scheinwerfer in das vor ihm fahrende Fahrzeug prallte.

«Zum Teufel!», rief der Brigadier. «Schalt die Sirene ein, und fahr auf der Gegenfahrbahn vorbei!»

«Wir riskieren unser Leben!»

«Nein. In der Gegenrichtung gibt es ein Hindernis. Du siehst doch, dass der Verkehr unterbrochen ist.»

Das Lämpchen des Funkgerätes blinkte ununterbrochen und verlangte eindringlich nach den Dienst habenden Gendarmen und dem Einsatzwagen. Die Zentrale meldete Bedarf nach acht Mann und vier Fahrzeugen. Kümmern konnten sie sich aber nur um die allerdringendsten Notfälle. Die Hilferufe häuften sich, während sie mit heulenden Sirenen an einer drei Kilometer langen Autoschlange vorbeifuhren.

An der Unfallstelle mussten sie schließlich doch anhalten. Ein Sattelschlepper aus glänzendem Stahl, dessen Tank zwanzig Tonnen von Gott weiß was für einem gefährlichen Stoff enthielt, war umgekippt und versperrte die Straße. Wie ein Tier, das keine Lust mehr hat weiterzugehen, lag er auf der Seite.

«Jetzt ist alles aus!», stöhnte der Brigadier.

«Sei's drum! Ich gehe zu Fuß weiter!», entschied Laviolette.

Er stieg aus und umrundete den Dreiachser. Die Feuerwehrleute waren damit beschäftigt, die Stromleitungen zu unterbrechen. Hinter der Unfallstelle stand eine weitere Autoschlange. Laviolette ging daran entlang und musterte jedes einzelne Fahrzeug. Er steuerte auf einen alten Renault 4 CV mit Schneeketten zu, in dem ein Mann mit einer Baskenmütze saß, der ihm ein braver Provenzale zu sein schien. Er klopfte an die Windschutzscheibe. Der Mann wandte den Kopf. Laviolette zeigte ihm seinen Ausweis. Der Mann öffnete die Autotür.

Sie brauchten zwanzig Minuten, um aus der Schlange auszuscheren, zu wenden und die letzten Kilometer zu fahren.

Laviolette sprang in den Schnee und rannte auf der vereisten Straße los.

In ihrem Zimmer lag Simone, die entgegen den Empfehlungen Madame Goberts ihre Tür nicht abgeschlossen hatte, auf ihren Knien, um ihr letztes Gebet für diesen Tag zu sprechen.

Es war der Augenblick, in dem sich Rogeraines Gast in Gedanken versunken einschenkte und dabei seine Gastgeberin vergaß, die ihm gebieterisch ihr Glas entgegenhielt.

«Dann sind wirklich Sie derjenige, auf den ich gewartet habe», sagte sie. «Ich hatte mich also nicht geirrt?»

«Ich bin gekommen, um ein Missverständnis aus der Welt zu schaffen. Und wenn ich richtig verstehe, setze ich dabei mein Leben aufs Spiel.»

Er hielt den Blick auf den Beutel gerichtet, aus dem Rogeraine einige Tage zuvor ihre Waffe geholt hatte, um sie ihren Freunden zu zeigen. Sie wandte den Blick ab und betrachtete die Flammen des Kaminfeuers, die sich in ihrem Glas spiegelten. Sie verzog den Mund.

«Glauben Sie? So einfach wird das nicht sein. Letztendlich kommt es darauf an, was wir in Wirklichkeit voneinander erwarten.»

«Ist es möglich, dass Sie Sie selbst sind und dass Sie auch jene andere waren? Seit ich es weiß, betrachte ich Sie jeden Tag voller Erstaunen. Und jedes Mal muss ich an jenen Spruch denken, der im Portalgiebel des Friedhofs von Fouillouse im Ubaye-Tal steht… Kennen Sie ihn, Rogeraine?»

«‹Der du vorbeigehst, bedenke, dass wir einmal waren, was du bist, und dass auch du dereinst sein wirst, was wir nun sind.› Aber damit sind die Toten gemeint.»

«Dann wäre es also, als seien Sie zuerst tot gewesen und danach lebendig, was keinen Sinn ergibt. Und trotzdem… Wenn Sie heute solch ein hohes Ansehen genießen, so doch gerade deswegen, weil man sich daran erinnert, was Sie früher waren, oder wenigstens an das, wovon man glaubt, dass Sie es waren. Und Sie haben für jeden sichtbar Ihre Auszeichnung anstecken…» Seine ausgestreckte Hand zeigte auf das Revers des schwarzen Kostüms, das sie trug. «Nanu», sagte er verwirrt, «tragen Sie sie denn nicht mehr?»

«Nein, das sehen Sie doch!», antwortete sie barsch. «Ich trage sie nicht mehr.»

Langsam nahm er einige Schlucke. Durch die hohen Fenster sah er zu, wie der Schnee fiel.

«Ich habe alles versucht», sagte er, «um vor meinem inneren Auge diese beiden Personen einander gegenüberzustellen: Sie in diesem Rollstuhl, wie Sie in aller Ruhe spielen und mit uns sprechen, ziemlich vernünftig, etwas rachsüchtig und etwas spitz aus Leichtfertigkeit, aus einer Laune heraus oder aus Verdruss… Sie, mit Ihrem klaren Blick, Ihren schönen Händen, die ab und zu einwilligten, uns eine Sonate auf der Geige zu spielen… Und dann wieder Sie, Funken sprühend, mit zerzaustem Haar, so wie Cadet Lombard in seinem Todeskampf Sie uns beschrieb… Wissen Sie, wie er gestorben ist? Er ist gestorben, indem er den erbärmlichen Schrei eines zwanzigjährigen Mädchens nachahmte, das für nichts und wieder nichts sterben musste, das darüber hinaus dem Rausch der Rachsucht geopfert wurde, weil man nicht mehr aufhören kann, wenn man einmal begonnen hat zu töten...»

«Es ist gut, dass Sie gekommen sind. Ich hatte Recht, Sie herzurufen. Sie glauben also tatsächlich, dass ich sie umgebracht habe, weil ich nun einmal gerade dabei war? Sie denken, ich hätte nicht mehr gewusst, was ich tue... Sie glauben, meine Gründe seien weniger gut gewesen als die Ihren?»

Sie leerte ihr Glas in einem Zug und stellte es hart auf den Tisch.

«Hören Sie mir zu! Vierundzwanzig Jahre lang habe ich geglaubt, dass alles für immer in mir begraben bleiben würde. Aber nun ist, wie bei einer alten Weinflasche, die auf den Kopf gedreht wurde, der ganze Bodensatz an die Oberfläche gestiegen. Und er macht mich betrunken! Hören Sie mir zu – ich erinnere mich, als ob es gestern gewesen wäre... An diesem Tag hatten wir einen Auftrag, Cadet Lombard, Simon Charlot und ich. Wir hatten mit den Widerstandskämpfern im Maquis von Saint-Jurs Kontakt aufgenommen. Wir waren nicht da, als die Deutschen angriffen. Meine Schwester war gerade mit Verpflegung hinaufgestiegen. Sie steckte mit all den anderen zusammen in der Falle. Die SS-Männer pissten auf ihre Leiche. Wir sind erst in der Nacht zurückgekommen. Es regnete... Es regnete... Ich fand drei Überlebende und zwölf Tote, die sie um sich herum zusammengetragen hatten. Es gab einen ganzen Bach aus Blut, das sich unablässig mit dem Regenwasser vermischte. Jemand sagte: ‹Der alte Valaury war es.› Daraufhin bin ich wieder aufgebrochen. Cadet Lombard folgte mir, Simon blieb da. Ein anderer hat sich erboten mitzukommen, einer, der inzwischen auch gestorben ist. Wir sind nach Théopole marschiert. Wir haben Antoine Valaury umgebracht. Seine Frau haben wir neben ihm erhängt. Die beiden anderen glaubten, dass es damit genug sei. Es ist hart, es war hart, Zivilisten umzubringen, wenn man nicht dafür ausgebildet war. Dann hob ich den Finger und zeigte auf Gilberte. Und Sie glauben, ich hätte es getan, weil ich von meiner eigenen Begeisterung mitgerissen wurde? In einem Rausch von rachsüchtigem Patriotismus? Hören Sie mir gut zu! Ich werde Ihnen die Wahrheit sagen: Antoine Valaury, seine Frau, die zwölf Kameraden, meine Schwester, auf die die SS gepisst hatte, all das war nur mein Alibi! In Wirklichkeit war mir, als ich diese Abscheulichkeit betrachtete, mit einem Mal klar geworden, dass ich Gilberte in der Hand hatte! Dass sie mir ausgeliefert war!»

«Aber... Warum?»

«Weil ich dich liebte, du Idiot!»

«Mich! Den Sohn des Straßenbeleuchters!»

«Ja, dich, den Sohn des Straßenbeleuchters! Warum auch nicht? Ich war das Fräulein Pinsot, die Tochter des Apothekers, diejenige, die alle wegen des Zasters ihres Vaters für unantastbar hielten, diejenige, der in ihrem ganzen Leben nur ein einziger Mann zustehen sollte: ihr Ehemann! Diejenige, von der man lieber nicht träumte! Aber ich ließ mich mit jedem hergelaufenen Jüngling ein, nur bei dir wagte ich es nicht! Weil ich dich liebte!»

«Aber ich hätte niemals gehofft... und ich habe dir auch nie einen Anlass gegeben zu denken –»

«Ach, die Hoffnung! Es braucht so wenig, um Hoffnung aufkeimen zu lassen! Eines Abends, im Kino... Es war in jener seltsamen Zeit, als der Krieg erklärt war, aber noch nicht gekämpft wurde. Du kannst dich natürlich nicht daran erinnern. Du hast dir nichts dabei gedacht. Aber ich erinnere mich... Sie zeigten *Die Spielregel.* Wir waren eine ganze Bande. Ich saß zufällig neben dir. Du nahmst meine Hand und hieltst sie bis zum Ende des Films fest. Und ich drückte deine. Danach waren wieder die anderen dabei. Ich versuchte, alleine in den dunklen Straßen zurückzubleiben, als wir einander nach Hause begleiteten. Aber du hast mich nicht mehr beachtet. Du hast mit dem großen Farnaud über Politik diskutiert.»

Er hielt ihr gedankenverloren sein Glas hin, und sie schenkte ihm ein. Wieder trank er, und sie schaute ihn durch das dunkle Rubinrot ihres Weins an, in das sie hin und wieder ihre Lippen tauchte, zärtlich und zugleich amüsiert, wie es schien.

«Aber das mit Gilberte...», sagte er. «Das war so eine Verrücktheit. Ein einziger Abend... Ein einziges Liebesgeständnis in der allgemeinen Kopflosigkeit... Wie hast du ausgerechnet von diesem einen Abend erfahren, von diesem Liebesgeständnis?»

«Ihr habt euch an meiner Glyzinie geliebt», sagte Rogeraine traurig. «Wie habt ihr es wagen können, euch sozusagen vor meinen Augen zu lieben?»

Ihr leerer Blick wanderte über die Terrasse. Die Helligkeit des Zimmers schnitt ein Viereck aus Licht in die Nacht, und auf den Ranken der Glyzinie lag der Schnee wie eine weiße Girlande. Rogeraine sprach sehr leise weiter:

«Und ich träumte davon, dass in diesem Sommer 1940 in dem allgemeinen Durcheinander alle gleich sein würden, dass es in dem allgemeinen Elend für die Liebe keine Grenzen mehr geben würde. Ich sagte mir: ‹Jetzt kannst du es ihm gestehen.› Ich ging in Gedanken alle Mädchen von Sisteron durch. Ich sagte mir: ‹Keine Einzige ist so gut wie du. Wenn sie schön sind, sind sie arm. Wenn sie reich sind, sind sie hässlich.› Ich saß hier auf der Terrasse, drinnen brachte das Radio die Nachricht von der katastrophalen Niederlage; ich hörte die verzweifelten Ausrufe meiner Schwestern. Und mich – damit du siehst, dass ich nur an dich dachte – mich ließ die ganze Tragödie kalt. Ich war unbekümmert, glücklich. Ich... wie soll ich es beschreiben? Ich wartete auf dich. Du brauchst nicht verlegen zu werden. Wir sind fast fünfzig. Seither ist so viel Zeit vergangen... Ich saß hier auf meiner Terrasse... Ich hatte die Hände hinter dem Kopf verschränkt. Ich sah, wie die Glyzinie schaukelte. Kein Windhauch regte sich, und ich hörte ein Murmeln... Ein Flüstern, das ich bis dahin noch nie gehört hatte. Ein Stammeln. Oh, aber ich erkannte es sofort. Oft hatte ich es selbst, wenn ich allein war, in mir unterdrücken müssen. Ich stand auf, wie elektrisiert von dieser zarten, fremden Musik, die mich zuerst fast schmelzen ließ. Barfuß und auf Zehenspitzen näherte ich mich dem Geländer… Du siehst in die Ferne… Erinnerst du dich?»

«Ich versuche, mich zu erinnern…»

«Erinnere dich! Es war während der Verdunkelung. In der Andrône gab es nur zwei kleine Lampen, und die waren mit Methylenblau bestrichen. Zuerst erkannte ich Gilbertes blonden Zopf. Er schimmerte bläulich. Und dann erkannte ich dich. Weißt du, dass deine Ohren ein wenig abstehen und dass du mitten auf dem Kopf einen Haarwirbel hast, der wie ein kleiner Springbrunnen aussieht? Im Übrigen hätte ich euch auch ohne diese Einzelheiten erkannt.»

«Es war das einzige Mal. Am nächsten Morgen fuhr ich mit dem Zug wieder weg. Wir wussten nicht, was aus uns werden würde. Wir waren unvorsichtigerweise der Glyzinie zu nahe gekommen. Du weißt, wie das ist, du hast es ja am eigenen Leib erfahren. Wenn man erst von dem Geruch dieser Glyzinie eingelullt ist, erscheint alles ganz leicht, ohne Konsequenzen…»

«Zwei Stunden lang», sagte Rogeraine, «zwei Stunden! Stell dir vor, jemand treibt dir zwei Stunden lang einen Nagel ins Fleisch und lässt dich nicht daran sterben… Ich hatte fortan nur noch einen Gedanken: diese beiden unendlichen Stunden zu vernichten, in denen meine Glyzinie unter eurem Gewicht erzitterte und in denen ich das Verlangen verspürte, euch beide umzubringen… So starr und so krampfhaft intensiv musste ich zuhören, dass ich mich einen Augenblick lang an ihrer Stelle wähnte… Als sei ich…»

Sie tranken beide. Im Kamin fielen ein paar Holzscheite zu Glut zusammen, und das Feuer wurde kleiner.

Er stand auf, als wolle er sein Unbehagen abschütteln.

«Was tust du?», rief sie.

Ihre Hand umklammerte die unsichtbare Waffe in ihrem Beutel. Er sah sie überrascht an.

«Aber… ich wollte nur ein paar Schritte gehen. Dein Geständnis geht mir näher, als du dir vorstellen kannst… Nur…» Er ließ sich schwer auf seinen Stuhl zurückfallen. «Seltsam… Vor Erschütterung versagen mir meine Beine den Dienst. Sie kribbeln, als wären sie voller Ameisen. Ich kann sie kaum noch spüren.»

«Trink!», befahl Rogeraine. «Meine Beine haben den Vorteil, dass es mir an ihnen nie kalt oder warm ist», sagte sie lachend.

Sie hatten das Teelicht unter der Warmhalteplatte gelöscht. Die Drosselpastete lag unberührt auf ihren Tellern. Sie hatten keinen Hunger. Sie hatten nur noch die Kraft, auf ihr verlorenes Leben anzustoßen.

«Und dann», sprach sie weiter, «als du zurückgekommen bist, wurde mir klar, dass ich nur eine Hälfte dieser Liebe umgebracht hatte. Du warst erfüllt von ihr. Nach ihrem Tod war ihre Gegenwart an deiner Seite sogar noch deutlicher zu spüren. Du wusstest natürlich nicht, was geschehen war… Und trotzdem sahst du mich nicht. Du hast mich nie mehr gesehen. Du hast niemanden gesehen. Jeden Tag bist du nach Théopole hinaufgefahren, um Blumen an ihr Grab zu bringen. Da wurde mir klar, dass ich sie umsonst getötet hatte… Da willigte ich dann ein, Gobert zu heiraten. Und dann kam all das andere…»

Eine tiefe Trauer überkam sie. Sie wandte ihren Blick zum Fenster. Mit den Augen eines verirrten Kindes suchte sie die mit den Schneegirlanden festlich herausgeputzte Glyzinie. Es schien ihr, als ließe sie ein spöttischer Wind fröstelnd erschaudern.

«Das muss die wahre Strafe sein. Lange genug gelebt zu haben, um schließlich zu verstehen, dass alles, was man getan hat, umsonst gewesen ist.»

Gierig trank sie den Rest ihres Weins, um sich richtig zu

betrinken und damit ihr wärmer wurde. Ein Gefühl von Kälte kroch ihr den Unterleib hoch, etwas oberhalb der Beine, wo die Nerven tot waren. Sie sah, dass er versuchte aufzustehen und dass es ihm nicht gelang.

«Und deshalb glaubst du also», sagte er langsam, «dass ich die drei Unschuldigen getötet habe? Du glaubst, dass ich dich für dein Verbrechen zahlen lassen wollte, nachdem ich aus Cadet Lombards Mund davon gehört hatte?»

«Ja, das glaube ich.»

«Aber warum die Mädchen? Warum nicht dich?»

«Das wäre zu milde gewesen, es wäre zu schnell gegangen. Du wolltest, dass mein Leben zur Wüste wird. Dass alle plötzlich Angst bekommen und mich im Stich lassen... Aber vor allem, dass mich die Erinnerung an Gilberte mit jedem Mal heftiger quält. Nun denn! Du kannst dich freuen, es ist dir gelungen! Jede Nacht höre ich sie ihren Schrei ausstoßen. Jede Nacht sehe ich sie, wie sie sich an die Holzstreben des Treppengeländers klammert, mit einer solch großen Kraft der Verzweiflung, dass das wurmzerfressene Geländer nachgibt... Ich höre das Krachen... Ich sehe sie, wie sie sich an der Standuhr festklammert... Ich sehe mich – ich sehe mich selbst von hinten, als würde mich jemand anderes betrachten –, wie ich ihr den Kolben der Maschinenpistole zwischen die Schulterblätter schlage. Ich höre, wie sie auf den Platten im Hof aufprallt! Das ist es doch, was du wolltest, nicht wahr? Und zugleich sehe ich sie vor mir... warmherzig, vertraut, munter... die Freundin meiner glücklichen Kindertage. Die Einzige, der ich alles erzählte.» Plötzlich vergrub sie ihr Gesicht in ihren Händen. «Warum hast du mich nicht umgebracht?»

Er schob seine Hand über den Tisch der Hand seiner Gastgeberin entgegen, aber er musste sich dabei unendlich anstrengen, als sei sie steif geworden, weil er sie zu lange nicht bewegt hatte. Rogeraine entzog ihm die ihre, aber es geschah mit derselben seltsamen Langsamkeit. Es erinnerte ihn an etwas, aber seine Gedanken verweilten nicht bei diesem Eindruck.

«Rogeraine… Rogeraine… Hör mir zu. Das ist vierundzwanzig Jahre her. Du bist genug bestraft worden… Natürlich war ich, wie alle anderen auch, zunächst wie betäubt, als ich Cadet Lombards Geständnis gehört hatte. Aber mir war sofort klar, dass die Frau, die vor vierundzwanzig Jahren dieses Verbrechen begangen hatte, nicht diejenige ist, bei der ich heute ein und aus gehe. Du hast dich geirrt, Rogeraine. Ich bin gekommen, um dir zu sagen, dass ich Gilberte – leider! – schon vor langer Zeit vergessen habe…»

«Aber dann… Dann bist nicht du derjenige, der sich am Sterbebett mit dem Mörderglanz in den Augen aufgerichtet hat?»

«Nein, das war nicht ich.»

«Wer dann?»

«Warte! Es geht um etwas viel Wichtigeres, und ich befürchte, ich habe nicht genug Zeit, es auszusprechen. Dieser Wein ist zu schwer… Ich habe zu viel davon getrunken. Aber mir wird jetzt alles klar. Du bist mir nicht lange genug gefolgt. Du hast mich zuerst heimlich beobachtet, wie ich Blumen an Gilbertes Grab gebracht habe, jeden Tag, das stimmt… Aber du hast mich nicht mehr beobachtet, als ich nur noch einmal in der Woche hingegangen bin, dann nur noch einmal im Monat… Dann, eines Tages, habe ich gesehen, dass die Blumen vom letzten Mal lange genug gelegen hatten, um sich in Heu zu verwandeln und vom Wind auf das Grab daneben geweht zu werden. An diesem Tag wurde mir klar, dass es nur noch eine leere Geste war. Dass ich mir etwas vormachte. Dass ich Gilberte vergessen hatte. Und wenn du wüsstest, wie sehr es mich schmerzte, dass ich sie nicht länger, mein ganzes Leben lang, lieben konnte… Aber ich konnte nichts daran ändern. Sie verblasste. Mit jedem Monat, der vorüberging, verschwammen ihr Gesicht, ihre Art zu gehen, ihr Leben etwas mehr. Sogar der Klang ihrer Stimme…»

«Oh! Ich höre ihn noch, den Klang ihrer Stimme!»

«Aber wie hast du nur glauben können, ich hätte so tiefe Gefühle gehegt, dass ich über all die Jahre hinweg eine Tote liebte?»

«Weil ich dich liebte. Und du hast trotz allem nie geheiratet...»

«Weil... Das ist es, was ich dir heute Abend gestehen wollte. Denn ich habe es erst mit der Zeit bemerkt, Rogeraine, und ich habe es erst ganz verstanden, als ich durch Cadet Lombard von deiner fürchterlichen Tat erfahren hatte. Von diesem Tag an wollte ich dich beschützen. Die Wahrheit hat mich überwältigt...»

Sie sah ihn ungläubig an.

«Aber wer war es dann?», rief sie verzweifelt aus.

Er schüttelte mühsam den Kopf. «Was spielt das für eine Rolle? Wir müssen etwas ganz anderes besprechen...»

Auf der weißen Wüste der Hochzeitstafel krochen ihre Hände aufeinander zu, hielten jedoch auf halbem Wege endgültig an. In ihnen stieg die Starre immer höher, als ob sie mit unsichtbaren Bändern gefesselt würden. Als er hörte, dass unten jemand an der soliden Eichentür rüttelte, wollte er aufstehen. Aber er war schon von Kopf bis Fuß vom Tod umsponnen.

Ihre Blicke blieben bis zum Ende ineinander versenkt.

Vor ihm erhob sich das Haus Gobert. Es war von oben bis unten verschlossen. Kein Lichtstrahl drang durch die massiven Fensterläden. Aber er wusste, dass die Haupträume auf den französischen Garten und die Durance hinausgingen. Da drinnen, im hinteren Teil, war Simone. Er war fest entschlossen, nicht mehr zu ruhen, bevor er sie nicht in Sicherheit wusste. Er pochte an die Tür. Er zog an der Klingel. Er wartete. Das Licht zweier Autoscheinwerfer schwenkte auf dem Place de l'Horloge über den Schnee.

Revierleiter Viaud stieg alleine aus und kam näher.

«Jetzt ist alles aus!», sagte er entmutigt. «Ich habe es geschafft, Ihnen hierher zu folgen, aber Ihre Leute sind unterwegs stecken geblieben.»

«Wir müssen unbedingt in dieses Haus!»

«Ich habe den Schlüssel. Ich habe ihn bei Constance Jouve geholt.»

«Kommen Sie, schnell!»

Laviolette hatte dem Chef der Gendarmerie den Schlüssel aus den Händen gerissen. Er versuchte, ihn ins Schloss zu stecken.

«Ein anderer Schlüssel steckt von innen!», rief er in böser Vorahnung.

«Ja», sagte Viaud, «da Madame Gobert in der letzten Zeit verlangt hatte, dass der Schlüssel außen an der Tür stecken bleibt, kann die Tatsache, dass er nun innen steckt, nur eins bedeuten. Heute Abend ist jemand gekommen, ist hineingegangen und hat die Tür hinter sich wieder abgeschlossen…»

Laviolette rammte die Schulter gegen die Tür. Viaud kam ihm zu Hilfe. Schnell taten ihnen die Knochen weh. Die Tür erzitterte noch nicht einmal.

«Und wenn Simone sie abgeschlossen hat?»

«Aber nein, sie hätte nicht gegen den Willen von Madame Gobert gehandelt.»

«Wenn das so ist, müssen wir die Tür aufbrechen!»

«Aber womit? Die Feuerwehr ist bei den Autounfällen beschäftigt…»

«Kommen Sie!», sagte Laviolette.

Er zog Viaud zur Andrône, wo schon fünfzehn Zentimeter Schnee lagen.

«Was haben Sie vor?»

«Wir klettern da hinauf!»

Durch die Flocken hindurch zeigte Laviolette auf die Glyzinie, die von der Straßenlaterne beleuchtet wurde. Fast hätte ihm Viaud geantwortet: «Ja, ich vielleicht – aber Sie?»

Aber Laviolette stellte bereits seinen Fuß auf den weiten

Ring, der sich einen Meter über dem Boden befand und schon mit einem schönen Sitz aus Schnee gepolstert war. Mühsam begann er, sich mit den Füßen an den Unebenheiten der Mauer abstützend, die Glyzinie hochzuklettern, die in all ihren knotigen, an den Laubenbögen des Balkons befestigten Ästen erzitterte. Vier Meter hoch, dann fünf, dann sechs...

Laviolette mühte sich ab wie ein Besessener. Er keuchte, er erstickte fast vor Anstrengung, und sein Herz raste.

«Wenigstens werde ich bei der Arbeit umgekommen sein», dachte er noch, «ich werde mich bis zuletzt bemüht haben...»

Er klammerte sich am Gesims fest. Seine Finger rutschten im Schnee ab. Er war schwach wie ein Kind. Er hatte gute Lust, einfach loszulassen und sich für immer vor den Stufen der Andrône schlafen zu legen. Das Einzige, was ihn am Leben festhalten ließ, war die Vision, wie Simone umsonst versuchte, die Hände ihres Mörders von ihrem Hals zu reißen. Ohne zu wissen, wie er hinaufgekommen war, hing er plötzlich weich wie eine Filzpuppe, röchelnd und in der Mitte abgeknickt quer über dem Geländer. Seine Hände hingen in den Schnee und seine Füße über dem Abgrund. Viaud schob ihn schließlich ganz hinüber und half ihm, auf die Beine zu kommen.

«Atmen Sie durch!», befahl er ihm.

Laviolette machte eine abwehrende Geste. Von Viaud gestützt näherte er sich der strahlend erleuchteten Terrassentür.

Er selbst trat die Scheibe ein und drehte den Türgriff. Das Bild, das sich ihm drinnen bot, konnte ihn nicht zurückhalten. Wie ein Verrückter stürzte er in den Flur und rief dabei Simones Namen.

In dem Zimmer, das er betrat, lag Simone mit offenem Mund im Licht einer Nachttischlampe unter einem dicken gelben Federbett und schnarchte. Laviolette beugte sich über das reizlose Gesicht und strich ihr über das Haar.

«*Sancta simplicitas!*», murmelte er.

Noch während er die Schlafende betrachtete, drehte er sich seine erste Zigarette für diesen Tag und zündete sie mit ungetrübter Freude an.

Laviolette hatte ein paar Holzscheite auf die noch glühende Asche geworfen, und beide, der Revierleiter und der Kommissar, betrachteten mit dem Rücken zum Feuer dieses Hochzeitsmahl zweier Toter, vor dem Simone kniete und betete.

«Alle beide vergiftet», sagte Laviolette.

«Womit?»

«Mit irgendeiner dieser Speisen hier.»

Der Revierleiter hob den Deckel des noch warmen Topfes.

«Nein», sagte Laviolette, «nicht das Schmorfleisch. So wie die Teller aussehen, haben sie es nicht angerührt. Von der Drosselpastete haben sie kaum gekostet... Der Nachtisch steht noch zugedeckt und unberührt auf der Anrichte.»

«Womit dann?»

«Dafür ist von der einen Flasche Wein nur noch ein kleiner Rest übrig...»

Viaud zog einen seiner Handschuhe wieder an und griff nach der fast leeren Bordeauxflasche. Laviolette nahm Rogeraines Kristallglas, in dem noch ein wenig Flüssigkeit war. Vorsichtig hielten sie die Nase über die beiden Gefäße. Sie stellten sie wieder genau an ihren Platz zurück und sahen sich an.

«Sagt Ihnen das etwas? Ich bin kein Fachmann.»

Laviolette schüttelte den Kopf.

«Außer diesem köstlichen Duft nach herbstlichem Unterholz, der diesem Wein zu Eigen ist..., nein, wirklich nicht...»

«Ein Gift, das einen aufrecht hält...», murmelte Viaud ratlos. «Sehen Sie nur, es ist verblüffend! Sie sitzen da wie zwei Tischgenossen aus Stein. Die Gesichter sind völlig entspannt. Sie sind friedlich gestorben.»

«Es muss sich um ein Gift handeln, das keinen Schmerz verursacht. Simone?»

«Ja, Herr Kommissar?»

«Wer hat den Wein aus dem Keller geholt?»

«Ich.»

«Und Ihnen ist nichts Ungewöhnliches aufgefallen?»

«Nein... Madame hatte mir genau erklärt: auf dem dritten Ständer, zwei nebeneinander liegende Flaschen auf dem zweiten Regalbrett. Sie hat sogar geseufzt und gemeint: ‹Es sind sowieso leider nur noch zwei davon übrig!›»

«Sie haben also die beiden Flaschen heraufgebracht. Haben Sie sie auch selbst entkorkt?»

«Ja.»

«Ist irgendjemand anderes gekommen, nachdem Sie sie auf den Tisch gestellt hatten und bevor der Gast eingetroffen ist?»

«Nein. Niemand.»

«Und wie viel Zeit lag dazwischen?»

«Das weiß ich nicht... Ich bin auf mein Zimmer gegangen, habe mein Nachtgebet gesprochen und bin eingeschlafen.»

«Sie haben also beide den Schierlingstrunk getrunken», sagte Viaud nachdenklich.

«Und einer von den beiden wusste, dass sie es taten... Sie hat ihn zu einem letzten Festmahl eingeladen und ist mit ihm zusammen in den Tod gegangen, damit wieder Schweigen einkehrt.»

«Schweigen worüber? Sie haben mich auf völlig illegale Art und Weise in dieses Haus mitgeschleppt; vergessen Sie nicht, dass Sie mir, seit Sie gestern Nachmittag in den Hubschrauber gesprungen sind, nicht den Hauch einer Erklärung geliefert haben.»

«Entschuldigen Sie! Der Kartäuser hat geredet.»

Er erzählte ihm von Gilbertes Tod. Viaud schwieg eine gute Minute lang.

«Und Sie behaupten», sagte er endlich, «dass dieser Mann über vierundzwanzig Jahre hinweg in sich die Erinnerung an seine tote Freundin wachgehalten hat? So wach, dass er sie jetzt noch rächen wollte?»

«Nachdem ich ihm nachdrücklich zugesetzt hatte, hat Maître Tournatoire neulich schließlich zugegeben, dass er die letzten Momente dieses Cadet Lombard miterlebt hat. Und dieser hat vor allen Anwesenden – Rogeraines Freunden – eine Beichte abgelegt. Er hat ihnen gestanden, dass er auf der Strafexpedition nach Théopole Rogeraines Gefährte war. Er hat es ihnen *allen* gestanden, das heißt: dem Ehepaar Tournatoire, den Schwestern Romance, dem Doktor Gagnon, den beiden Chamboulives und der Kusine aus Ribiers. Also hat der Mörder erst in diesem Augenblick, vierundzwanzig Jahre nach der Tat, erfahren, wer Gilberte umgebracht hat. Und drei Tage danach starb das erste Opfer und trug die Karte an die Kleider gesteckt.»

«So lange Zeit danach!», rief Viaud. «Das ist unglaublich! Und die Morde waren nur ein Mittel zum Zweck! Welches Leid hoffte er ihr dadurch zuzufügen?»

«Er wollte, dass sie in sich geht! Er muss einen scharfen Verstand gehabt haben, er war erbarmungslos logisch. Er wusste, dass die Rogeraine von heute nicht mehr diejenige war, die am 23. Juni 1944 Gilberte Valaury umgebracht hat, und dass er sie viel grausamer bestrafen würde, wenn er ihr ihr eigenes Verbrechen in den Kopf hämmerte, indem er es immer aufs Neue wiederholte. Und es ist ihm gelungen.»

«Aber sehen Sie doch, sie bewegen beide ihre Hände aufeinander zu, als wollten sie, dass sie sich auf der Tischdecke vereinen. Der Tod hat ihre Geste unterbrochen...»

«Ja», sagte Laviolette. «Ich glaube, dass Gilberte deswegen gestorben ist... Sie haben wohl beide denselben Mann geliebt...»

«Aber er? Warum streckt auch er seine Hand aus?»

«Wahrscheinlich hat er ihr im letzten Moment verzeihen

wollen. Vergessen Sie nicht, dass diese beiden sich seit ihrer Kindheit kannten.»

Er stellte sich vor den Toten und betrachtete ihn nachdenklich.

«Sie haben einen Fehler gemacht, Doktor Benjamin Gagnon», sagte er. «Sie hätten das Aquarell von der Wand nehmen sollen, das in Ihrer Praxis über Ihrem Sessel hängt. Es war von Ihnen signiert. Vor lauter Trauer, Schmerz und Sehnsucht haben Sie eine Schönheit hineingelegt, die die Ihrer anderen Werke an der Wand weit übertraf. Man hörte es förmlich schreien, dieses Bild! Es stellte das Tal von Théopole dar, mit dem Grat aus funkelnden Felsen, dem Haus mit der entlaubten Linde und dem winzigen Friedhof, auf den von Norden her Schatten fiel. Nein, leider hatte ich dieses Tal nicht in irgendeinem früheren Leben schon einmal gesehen, bevor ich es in der Realität entdeckte. Es war bei Ihnen, an dem Tag, als ich kam, um Sie zu fragen, ob Sie Gilberte Valaury kennen. Doch ich habe lange gebraucht, bis es mir wieder einfiel. Aber nein, ich irre mich… Vielleicht lag Ihnen im Grund gar nicht so viel daran, unentdeckt zu bleiben.»

Die schwarzen Autos der Staatsanwaltschaft verschwanden eines nach dem anderen im Schneetreiben. Sisteron hatte sich schwarzgrau verfärbt und schien unter dem Schnee zusammenzuschrumpfen.

Laviolette verließ das Haus Gobert. Seine Arbeit war beendet. Er hatte der Staatsanwältin, die zwar nichts sagte, aber große Zweifel zu hegen schien, den Fall schlecht und recht dargelegt.

«Überdies scheint mir der Fall damit ohnehin erledigt zu sein», hatte sie geschlossen.

«Aber trotz allem… vierundzwanzig Jahre!», sagte sich Laviolette. «Wärst du im Stande gewesen, eine Tote vierundzwanzig Jahre lang so sehr zu lieben, dass du ihretwegen noch hassen kannst?»

Ein riesenhaftes Gefährt kam aus dem Tunnel gerollt und ließ die Nationalstraße in einem Gestöber aufgewirbelten Schnees versinken. In schwarzen Buchstaben stand darauf: *Räumungsdienst – Gemeinde Ribiers*.

Laviolette schrak zusammen. In einer ganzen Kette von Gedanken wurde er sich seiner geheimen Sehnsüchte gewahr. Er sah ein schönes, kräftiges Weib mit einem großen roten Mund. Er stellte sich vor, wie am Ufer des Buech wie auf einer Weihnachtskarte der Schornstein eines Hauses im Schnee rauchte. Es fehlte nur noch der Mistelzweig. Er sah die Kaffeekanne einladend glänzen und auf einen Einkehrenden warten.

Er beschloss, in sein Auto zu steigen, sich an die Rücklichter des Schneepflugs zu heften und auf gut Glück jenem ungewissen Hafen entgegenzusteuern.

~ 13 ~

RIBIERS war so, wie er es sich vorgestellt hatte, es rauchte unter dem schwarzen Himmel aus all seinen stattlichen Häusern. Aus jedem Kellerfenster stieg der liebliche Duft reifer Birnen. Der Marktplatz war schon geräumt, die Gehwege mit Schaufel und Reisigbesen frei gekehrt, die Geräte standen zum Teil noch an die Mauern gelehnt. Sorgfältig hatte man die schönen Haustüren sauber gewischt, so dass sie wie alte Möbelstücke glänzten. Ein paar Schneeflocken tanzten in der Luft.

Hinter der angelehnten Tür lud der Flur der Kusine zum Besuch ein. Es entströmte ihm ein Geruch nach frischem Holz und nach einem Frühstück, bei dem der Duft von Honig und Marmelade sich mit dem von Kaffee zu einem wahren Fest vereinte. Laviolette ließ sich gerne davon locken und schritt über die Schwelle.

Unter dem Vordach am Ende des Flurs spaltete die Kusine Holzscheite, so wie er sie es schon im Herbst bei seinem ersten Besuch hatte tun sehen. Laviolette sah sie mit einer gewissen Rührung an, diese unermüdliche Évangéline mit den festen Muskeln… Er war einen Schritt vorgetreten und blieb dann unbeweglich stehen, denn er hatte Skrupel, sie zu stören, und eine gewisse Schüchternheit – die einiges über seine innere Verfassung sagte –, lähmte ihn.

Hinter ihm, an einem Haken an der Tür, bewegte sich ein Kleidungsstück sanft im Luftzug. Es verströmte einen muffigen Geruch nach altem gummiartigem Stoff, der schließlich

Laviolettes Nase erreichte. Er drehte sich unwillkürlich um. Es war ein weiter Regenmantel, wie ihn Briefträger trugen, der nachlässig mit der Innenseite nach außen an der Kapuze aufgehängt worden war. Das Futter war so abgenutzt, dass es sich violett verfärbt hatte. Er hing schlaff und leer da und hatte noch nicht einmal die vertraute Form bewahrt, die seine Falten in der langen Zeit, da er getragen wurde, angenommen haben mussten. Es war einer jener Gegenstände, die in den Haushalten auf dem Land nicht weggeworfen werden, denn an Regentagen kann man ihn sich rasch überwerfen, wenn man vom Flur zum Hühnerstall oder von der Küche in den Holzschuppen laufen muss.

«Sieh an!», dachte Laviolette. «Wenn ich ihr schon schlechte Neuigkeiten bringen muss, kann es nicht schaden, wenn ich sie vorher etwas zum Lachen bringe!»

Ohne zu zögern und ohne weiter nachzudenken, nahm er den Regenmantel, schlüpfte in die Ärmel und zog sich die Kapuze über die Augen. So ausstaffiert, ging er geräuschlos den Flur entlang und über den Schnee im Hof. Évangélines Aufmerksamkeit war voll und ganz auf die Holzscheite gerichtet, die sie mit einer unerbittlichen Regelmäßigkeit zerteilte. Unter seiner Kapuze hervor betrachtete Laviolette die ranke Frau mit dem roten Mund und dem schwarzen, dichten Haar, das von der Anstrengung ganz zerzaust war. Der Gedanke, derjenige zu sein, der dieses Vollblutweib zum vierten Mal zur Witwe machen würde, reizte ihn immer mehr. Verstohlen trat er an ihre Seite, aber um sie auf sich aufmerksam zu machen, musste er einen kleinen Pfiff, der bewundernd wirken sollte, von sich geben.

In diesem Moment hatte sie so schwungvoll mit der Axt zugeschlagen, dass die Klinge in den Hackklotz fuhr, während die Stücke des zerborstenen Scheites nach beiden Seiten auf die Holzhaufen schossen. Sie wandte sich ihm zu. Ihre Gesichtszüge verzerrten sich zu einer scheußlichen Grimasse. Ein wildes Wiehern entwich ihr. Sie riss das Beil aus dem dreifüßigen Hackklotz, der umstürzte, und schon holte sie hoch über ihrem Kopf aus.

«Évangéline! Ich bin's! Laviolette! Das ist nur ein Spaß!»

Hastig nahm er die Kapuze ab und gab sich zu erkennen. Der Schlag schwenkte zur Seite, die Axt geriet außer Kontrolle und polterte auf den Holzhaufen.

«Sie haben mir vielleicht einen Schrecken eingejagt!»

Ihre Stimme klang normal, aber ihr bleiches, düsteres Witwengesicht blieb feindselig und zeigte kein Lächeln. Sie sah ihn scharf an, ohne die Waffe wegzulegen. Die Hände fest um den Stiel der Axt geschlossen, hatte sie sich rückwärts aus der Reichweite dieses Gespensts bewegt, das sich selbst als Laviolette vorgestellt hatte und auch tatsächlich ganz so aussah. Sie betrachtete ihn argwöhnisch. Er sah gutmütig, fast schon dümmlich aus. Ob er das wohl absichtlich machte?

Évangéline prickelten die Haarwurzeln vor Panik. Ihr Blick war auf Laviolettes Aufmachung geglitten und konnte sich nicht mehr davon lösen. *Was er da anhatte, war ihr eigener Regenmantel.*

Wen das Schicksal in die Falle locken will, den macht es vergesslich. Als sie neulich nachts nach Hause gekommen war, hatte sie den Regenmantel ihres Vaters, anstatt ihn in dem Koffer auf dem Dachboden zu verstecken, an den Haken an der Tür gehängt, so wie er selbst es sein ganzes Leben lang getan hatte, wenn er von seinen Touren zurückkam. Und dass er dort hing, war so natürlich und selbstverständlich, dass sie ihn gar nicht mehr wahrgenommen hatte... Aber jetzt starrte sie auf einen etwa zehn Zentimeter breiten Fleck am unteren Rand des Regenmantels, zwischen Saum und Verschluss. Er war dunkler als der Stoff, der an dieser Stelle steif geworden war, und wirkte rissig.

«Verdammt!», dachte sie. «In der Nacht, als ich mich in Théopole über die Leiche des Mädchens gebeugt habe, um ihr die Karte anzustecken, muss der Rand des Regenmantels in die Blutlache geraten sein...»

Und im Nu verabschiedete sie sich von dieser Partie, die ihr eine neue Rente eingebracht hätte. Sie atmete tief durch und schwang ihre Axt.

«Évangéline!»

Laviolette begriff blitzartig. Er konnte der Klinge gerade noch ausweichen. Die Axt zerteilte den harten Schnee bis auf die tönenden Pflastersteine. Laviolette war drei panische Schritte zurückgewichen, zu weit, um sie jetzt um die Taille zu packen, und sie hatte sich auch schon mit hoch erhobener Axt wieder aufgerichtet. Sie würde kein zweites Mal danebenschlagen, sie hatte genügend Übung. «Du hast nicht die allergeringste Chance!», sagte sich Laviolette. Der Umhang mummte ihn ein und behinderte ihn beim Laufen. Der Weg zum Flur, seine einzige Möglichkeit zu entrinnen, war ihm von einer Eisfläche versperrt, auf der er zuvor beinahe ausgerutscht wäre. Es blieb ihm nichts anderes übrig, als um den Zürgelbaum zu laufen, der in der Mitte des Hofes stand. Die Angst verlieh ihm Flügel. Aber hinter sich spürte er Évangélines gleichmäßigen Atem, der ihm zu anderen Zeiten so lieblich erschienen war. Sie holte ihn ein und musste dabei noch nicht einmal bis an ihre Grenzen gehen. Sie beeilte sich nicht. Für sie war es wichtig, dass der Hieb entscheidend, gut platziert und endgültig war.

Sie musste der Sache ein Ende bereiten. Der Augenblick schien gekommen. Er wurde schwächer, bot bereits ein leichtes Ziel. Er musste sie nicht sehen, er spürte, dass sie nah genug war, um einen sicheren Schlag zu landen. Mit letzter Kraft suchte er Deckung hinter dem Stützpfeiler des Holzschuppens. Der Balken war aus zweihundert Jahre altem Holz. Die Klinge der Axt fuhr hinein. Die Ziegel klapperten auf dem Schuppen.

In dem Augenblick hätte er sich auf Évangéline werfen und versuchen können, sie zu überwältigen. Aber er spürte, dass er außer Atem vor ihren Füßen zusammengebrochen wäre. Stattdessen musste er um jeden Preis verschnaufen. Sie hatte Mühe, ihre Waffe aus dem harten Holz wieder herauszureißen. Er hörte ein entschlossenes «Ha!». Er riskierte einen hastigen Blick. Sie hatte einen Fuß hoch gegen den Pfeiler gestemmt, und er sah ihre Beine bis zu den Schenkeln hinauf. Aber ihm war nicht danach, sie zu betrachten. Das Herz schlug ihm bis zum Hals. Indessen mühte sich Évangéline umsonst ab: Die Anstrengung verfärbte ihr Gesicht purpurrot.

«Jetzt oder nie», sagte sich Laviolette. Er rannte los. Das heißt, wie im Traum hatte er den Eindruck, in Zeitlupe zu laufen. Er dachte, er hätte die Eisfläche schon überquert. In Wirklichkeit rutschte er in dem Moment aus, als Évangéline, die Axt fest in der Hand, nach hinten fiel. Mit der Geschmeidigkeit einer Raubkatze kam sie sofort wieder hoch, während er noch mit einem Bein auf der Erde kniete. «Ich bin ihr nicht gewachsen», dachte er. Die Axt hob sich, als er noch versuchte, sich hochzustemmen. Er wollte Schwung holen, um ihre Beine zu umfassen. Auf dem Glatteis glitten ihm die Füße weg. Die Schneide der Axt befand sich hoch über seinem Kopf.

Plötzlich sah er eine Fontäne von Blutspritzern. Évangélines Handgelenke waren über und über besprenkelt. Gleichzeitig knallten zwei Pistolenschüsse. Die Flugbahn der losgelassenen Axt führte genau auf seinen Schädel zu. Er rollte zur Seite. Die Axt prallte auf die Eisfläche und überzog sie wie einen Spiegel mit einem sternförmigen Netz von Rissen.

Évangéline schrie: «Hilfe! Mein Blut! Ich verliere mein ganzes Blut!»

Zwei Gendarmen stiegen über Laviolette hinweg. Er rappelte sich auf allen vieren hoch. Inzwischen hatten Évangélines Flüche die Nachbarn aufgescheucht. Als sie gehört hatten, wie sie «Haltet den Mörder!» heulte, waren sie zu Hilfe geeilt. Einer von ihnen fiel der Länge nach auf die Eisfläche, und ein Gendarm hielt die Neugierigen zurück. Laviolette kniete sich hin. Revierleiter Viaud war damit beschäftigt,

Évangéline davon abzuhalten, ungeachtet ihrer blutenden Handgelenke die Axt erneut zu ergreifen. Sie bespritzte die beiden Männer mit Blut, als sie ihre beiden Hände schüttelte und sie aufheulend betrachtete. Sie legte sie auf ihr Gesicht und ihre Haare, und nach und nach wurde alles rot.

«Sie müssen entschuldigen», sagte Viaud, «aber das war nicht der Moment, um erst die üblichen Warnungen abzugeben!»

Laviolette hatte noch einen Trumpf im Ärmel. Er erholte sich erstaunlich schnell. Den Kummer der Seele, den Schmerz des Körpers – er wischte sie weg, so wie man mit einem Schwamm die Tafel wischt, um neu anzufangen.

Er stürzte sich auf Évangéline und schüttelte sie.

«Évangéline Pécoul!», rief er. «Sie werden Ihr ganzes Blut verlieren! Der Rettungswagen wird nicht rechtzeitig hier sein! Erleichtern Sie Ihr Gewissen! Es bleibt Ihnen kaum noch Zeit dazu!»

«Ein Glück», seufzte Laviolette, «dass Ihr zweiter Schuss ihr eine Arterie des Unterarms durchtrennt hat. Beim Anblick des Bluts hat sie sofort den Kopf verloren… Es ist schon seltsam mit dem Blut, wenn es das eigene ist! Es fließen hundert Gramm davon, und man glaubt, drei Liter zu verlieren. Als ich ihr schonungslos mitteilte, dass sie nicht davonkommen würde, hat sie mir geglaubt.»

«Was uns ein Geständnis eingebracht hat, das zwar auf nicht ganz legale Art und Weise zustande gekommen sein mag, aber an Vollständigkeit nichts zu wünschen übrig lässt.»

«Das ist unwichtig. Sie sind gerade noch rechtzeitig gekommen…»

«Wir haben Sie gesucht, um Ihnen zu sagen, dass der Fall vielleicht doch nicht so einfach ist, wie Sie ihn uns geschildert hatten. Jemand hatte Sie in Richtung Ribiers wegfahren sehen. Wir sagten uns, dass Sie es sich vielleicht anders überlegt hätten und dem Schuldigen auf der Spur waren.»

«Das war ich leider nicht! Jedenfalls nicht in dem Sinne, wie Sie meinen.»

«Der Zufall», sagte Viaud bescheiden. «Die Kusine wusste wahrscheinlich nicht, dass die guten Weine bei Rogeraine mit einem Federkorkenzieher geöffnet wurden. Oder sie hatte es vergessen.»

«Segensreiche Kultiviertheit», sagte Laviolette und nickte. «Die Federn schieben sich zwischen den Korken und den Flaschenhals, und so vermeidet man, dass der Wein mit Korkkrümeln in Berührung kommt.»

«Pech für Évangéline! Mit einem gewöhnlichen Korkenzieher wäre das Gewinde in das von ihr gebohrte Loch eingedrungen und hätte es somit zum Verschwinden gebracht, und wir hätten es niemals entdeckt.»

«Zum Glück hat sie uns erklärt, wie sie dabei mit Hilfe eines Tropfenzählers und einer Stopfnadel vorgegangen ist. Sie hat die Nadel in das Loch im Korken gesteckt, den Tropfenzähler an das Nadelöhr gepresst und das Gift am Stahl entlang in das Innere der Flasche laufen lassen.»

Laviolette seufzte tief. «Die logische Schlussfolgerung aus der ganzen Geschichte ist, dass ich heute im Gefängnis übernachten sollte. Ich bin der Urheber all dieser Verbrechen…»

«Jetzt werden Sie aber zum Masochisten, Kommissar.»

«Leider nein! Das ist nur eine Selbstkritik. Es wird höchste Zeit, dass man mich in den Ruhestand schickt… Nicht einmal ein fünfjähriges Kind hätte diese Geschichte geglaubt…»

«Sie sind reichlich schwer zufrieden zu stellen. Der Plan mag zwar verwickelt gewesen sein, aber er war raffiniert. Voraussetzung dafür war eine totale Menschenverachtung, gepaart mit einem seltenen Ausmaß an Skrupellosigkeit. Dass es der Kusine an Letzterer nicht fehlte, wissen Sie, seit sie Sie ums Haar im Hof festgenagelt hätte mit ihrer Axt…»

«Oh! Jetzt fällt mir alles wieder ein! Am Abend der Aufführung, als sie mit Jeannes Hilfe, die weniger als eine Stunde danach ihr erstes Opfer werden sollte, Madame Gobert zu ihrem Sitz brachte, bemerkte ich, dass sie mich verstohlen betrachtete wie eine bekannte Persönlichkeit. Sie hat wohl von der einen oder anderen meiner Glanzleistungen gehört, und das hat ihr gereicht, um sich ein Bild von mir zu machen. Sie weiß nun, dass ich dieses Melodram schlucken würde wie der Dorftrottel vom Dienst, ohne den geringsten Zweifel an seiner Wahrscheinlichkeit. Von dem Augenblick an nimmt in ihr eine Idee Gestalt an. Seit sie das Geständnis des Cadet Lombard gehört hat, weiß sie verschwommen, dass sie da etwas in der Hand hat, das es auszunutzen gilt. Sie wägt ab. Sie kalkuliert. Aber es ist nur ein Traum… Dann plötzlich, an jenem Abend, sieht sie mich so, wie ich wirklich bin, und der Gedanke nimmt klarere Umrisse an. Denn nicht genug damit, dass ich unheilbar romantisch bin, nein, das steht mir auch noch ins Gesicht geschrieben! Durch mich wird alles möglich. Ich muss nur zur Stelle sein, wenn der Mord geschieht, und man wird mir den Fall übertragen! Drei Tage nach Cadet Lombards Tod hat sie ein paar Visitenkarten in ihre Handtasche gesteckt. Sie hatte sie in einem Schreibtisch gefunden, den sie fünfzehn Jahre zuvor bei der Versteigerung von Théopole gekauft hatte. Manchmal schaut sie sie an, spielt damit herum… An jenem Tag kommt ihr die Erleuchtung: Sie wird sie dazu benutzen, diesem Einfaltspinsel von Kommissar weiszumachen, dass das Verbrechen von einem untröstlichen Liebhaber begangen wurde, der sich an Rogeraine rächen will. Dieser Kommissar – und nur er – wird glauben, dass die Liebe zu einer Toten eine Distanz von vierundzwanzig Jahren überdauern kann. Gut beobachtet! Laviolette traut seinen Augen nicht. Endlich ein Verbrechen, wie er es liebt. Er wird sich kopfüber hineinstürzen und vergessen, wer von dem Verbrechen einen Nutzen hat…»

Er trank etwas Kaffee und begann, sich eine Zigarette zu drehen, ein sicheres Zeichen dafür, dass er langsam wieder auf die Beine kam.

«Ich habe mich mit einer geradezu erschreckenden Beharrlichkeit geirrt», sagte er philosophisch, «aber... das Schicksal hat nachgeholfen... Denn das Aquarell von Théopole in der Praxis von Doktor Gagnon steckte so voller Liebe... Man konnte schon meinen, dass dieser Mann die Vergangenheit nicht so schnell vergaß, wenn er so etwas für die Ewigkeit festhielt... Ich habe mich in die Version vom kriminellen Trauerstück verstiegen, und dabei handelte es sich um den allerbanalsten Mord, um ein Motiv, wie es abgegriffener nicht mehr geht. Es ging darum, das Hindernis zu eliminieren, das zwischen der Kusine und der Erbschaft stand. Dieses Hindernis war Jeanne, die Nichte. Jeanne ist das einzige wirklich nützliche Opfer. Die beiden anderen dienten einzig und allein der Bestätigung – ich könnte mir die Haare raufen –, sie dienten der Bestätigung meiner Interpretation jener Visitenkarte. Das alles, um in dem Einfaltspinsel Laviolette den Gedanken zu festigen, die Morde sollten durch ihre Ähnlichkeit mit dem, den sie selbst begangen hatte, Rogeraines Gewissen quälen.»

«Sie sind nicht der Einzige, der den Doktor verdächtigt hat», sagte Viaud. «Rogeraine ist zu demselben Schluss gekommen wie Sie...»

«Natürlich! Die Kusine, die immer etwas außerhalb der Runde stand, hat niemals aufgehört, Rogeraine auszuspionieren. Sie war sich deren Reaktionen sicher: Rogeraine würde umso mehr glauben, dass Gagnon noch immer das Gespenst Gilbertes liebte, als sie selbst noch immer Gagnon liebte. Eines Tages, das musste so kommen, würde sie ihn zu einem vertraulichen Gespräch zu sich einladen. Verstehen Sie richtig: um sich mit ihm auszusprechen, nicht, um ihn umzubringen. Aber Kommissar Laviolette weiß nicht, dass sie letztere Absicht keineswegs hat. Im Gegenteil, er lässt sich auf die perfekte Logik von Évangélines Gedankengebäude ein: Rogeraine empfängt Gagnon, um ihn umzubringen. Er durfte also nicht enttäuscht werden. Die Gelegenheit musste beim

Schopf gepackt werden: Die Konkurrenz bei der in näherer oder fernerer Zukunft fälligen Erbschaft war ausgeschaltet worden, und nun ergab sich die Möglichkeit, diese Zukunft sofort beginnen zu lassen!»

Laviolette hob den Finger.

«Und das ist die gerissenste List, die sie bestimmt selbst am meisten begeisterte: Nach diesem letzten und zweisamen Tod würde es in Sisteron keine Morde mehr geben. Alles würde wieder seinen geordneten Gang gehen, und die Erklärung, die Kommissar Laviolette sich ausgedacht hatte, würde sich von Woche zu Woche festigen, während alle sich wieder beruhigten, die Toten begruben und vergaßen. Und, wie die Staatsanwältin so schön sagte: Der Fall scheint erledigt.»

«Glauben Sie, ihre nicht ganz freiwillig abgegebenen Erklärungen werden genügen, um die Kusine zu überführen?»

«Sicher nicht! Ein guter Rechtsanwalt wird ihr raten, vor dem Untersuchungsrichter alles wieder zurückzunehmen. Aber wir haben den Umhang mit dem Blutfleck, der untersucht werden wird... Wir haben die Visitenkarten, die noch in der Schublade des Schreibtischs waren... Und wir haben die sträfliche Hartnäckigkeit, mit der sie mir den Kopf spalten wollte, obwohl ich mich zu erkennen gegeben hatte. Sparsam, wie sie ist, wird sie auch weder die Stopfnadel noch den Tropfenzähler, die ihr zur Vorbereitung ihrer letzten Falle gedient haben, weggeworfen haben. Bei der Laboruntersuchung werden diese Gegenstände sprechen. Aber vor allem, vor allem haben wir das Motiv! Ein sonnenklares Motiv, bar jeder Möglichkeit eines Irrtums! Ein Motiv, wie es den Geschworenen besonders gefällt: Morden, um zu erben! Sie werden sie für den Rest ihrer Tage ins Gefängnis schicken, weil ihr fast eine Tat gelungen wäre, die sie selbst endlos durchdacht haben, bevor sie sie schließlich als undurchführbar einstuften!»

«Glauben Sie, dass sie auch Simone umgebracht hätte?»

«Sicher nicht! Sie passte nicht mehr in ihr Szenario. An

dem Abend, als sie sich nach ihrem ersten Verbrechen mit ihrem Regenmantel unter den Zürgelbäumen gezeigt hat, ist sie, trotz ihres Telefongesprächs mit Simone, allein meinetwegen erschienen. Sie wollte mir diese Gestalt vorführen. Sie machte sie glaubwürdig... Sie hat mir diese Geschichte regelrecht auf den Leib geschneidert... Nur ich war fähig, so etwas zu glauben...»

Laviolette verließ das Blumengeschäft mit einem in Zellophan gehüllten Rosenstrauß auf dem Arm. Er hielt ihn in seinen Händen vor sich, wie man ein Baby über ein Taufbecken hält. Die Verkäuferin war angesichts des Preises, den er dafür gezahlt hatte, ganz ehrerbietig geworden und hatte ihm die Tür geöffnet. Er legte die Blumen auf den Beifahrersitz und nahm die Straße in Richtung Saint-Geniez.

Gilbertes Grab war mit Schnee bedeckt. Er bückte sich, um seinen Strauß niederzulegen.

«Verzeih mir», sagte er leise. «Im Dezember bekommt man nur Rosen, aber im Frühling werde ich dir einen schönen Topf mit Vergissmeinnicht bringen. Du wolltest nicht vergessen werden... Nun, siehst du, sie hatten dich alle vergessen. Aber – wenn du nichts dagegen hast – in meinem Leben gab es mehrere Frauen, die schon seit langem tot sind und an die ich oft denke. Für mich leben sie weiter. Wenn du willst, nehme ich dich in den Kreis meiner Toten auf...»

Der Wind brauste durch die schneeschweren Bäume. Dumpf und vorwurfsvoll seufzte er, als wüsste er genau, dass seine Botschaft ungehört verwehen würde. Laviolette jedoch erlaubte sich zu glauben, dass diese Stimme ihm an Gilbertes Stelle Antwort gab.

PIERRE MAGNAN IM SCHERZ VERLAG:

~ *Das ermordete Haus* ~

Aus dem Französischen von Jörn Albrecht u. a.
320 Seiten, gebunden mit Schutzumschlag, DM/sFr 39.90,
ISBN 3-502-11922-8

SÉRAPHIN Monge, dessen Familie grausam umgebracht wurde, als er noch ein Säugling war, und der als einziger überlebte, macht sich Jahre später auf die Suche nach den Mördern. Denn in seinen Träumen wird er vom Bild seiner Mutter verfolgt, die ihm ein noch schlimmeres Geheimnis einzuflüstern scheint als jenes des schrecklichen Verbrechens. Stein um Stein, mit bloßen Händen trägt er das Haus ab, in dem sich das Drama abspielte, in der Hoffnung, einen Hinweis zu finden.

~ *Das Zimmer hinter dem Spiegel* ~

Aus dem Französischen von Irène Kuhn
256 Seiten, gebunden mit Schutzumschlag, DM/sFr 39.90,
ISBN 3-502-10432-8

DREI Morde scheuchen das schläfrige Provencestädtchen Digne auf. Alles deutet darauf hin, dass die Opfer mit einer Steinschleuder getötet wurden. Man hat eine merkwürdig kleine Gestalt gesehen beim Steinesuchen an der Bléone und im Wald… Kommissar Laviolette, dessen Phantasie vor nichts zurückschreckt, hat einen ungeheuerlichen Verdacht.